종이로 만든 배

종이로 만든 배

삶의 무대 위에 선 이들에게
보내는 20통의 편지

최창근 지음

이매진

종이로 만든 배

삶의 무대 위에 선 이들에게 보내는 20통의 편지

지은이 최창근

펴낸곳 이매진 **펴낸이** 정철수

편집 김세희 기인선 최예원 **디자인** 오혜진 **마케팅** 김둘미

첫 번째 찍은 날 2012년 8월 20일

등록 2003년 5월 14일 제313-2003-0183호

주소 서울시 마포구 합정동 370-33 3층

전화 02-3141-1917 **팩스** 02-3141-0917

이메일 imaginepub@naver.com **블로그** blog.naver.com/imaginepub

ISBN 978-89-93985-83-2 (03810)

한 세기가 저물고 또 다른 세기가 새로 시작되는 해에 서른셋의 나이로 첫 희곡을 무대 위에 올리며 문단과 연극계에 발을 내디딘 지 올해로 꼭 십일 년째입니다. 이 풍진 세상 속에서 좀더 부대끼며 살을 섞어보라는 신의 뜻이었는지 스물아홉에서 서른으로 건너가는 즈음 희곡을 쓰고 연극 공부를 할 수 있는 곳에 우연히 몸을 담게 됐지요. 문학 수업, 인생 수업의 연장이던 그 기간까지 더하면 어느덧 십오 년이라는 세월이 제 곁에서 소리 소문도 없이 흘러간 셈입니다.

그렇게 십여 년이 훌쩍 지난 마흔 초반의 늦은 나이에 그동안 여러 곳에 이런저런 인연이 닿아 발표한 글들을 모아서 산문집을 선보이려고 합니다. 극작가가 단 한 권의 희곡집을 낸 채 다시 산문집을 묶는 것은 어찌 보면 부끄러운 일이지요. 제 취향과 기호에 맞게 자유롭게 써내려간 개인적인 내면의 육성이 담담하게 스민 사적인 산문들이기에 그 부끄러움의 부피는 더 클 수밖에 없습니다.

삶을 건강하게 이끌어나가는 생활 방식의 하나인 느림의 철학 또는 느림의 미학은 사람과 사람 나아가 인간과 자연 사이의 관계를 섬세하고 매끄럽게 이어준다고 합니다. 그런 관계 맺기에는 기다릴 줄 아는 지혜가 필요하다지요. 기다림이 없으면 사랑은 불가능하고 사랑 없이는 삶이 불가능하듯 사랑과 삶 사이에도 시간이 필요하다는 뜻이겠지요.

그렇게 천천히, 아주 천천히 다가와 느릿느릿하게 말을 거는 느슨한 글과 게으른 시간들을 사랑하면서 지금껏 저는 살아왔는지도 모르겠습니다. 시선을 주며 오래 머물던 곳, 잠깐 눈인사를 건네며 스쳐간 많은 사람들과 사물들을 가만히 떠올려봅니다. 어느 한때 제 마음을 따뜻하고 부드럽게 어루만져주거나 안타까운 마음으로 애련하게 물들였다는 점에서 제게는 모두 하나같이 귀하고 어여쁘고 사랑스러운 존재들입니다.

이 책의 1부에는 거리에 관한 기억을 담았습니다. 인간이 걸어가야 할 운명과 그 과정에서 필연적으로 거쳐야 할 상실감에 관한 이야기들이지요. 순결한 아름다움은 왜 슬픔과 맞닿아 있는지, 지극한 아름다움의 끝은 왜 언제나 죽음인지를 오래도록 아파하며 쓴 일기 형식의 글들입니다. 2부는 주변의 사랑하는 이들에게 띄우는 편지 형식의 글들로 꾸며보았습니다. 세계적인 연극 축제

중 하나인 아비뇽 페스티벌을 둘러본 여행기를 비롯해 여러 가지 유형의 연극에 관한 산문들이 실려 있습니다. 3부에 실린 글들은 소풍을 가듯 즐겁고 여유로운 기분으로 관람한 여러 공연들에 관한 기록입니다.

지금 서 있는 자리에서 이십 대를 돌이켜보면 아무것도 모르는 천둥벌거숭이처럼 열심히 헤맨 기억밖에 나지 않습니다. 그땐 왜 그렇게 세상 모든 일이 두렵기만 하고 도무지 자신이 없었을까요. 거리에 나서면 시시각각 덮쳐오는 죽음의 기미들 때문에 식은땀이 흘렀지요. 또 어떤 날은 미친 사람처럼 하루 종일 입속으로 '모르겠다, 모르겠다'는 말을 중얼거리기도 했고요. 그러면서도 스스로 위안을 삼은 것은 나이가 들면 지금 모르는 것도 자연스럽게 알게 되고 세상을 보는 눈이 조금은 투명하고 지혜로워진다는 생각이었지요. 그런데 이상하게도 세월이 흐르면 흐를수록 세상은 점점 더 알 수 없는 미궁처럼 다가왔습니다.

그래서 그랬을까요. 제 딴에는 가족과 친구, 가까운 이웃에게 다정하게 말을 건네듯 써내려간 일기나 편지 형식의 글을 위안 삼아 이삼십 대의 젊음과 방황 그리고 애매모호하던 사랑에 관한 기억과 흔적을 미련 없이 홀홀 털어버리고 싶던 거겠지요. 마흔이 넘으면 그때는 또 그 나이에 맞는 새로운 세상이 눈앞에 펼쳐지리라 기대하면서 말이에요.

연극은 인간에 관한, 인간에 의한, 인간을 위한 지극히 인간적인 예술이라는 말이 있습니다. 연극은 시적인 예술, 다시 말해서 '인간에 의한 공간의 시'라는 말도 있지요. 아마도 그 모든 연극에 관한 말들은 연극 예술이 눈과 귀를 비롯한 인간의 오감을 통해 이 세상에 숨을 쉬고 있는 온 누리 목숨붙이들의 고귀한 영혼에 가닿아야 한다는 믿음에서 나온 것이겠지요. 그러하기에 극작가는 무한하게 열려 있는 초월적 신비 또는 보이지 않는 삶의 고결함과 비애를 은연중에 드러내는 존재인지도 모르겠습니다.

그러나 불행한 일이지만 요즘은 '연극은 세상을 비추는 거울'이라거나 '연극은 그 시대와 사회를 반영하는 자화상'이라는 말이 쑥스러워질 만큼 한 편의 희곡을 써서 무대 위에 공연으로 올리는 작업이 점점 더 무력하고 부질없는 일로 느껴집니다. 참되고 진실한 문학만이 지닌 고유한 향기와 고상한 품위를 보여주는 희곡을 만나기가 하늘의 별을 따는 것만큼이나 어려운 시대이기도 하지요. 그래서 극작가의 한 사람으로서 볼품없는 조각글들을 묶어 책으로 내는 데 그만큼 망설이고 용기를 낼 시간이 필요했다면 독자 여러분은 너그러이 이해해주실까요.

이 책은 오래전에 나오기로 돼 있다가 출판 시장의 여러 가지 상황 때문에 이제야 빛을 보게 됐습니다. 시간이 흐르면서 이런저런 일들로 이 책에 실린 글에 실명으로 등장하는 분들과 자연스럽게 관계가 멀어지기도 하고 더 가까워지기도 했습니다. 뜬구름처럼 덧없는 사람과 사람 사이의 허무한 관계를 생각하면 저간의 사정이야 어찌됐든 참으로 가슴 아픈 일이지요. 마음 아프지만 이것 또한 별 도리 없는 일이기도 합니다. 장점 한두 개와 많은 결함을 갖고 있는 것이 인간이라는 말처럼, 그동안 배운 게 있다면 인간을 향한 지나친 믿음과 기대는 버려야 한다는 사실이었습니다. 대신 있는 그대로 그 사람 자체를 받아들이기로 했습니다. 저 역시 그러지 말아야겠다고 다짐하면서도 같은 실수를 되풀이하고 마는 불완전한 인간에 불과하니까요. 그렇지만 변명은 하지 않기로, 그래서 비겁해지지는 않기로, 솔직하게 나 자신의 잘못은 인정하는 사람이 되려고 노력할까 합니다.

책의 제목인 '종이로 만든 배'는 번역된 유제니오 바르바의 《연극인류학》에 붙은 부제이기도 하고 동료 연출가 하일호가 꾸려가고 있는 극단의 이름이기도 합니다만, 이 책에 실린 글의 내용과 느낌을 잘 일러주는 듯싶어 누가 되지 않기를 바라며 빌렸습니다.

바쁘신 와중에도 지극한 발문을 붙여주신 시인 이문재 선생님께 머리 숙여 고마움의 인사를 드립니다. 진심 어린 마음을 담아 축하의 글을 써주신 존경하는 배우 강신일 선생님의 은혜 역시 가슴 한 켠에 고이 간직하겠습니다. 아름답고 의미 있는 저자 사진을 찍어준 사랑스러운 후배 정재혁의 따뜻한 정성이 이 책을 조금 더 돋보이게 했습니다. 끝으로 집필실을 쓸 수 있게 허락해주신 원주 토지문화관과 인제 백담사 만해마을 문인의 집, 그리고 서울의 연희문학창작촌에도 큰절 올립니다.

'미美'란 진실의 위대함을 보는 빛이라고 합니다. 이 지상에 '예술가'라는 이름으로 제 곁에 머물고 있는 모든 분들의 배려와 뜨거운 마음을 잊지 않겠습니다. 고맙습니다.

지상에 잠시 머물고 있는 보금자리,

북악산 서울성곽 밑 작은 집에서

2012년 꽃 피는 봄

최창근 두 손 모음

3부   사라지는 모든 것은 아름답다

물 위의 집들이 꾸는 꿈

그리운 선생님께.

베네치아로 가는 야간열차는 지금 막 전 역인 메스트레 역을 통과하고 있습니다. 조금 뒤면 세계 어느 곳에서도 유례를 찾아볼길 없는, 짙은 안개로 뒤덮인 물의 도시가 산화하는 옛 그림처럼두 눈 속으로 서서히 빨려들겠지요. 로마에서 밤 열 시에 출발한열차는 어두컴컴한 반도의 한복판을 가로질러 쉼 없이 북쪽으로,북쪽으로 움직여왔습니다. 어젯밤, 일등칸에 함께 탄 나폴리가 고향이라던 수다쟁이 이탈리아 청년들은 의자에 깊숙이 얼굴을 파묻고 깊은 잠에 빠져 있어요.

방금 메스트레 역에서 5분 정차하는 동안 자신의 키보다도 더큰 배낭을 둘러맨 금발의 아가씨 두 명이 객실로 올라왔지요. 그들은 1호 차와 2호 차 사이의 비좁은 통로에 스스럼없이 짐을 부려놓고 그대로 잠이 들어버리더군요. 18, 19세밖에 안 됐을 듯싶은 나이 어린 학생들이 배낭 하나만 달랑 맨 채로 유럽의 여기저기를 여행하고 있는 거였어요. 열차에 올라타자마자 배낭을 내려놓고 누가 업어 가도 모를 정도로 깊은 잠에 빠져버린 이 이국의 여자들은 참으로 매력적입니다. 아직 세상의 날렵함과 추악함에 길들지 않은 야생의 싱싱함이 몸에서 풀풀 묻어나니까요.

이곳에서 선생님을 처음 만난 날을 떠올렸어요. 그날, 경복궁 앞마당이 훤히 내려다보이던 프랑스 문화원 이 층에서 멍하니 창밖을 내다보고 있을 때 선생님은 크림색 건물 입구로 노란 우산을 받쳐 든 채 들어서셨지요. "사랑에는 바닷가에 있는 조개껍질만큼이나 많은 슬픔이 배어 있다"는 말, 기억하세요? 아비뇽을 떠나 칸과 니스를 거쳐 로마를 뒤로 하고 질주하는 야간열차의 황홀함은 바깥 풍경에 있더군요. 크고 작은 지중해 연안의 간이 역들을 지나 밤바다 바로 옆을 스치듯이 내달리는 기차. 베네치아행 야간열차는 지난날 그 어딘가에 두고 온 꿈을 찾아 육신의 고달픔을 온전히 내맡긴 여행객을 태우고 한번 떠나면 다시 돌아올 수 없는 아주 머나먼 나라로 줄달음치고 있었어요.

'향수'는 원래 그리스어로 '귀환'이라는 말과 '고통'이라는 말이 합쳐져서 만들어진 단어라고 하던데요. 말 그대로 돌아갈 수 없는 괴로움을 뜻하는 것이겠지요. 사랑하는 사람은 멀리 떨어져 있고 나는 그이가 어찌 됐는가 알지 못하는 데서 오는 참담한 고통 말입니다. 집을 떠나 정처 없이 떠돌고 있는 자의 외로움, 돌아갈 기약조차 할 수 없는 불투명한 미래에 관한 연민. 어두워지는 밤바다를 바라보며 늦은 저녁을 먹는 어느 가정집의 단란한 식탁은 아, 나도 저기 아무 곳에나 내려 새로운 인생을 다시 시작할 수 있지 않을까 하는 희망을 심어주었습니다. 포구의 곳곳에서 밤하늘의 별을 친구 삼아 자유롭게 축제를 즐기는 낯선 이방인들 틈에 끼어 저 자신을 한껏 풀어놓고 싶던 거겠지요.

선생님은 언젠가 제게 베네치아의 밤에 관해서, 밤이면 새롭게 눈을 뜨는 도시에 관해서, 그리고 토마스 만의 소설, 그 소설 속의 주인공 구스타프 폰 아셴바흐에 관해서 얘기하셨지요. 그이가 뮌헨의 묘지에서 어떻게 베네치아로 갔던가, 그곳에서 누구를 만났던가, 왜 그곳에서 스스로 목숨을 끊을 수밖에 없었는가를 감정이 없는 사람이 말하듯 무미건조한 음성으로 들려주셨어요. 이탈리아의 영화감독 루치노 비스콘티가 영화로도 만든 그 작품 속에서 아셴바흐는 허무라는 인간의 가장 원초적인 감정에 휘말려 그만 자신의 일생을 놓아버리고 말지요.

이곳으로 오는 길에 스위스의 루체른이라는 곳에 잠시 머물렀습니다. 그곳 선착장에서 유람선을 타고 호수 주변을 돌다가 고성이 있는 어느 이름 모를 마을에 내려 발길 닿는 대로 걸었어요. 아름다운 호반의 도시, 스위스를 여행한 사람들은 꼭 다시 한 번 가보고 싶어한다는 그곳에서 갑자기 소낙비를 만났지요. 비를 피할 만한 곳을 찾다가 들어간 곳이 호숫가에 있는 작은 찻집이었고요.

고즈넉한 분위기가 감돌던 한여름 오후의 그 아담한 찻집. 비에 젖은 옷을 말리려고 창가 쪽에 자리를 잡은 제 맞은편 테이블에 노부부가 앉아서 조용히 책을 읽고 있었습니다. 마치 의좋은 오누이처럼 보이는 그 부부는 가끔 고개를 들어 상대방의 얼굴을 보고 슬며시 미소 짓는 것이었어요. 저는 검은 머리 파뿌리 되도록 변치 않는 영원한 사랑을 믿는 사람은 아닌데도 그 순간만은 한 폭의 그림 같은 그 흐뭇한 정경에 매료된 것 같아요.

그들은 책을 읽는 게 아니라 마치 그들이 지나온 인생을 읽고 있는 듯싶었어요. 창밖의 호수 위로 굵은 빗방울이 쉼 없이 듣고 있었지만 찻집 안은 폭풍우 치는 세상과 격리된 또 하나의 세상 같았지요.

100여 개의 운하와 400여 개의 다리로 된 도시, 모든 집들이 물 위에 떠 있는 도시, 곤돌라와 '바포레토'라는 수상 버스가 도시의 낡고 오래된 건물 구석구석을 누비고 해마다 여름이면 국제영화제가 열리는 이곳 베네치아에서, 비가 오고 바람이 부는 날이면 물 위에 부초처럼 떠 있는 집들은 다들 어떤 꿈을 꿀까요. 언젠가 비가 더 많이 와서 물속 깊은 곳으로 잠기는 꿈 아니면 바람에 돛을 달고 망망한 대해로 내달리는 꿈.

열차의 속력이 점점 떨어지고 있어요. 기차가 산타루치아 역에 닿으면 저는 곧장 산마르코 광장으로 달려가려고 해요. 그곳에 가면 거리의 악사들이 연주하는 〈사랑의 찬가〉나 〈장밋빛 인생〉을 들을 수 있겠지요. 로마의 에스파냐 광장에서 울려 퍼지던 〈카니발의 아침〉이나 파리의 벼룩시장에서 나지막하게 흘러나오던 〈그린슬리브〉 같은 노래들. 바포레토를 타고 리도 섬으로 가는 뱃전에서 어쩌면 제인 오스틴을 읽고 있는, 선생님의 고운 눈매를 닮은 영국 소녀를 만날지도 모르겠네요.

상처는 타인과 맺는 관계 속에서 치유될 수 있다고 저는 여전히 믿고 있습니다.

보고 싶습니다.

1부

그 거리로 나는 간다

잃어버린 한 줌의 시간을 찾아서

황학동 만물시장, 그곳에는 오래된 미래가 있다

풍경은 밖에 있고, 상처는 내 속에서 살아간다. 상처를 통해서 풍경으로 건너갈 때, 이 세계는 내 상처 속에서 재편성되면서 새롭게 태어나는데, 그때 새로워진 풍경은 상처의 현존을 가열차게 확인시킨다. 그러므로 모든 풍경은 상처의 풍경일 뿐이다.

— 김훈,《풍경과 상처》서문에서

저마다의 일생에는, 특히 그 일생이 동트는 여명기에는 모든 것을 결정짓는 한순간이 있음을 일찍이 갈파한 이는 생에 관한 소박하고 겸허한 잠언들로 문학청년 알베르 카뮈의 가슴을 들뜨게 만든 저 유명한《섬》의 저자 장 그르니에였다. 지중해의 철학자로도 불리던 이 섬세하고 사려 깊은 산문가의 말을 빌리자면, 유년기와 청년기에 걸쳐 온통 나를 사로잡은 것은 다름 아닌 '거리'였다.

나의 최초의 기억은 바로 거리에서 잉태됐고 나는 거쳐온 그 많은 거리에서 비와 바람과 눈을 맞으며 컸다. 거리는 어느 순간 눈부신 태양처럼 빛났고 또 어떤 경우에는 비 맞은 나무처럼 침울하게 가라앉아 있었다. 나는 그곳에서 사람들을 만났고 그 사람들은 악인이든 선인이든 모두 착하고 어질어서 어떤 일깨움을 주었다. 삶의 무늬는 그 사람들의 얼굴과 손에서 철 지난 바닷가의 파랑같이 일렁거렸고 나는 진정으로 집이나 학교에서 배워야 할 많은 것들을 그들에게 배웠다.

어쩌면 연민이라는 감정의 너울은 사랑보다 더 지독하고 그리움보다 더 끈질긴 집착에 불과한 것인가. 그러나 그 낡고 오래된 집착은 나를 시도 때도 없이 아프게 했으며 나는 그 아픔에 눈멀고 귀먹었다. 그리하여 김훈에게 모든 풍경이 상처의 풍경이었다면 내게 모든 거리는 슬픔의 거리다.

슬픔의 거리가 빽빽하게 들어찬 내 수첩의 첫머리에 황학동 만물시장이 있다. 황학동 만물시장이 서울시의 행정 구역으로 어느 구에 속해 있는지는 정확히 알지 못한다. 다만 주말이면 일대가 여기저기서 몰려든 차와 사람들로 발 디딜 틈도 없이 번잡해진다는 사실만 똑똑하게 기억하고 있을 뿐이다. 길가에 벌여놓은 노점상에서 팔지 않는 잡화는 거의 없다. 이 세상의 모든 물건이 모두 그곳에 있다.

나는 그곳에서 그렇게도 갖고 싶던 옛 화집들과 레코드판, 명작 비디오테이프들을 거의 공짜나 다름없는 헐값에 사들일 수 있었다. 가방 가득 헌책들만 수북이 담아오는 날도 많았다. 그런 날은 밥을 먹지 않아도 배가 부를 만큼 그저 행복했고 즐거웠다. 푸른 유리구슬이 촘촘히 박힌 연초록 어항 속에서 두 눈을 씀벅거리며 한가롭게 노니는 거북이 한 쌍을 정신없이 구경하던 적도 있었다. 그날 밤엔 수십 마리의 아기 거북이들이 내 이불 속으로 엉금엉금 기어들어 왔다.

어느 해 여름에는 낯선 할머니 한 분이 지나가던 나를 불러 세웠다. 할머니의 손에는 막 구워낸 수수떡 한 장과 식혜 한 사발이 들려 있었다. 총각, 많이 좀 먹어야겠네. 그러다가 병나겠어. 그때 그 할머니가 건네준 떡 한 조각의 온기가 입때껏 내 핏속을 돌아다니고 있다. 그녀에게서 오래전 돌아가신 외할머니의 체취를 맡은 것일까. 돌이켜보면 여태 나를 먹이고 입히고 키운 것은 바로 그들이 아니던가.

황학동은 기이하게도 서울이라는 이 병든 문명의 도시 한복판을 천천히 가로질러서 시간의 저쪽 끝으로 멀찌감치 달아나 하나의 독립된 섬으로 존재하는 외딴 행성과도 같다. 그곳에서 거래되는 많은 물품들도 자본주의 시장경제 안에서 교환가치를 부여받고 팔려나가는 일종의 상품에 불과할 텐데도, 나는 왜 이 우주의 공동空洞과도 같은 이상야릇한 블랙홀에서 자급자족과 물물교환만으로 풍요롭게 삶을 꾸려나간 원시공동체 사회의 평화로운 정경을 떠올리게 되는 것일까. 그것은 내게 습관처럼 남아 있는 아직도 버리지 못한 이상향을 향한 동경과 향수 때문인가.

서울의 거리는 슬픔의 거리다. 그 거리는 이미 원시적 생명력이 풋풋하게 살아 숨 쉬는 생활의 공간이 아니라 죽음의 먼지가 까맣게 내려앉아 더 이상 어떻게 손쓸 도리조차 없이 메마르고 건조한, 사막처럼 황폐해진 물신화된 거리다. 근대화의 수레바퀴 자국이 훑고 지나간 생채기 투성이의 상처 난 거리, 그러나 내가 끝끝내 버릴 수 없는 거리, 그 거리엔 기쁨과 슬픔이, 추억과 욕망이, 축복과 저주가 구근처럼 단단하게 얽혀 있다.

그러나 천년의 깊은 시름에 잠겨 있던 서울의 그 거리에도 어느새 봄은 소리 없이 다가오고 있다. 거리에서, 사람들은 여전히 일을 하고 어디론가 바쁘게 움직일 것이다. 사람들 틈에 섞여 나는 봄이 서서히 눈을 뜨는 그 거리의 한 모퉁이에 우두커니 서 있다. 그 거리는 내 속에서 조용히 흐르고 있다.

그렇다면, 오오 거리여! 내 몸 밖에서 바람난 구멍을 통해 천연덕스럽게 안쪽을 엿보고 있는 또 하나의 나여! 젊음이 오래오래 남아 있듯 너도 그렇게 거기 오래오래 남아 있거라.

★ 그래도 삶은 오래오래 지속된다

혜화동 옛길, 간직한 것은 잊히지 않는다

연제에게.

오랜만에 그 길을 걸어보았다. 예전에 너와 함께 걷던 혜화동 옛
길, 잊지 않았겠지?

　그 길에서 다시 너를 만났지. 6년 만이었다. 나보다 2년 먼저
대학에 들어간 너는 법학을 공부한다고 했다. 그러면서 지나가는
말처럼 중얼거렸지. 내가 지금 무얼 하는지 모르겠어. 낮은 신음
처럼 허공을 맴돌던 그 말은 내 가슴을 아프게 했다.

　그 뒤로 우리는 틈만 나면 그 거리 여기저기를 기웃거렸지. 가
을이면 '진선 북 카페'나 '소리 깊은 집'에서 만나 책을 읽기도 하
고 겨울엔 프랑스 문화원이나 북촌 창우극장으로 영화나 연극을
보러가기도 했다. 그것도 지치면 서울성곽을 거쳐 간송미술관까
지 슬슬 걸어 내려가 옛 그림을 보고 오기도 했지. 창경궁과 비원

의 여름, 서울 시내의 야경이 한눈에 들어오던 봄밤의 아찔아찔한 산책들을 내가 어떻게 잊을 수 있겠니.

그래, 라일락 향기가 죽음의 기미처럼 서서히 스며들던 그 짙은 봄날 오후, 정독도서관 옆에 있는 공원의 벤치에서 너는 느닷없이 민속 음악을 공부하러 가고 싶다고 했다. 그러면서 젊은 나이에 죽을 수밖에 없던 한 시인 얘기를 꺼냈지. 나, 똑같은 일을 겪었어. 묘역에서 나오다가 흰 소복을 입은 이한열 선배 어머님을 만났어.

그 순간 한 도시의 거리를 떠올렸다. 그 거리가 해방구가 된 어느 해 오월의 그 생생한 아침도 기억해냈다. 나는 가슴속에서 희미한 등불의 깜박임처럼 흘러내리는 부끄러움의 실체에 관해서 고백했고 너는 계속해서 사랑이 온전한 것이 되지 못하게 하는 사랑의 적들에 관해서 얘기했다. 언제나 나는 우유부단했고 넌 그런 점에선 훨씬 강인하고 그러면서도 현명했지. 순수하고 투명했다. 그래, 이제야 고백한다. 난 용기가 없었다. 용기가 없었기에 어떤 믿음에도 나를 내맡길 수 없었지.

네가 떠난 이 땅에도 시간은 시나브로 흐른다. 체게바라의 전기가 다시 번역되고 마틴 루서 킹 목사의 짧지만 긴 일생을 담은 책도 시내 한복판의 서점에서 손쉽게 찾을 수 있으니 말이다. 그래, 네가 핏대를 세워가며 그렇게도 열을 올리던 프란츠 파농의 책도 몇 년 전에 나왔단다. 그런데 정작 너는 여기 없고 사람들은 이제 세상이 변했다고들 한다. 그런데 정말 세상이 변하긴 변한 거니?

나는 이해할 수가 없다. 그 사람들이 말하는 시대의 변화가 무엇인지 이 덜떨어지고 둔감한 머리로는 도저히 납득할 수가 없으니 어쩌면 좋을까. 21세기에도 원시인은 존재하나 보다. 아니면 나는 이상한 나라의 앨리스처럼 시공의 터널을 빠져 나와 어느새 다른 세계에 와 있는 걸까. 모든 것은 변한다. 모든 것은 변하지만 그 변화 속에 변하지 않는 그 무언가가 함께 녹아 있는 건 아닐까.

〈시간은 오래 지속된다〉라는 영화가 있다. 왜 느닷없이 영화 얘기를 꺼내는지 짐작하겠지. 맞아. 이 제목처럼 "미래는 오래 지속된다"고 말한 철학자가 있었잖아. 우리는 그때 그 '미래'를 '삶'이라는 말로 바꿔 해석하기를 좋아했다. 그게 무언지 잘은 모르지만 인간에게 고통스러운 기억이 있는 한 그 삶은 오래오래 지속되는 듯하다. 글을 쓰는 것처럼 삶은 그저 머리로 또는 가슴으로만 받아들이는 게 아니라 온몸으로 밀고 나가는 것임을 이젠 알겠다.

요즘은 이상하게도 몸이 많이 아프구나. 봄에는 땅속에 잠든 미친 자들도 눈을 뜨고 몸 아픈 자들은 모두 일어나 관 속으로 들어간다더니, 그래서 그런가. 오래오래 사는 것이 결국 이 세상의 싸움에서 이기는 길이라던데 너는 지금쯤 이역의 어느 하늘 아래를 걸고 있는지. 목련의 순결함을 닮은 너의 그 눈부신 웃음, 보고 싶구나. 실은 그 웃음이, 나를, 여기, 이곳까지 데려왔단다. 어디에 있든 몸조심하기를 바라며.

언젠가, 우리, 다시, 만날 때까지.

♠ 꿈길밖에 길이 없어 그 길로 나섰더니

필동 남산길, 우리 다시 만나는 그날은 언제일까?

그는 지하철 명동입구 역에서 내렸다. 지상으로 올라가면 그의 눈 앞에 남산 산책로가 모습을 드러낼 것이다. 그는 시 자체보다 시 적인 어떤 것이 던져주는 미묘한 울림을 강조하던 이 시대의 대표 적인 시인이 중국 최고의 신화서인 《산해경》의 한 부분을 빌려와 남산을 묘사한 대목을 떠올리면서 킥킥거린다. "남산의 첫머리는 회현이라는 고개다. 그 고개는 남산의 북향 그늘이 드리워져 늘 음습하고 차가워, 사람 살 곳이 못 된다. 이곳의 어떤 풀은 생김새 가 푸른 지렁이 같고, 가느다란 털이 달려 있고, 끈끈이액이 나와, 사람이 다가가면 긴 줄기로 휘감아 잡아먹으려든다."

지상의 길은 두 갈래로 갈라져 왼쪽은 남산골 전통 한옥마 을로 들어서는 입구, 오른쪽은 순환도로로 이어진다. 순환도로를 따라 들어서면 옷도 예술적으로 입고 밥도 예술적으로 먹고 잠 도 예술적으로 잘 것만 같은 멋쟁이 학생들이 깔깔거리며 지나가

28

던 아담한 학교가 나오고 그 맞은편에는 예전에 그가 뭐 재미있는 거 없나 기웃거리던 옛 영화진흥공사가 한국 영화 인스티튜트니 뭐니 하는 아주 해괴망측한 이름을 새로 내건 채 갖은 폼을 잡고 우쭐거리며 서 있다. 그는 유리창이 큰 그 건물을 가소로운 듯쓱 훑어본 뒤 다시 걸음을 옮긴다.

그러다가, 가끔 꽤 괜찮은 음악회를 여는 여학교 앞에서 잠시 걸음을 멈추고 숨을 돌린다. 몇 해 전, 이곳 여자고등학교의 강당에서 북한 어린이 돕기 기금 마련을 위한 시 낭송회가 열렸을 때, '나목의 작가' 박완서가 나이를 무색케 하는 낭랑한 목소리로 읽어 내려가던 '섬진강의 시인' 김용택의 〈그 여자네 집〉을 그는 오래도록 잊지 못하고 있다. 그때, 창밖으로는 때 이른 초겨울의 싸락눈이 한 올 한 올 내리고 있었나.

그는 연말의 서울 거리 위로 소리 없이 쌓여가는 그해 겨울의 첫눈을 강당의 창문으로 하염없이 바라보며 〈나목〉의 모델이 된 가난한 화가를 떠올렸다. 화가가 살던 1950년대 창신동 산동네를 생각했고 춥고 허기진 사람의 슬픈 눈망울을 닮은 따뜻하고 아름다운 그림들을 생각했다. 화가의 생애를 그는 사랑했다.

그는 또 걷기 시작한다. 야외 예식장과 케이블카 매표소를 거쳐 남산공원을 뒤로 돌아 시립도서관 쪽으로 발길을 돌린다. 1930년대에 〈봄은 고양이로다〉 같은 멋진 제목으로 시를 쓴 시인이 있었지만, 1980년대에도 〈나는 고양이로 태어나리라〉라는 시를 써서 문단에 신선한 감수성을 제공한 시인이 있었다. 제2대쯤에 해당하는 '고양이 시인'인 황인숙이 평소 시를 쓰러 들어갔다가 시는 못 쓰고 잡지 나부랭이만 잔뜩 읽고 나온다고 한탄하던 서울 시민의 도서관.

그는 도서관 벤치에 앉아 건너편의 한 건물을 바라본다. 사진을 공부하던 친구와 잘 알아듣지도 못하는 외국어를 벗 삼아 요절했다는 어느 천재 독일 감독의 영화를 보던 곳. 영화 속에서, 이루어질 수 없던 지휘자와 자신의 옛사랑을 회상하며 주연 여배우가 부르던 고혹적인 노래는 아직도 이명처럼 그의 귓가에 남아 있다. "언젠가처럼, 릴리 마를렌" 또는 "그대와 함께, 릴리 마를렌" 그리고 "그리운 릴리 마를렌."

2차 대전 때, 전쟁터의 병사들은 라디오에서 흘러나오는 이 곡을 들으며 두고 온 고향 산천과 그리운 이들을 떠올리고 눈물을 흘렸다고 한다. 그러나 그는 곧 몇 달 전인가, 사랑과 평화의 꿈을 노래하는 이 독일 가곡이 어느 인터넷 사이트의 광고 음악으로 사용된 것을 되짚어내고 씁쓸해한다. 사랑도, 이별도, 그리움도, 미래의 희망도 모두 값싼 상품으로 변질되는 세상. 오윤과 케테 콜비츠의 판화, 이애주와 피나 바우슈의 춤에 똑같이 매료되던 그 친구는 그래서 이 나라가 싫다고 했다.

이제 그의 곁에 아무도 없다는 사실이 그를 힘들게 한다. 그는 외롭다. 지쳐 있다. 곁에서 위로해주고 힘이 돼주던 친구들이 하나

둘 떠나가고 그는 여전히 이 막막한 도시에 홀로 남아 언제 올지도 모르는 기약 없는 꿈을 꾸고 있다. 그는 〈멀리 있는 빛〉과 〈나뭇잎은 그리운 불빛을 만든다〉를 쓴 작가처럼 달빛을 구부려 희망을 만들 수 있을까.

서울역과 남대문 시장이 한눈에 들어오는 남산의 끝자락, '소파로'라는 이름이 붙은 서울 중구 필동의 산책로를 하릴없이 배회하며 그는 길고도 지루한 한여름 낮의 꿈에서 영영 깨어날 길이 없다.

♠ 더 오랜 날들이 지난 뒤에도

송정리 바닷가, 그때 너와 나는 함께 살았다

며칠째 비가 퍼붓고 있다. 1년간 두고두고 와야 할 비가 폭풍우 휘몰아치듯 한꺼번에 쏟아지고 있어. 태양의 심장부만큼이나 뜨겁게 달아오르던 도시의 아스팔트, 그 건조한 대지 위를 시원하게 씻어 내리는 이 여름의 끝 소낙비인 듯싶다. 이 비가 그치면 팍팍하고 강마른 내 가슴으로도 소금기를 머금은 부드럽고 촉촉한 바람이 서늘한 해풍처럼 불어올 것이다.

천둥 번개, 번쩍거리는 파란 불꽃 사이로 빗줄기가 천천히 스며들고 있다. 빗소리가 조금씩 커진다. 소리도 없이 무너져 내린 내 정처 없는 마음처럼 수십만 개의 빗방울들이 후드득 날아올랐다 불시에 내려앉는다. 내려앉은 빗방울은 음계와 음계 사이 높은 음자리를 그리며 오선지 위를 마구 뛰어 다닌다. "꼭 말간 찻물이 하늘에서 떨어지는 것 같네." 어느 TV 드라마에서 나왔던가, 신선한 표현이라는 생각이 들어 머릿속에 넣어두었지. 불현듯 네 모습이 떠오르는 걸 보니 한 계절이 또 스쳐 지나가고 있나 보다. 곧 가을인가.

오랫동안 잊고 있었다. 그곳을 떠나온 지도 어언 20년이 넘었구나. 벌써 그렇게 됐네. 에밀리 디킨슨이었나. 희망이란, 우리들 길 잃은 영혼에 내려앉은 보드랍고 하얀 깃털 같은 것이라 노래한 지혜롭고 현명한 시인이. 그래, 그 희망을 가슴에 품고 네 곁에서 슬금슬금 뒷걸음치다가 결국 여기까지 오고 말았다.

시간이 참 많이 흘렀어. 네가 있는 그곳은 여전히 아름다운가? 생각난다. 그 바닷가 해변의 모래 언덕, 허허벌판 위에 외롭게 세워진 임시 교사와 계단을 오르내릴 때면 낡고 오래된 유령의 집처럼 요란한 소리를 내며 삐걱거리던 목조 건물들. 학교 주위를 방풍림처럼 빙 둘러싸고 있던 솔숲의 맑은 바람, 밤이면 파도 소리가 하늘에서 쏟아지는 별들의 합창 같던, 아, 그래 아무리 오랜 세월이 흘러도 점점 더 선명하게 되살아나는 추억들이 있다. 그 추억의 옹이진 마디마디 점점이 박혀 있는 너의 입술과 눈, 코, 귀 그리고 참빗으로 고이고이 빗어 목뒤로 땋아 올린 검고 숱이 많은 머리카락.

누렇게 빛이 바랜 사진첩, 인화된 추억의 밑그림 속 그곳에 너와 내가 있었다. 생일이 조금 차이 났을 뿐, 너는 나와 같은 해에 태어난 동갑내기였다. 우리는 늘 붙어 다녔다. 아니, 그렇지는 않다. 늘 붙어 다닌 것은 아니었다. 오히려 멀찌감치 비켜서서 서로 바라보는 날이 더 많았다. 나는 공부를 잘했고 너는 공부를 못했다. 나는 숫기 없는 모범생이었고 너는 남들이 다 알아주는 말썽꾸러기 푼수였다. 암사내 같은 머슴애와 말괄량이 계집애, 그래도 우리는 잘 통했다.

내색은 안 했지만 집안에 무슨 일이라도 생기면 자주 얼굴을 볼 수 있었고 그것이 나는 즐거웠다. 너를 보러 외가댁에 갔다가 한방에서 같이 잠을 자는 경우도 많았다. 그게 하나도 어색하지 않고 오히려 자연스러웠다. 어떤 때는 외할머니와 단 둘이 지내던 우리집에 네가 놀러 와서 며칠씩 묵어가기도 했다. 그런 때면 너와 나는 온갖 장난이란 장난은 다 치며 몹시도 짓궂게 놀았더랬다. 모르겠다. 서로 안기도 했을 것이다. 밤이면 이불 밖으로 목만 쏙 내놓은 채 아랫도리는 홀랑 벗고 아직 다 자라지도 않은 은밀한 부분을 서로 만져보면서 낄낄거리기도 했을 것이다.

그러던 네가 거짓말처럼 내 곁을 떠났다. 자기보다 몇 배는 더 큰 통의 뜨거운 물을 온몸에 뒤집어쓰고 몇 달을 병원에서 앓다가 집으로 돌아와 곧 눈을 감았다. 거짓말 같은 일이었다. 거짓말 같아서 실감이 나지 않고 그래서 더 믿기지 않는 일이었다. 네가 죽던 날 아침, 사촌 형이 할머니를 찾아왔다. 정미가 죽으려고 해요. 할머니는 형을 따라 나서면서 끝끝내 나는 데려가지 않았다. 그것이 마지막이었다. 나는 너의 죽음을 지켜보지 못했다. 정미, 너는 그렇게 내 곁에서 홀연히 사라진 것이다. 죽음이 무언지 아무엇도 모르던 나는 그날도 여느 날과 다름없이 친구들과 어울려 구슬치기를 하며 놀고 있었다. 그러다가 무엇 때문이었는지 문득 지나가는 말로 정미가 죽었대, 그랬을 뿐이다. 내 누이를 위해 해준 일은 단지 그것뿐이었다.

이 세상에 한 마을이 있다. 사람들에게 잘 알려지지 않은, 오직 나만 그 비밀을 고스란히 간직하고 있는 동해안의 작고 가난한 마을이 있다. 퇴락한 담장과 후미진 골목을 끼고 돌면 벌거벗은 아이들이 여전히 사시사철 맨발로 뛰어 노는 곳, 안마당을 사이에 두고 방 하나에 토담으로 된 부엌이 다닥다닥 붙어 있는 곳, 대문을 열고 바깥으로 나서면 얼마 안 가 곧 이웃집 툇마루가 한눈에 들어오는 그 초라하고 옹색한 곳에서 우리는 한 시절을 같이 뒹굴었다.

"언젠가 네가 한 번쯤은 가본 곳, 네 가슴속에 허물어진 제비집을 짓고 살던 곳, 너는 그때 어둑어둑한 헛간 한 귀퉁이에 쪼그려 앉아 울고 있었지. 무슨 일이 일어났는지 내가 누구였는지 짐작도 못한 채 유리병처럼 가느다란 무릎에 도둑 같은 얼굴을 심고 낮게 숨죽이며 세상에서 가장 아득한 얼굴로 소리 내서 울고 있었어. 생생하게 기억나." 어느 작가의 글처럼 너는 그렇게 내게 왔다.

과천 현대미술관 삼층 벽에는 꼭 너의 눈물을 닮은 그림이 걸려 있어. 수백 개의 물방울이 무리 지어 울고 있는, 아니 환하게 웃고 있다고 해야 하나. 물방울들의 손과 발이 서로 엉켜 있고 그의 혈관에선 따뜻한 피가 돌고 있었다. 화장을 해서 강이나 바다에 뿌려질 뻔한 내 누이는 결국 흙 속에 묻혔다. 너는 해변의 노송이 훤히 내려다보이는 바닷가 양지바른 언덕 위에 홀로 누워 있다. 가끔 비와 바람이 머물다 가고 이름 모를 산새들도 너를 찾아올 것이다.

가을이 오면 나는 기차를 타겠다. 기차를 타고 네가 잠들어 있는 그곳 간이역으로 갈 것이다. 역 대합실에 한 소녀가 서 있을 것이다. 플랫폼에서 나를 기다리고 있을 그 여자는 어릴 적 초록빛 방울 모자를 쓰고 내 주변을 깔깔거리며 뛰어다니던 귀여운 꼬마를 닮았다.

지금 내가 살고 있는 하루하루는 그때 그곳에서 네가 떨어뜨린 시간의 잎새다. 시간의 잎새로 만든 작은 꽃배다. 그 배를 타고 나는 멀리멀리 가고 싶었다. 아주 멀고 먼 옛날, 천년 전 신라나 가야의 어디쯤, 그곳에 가면 너를 다시 볼 수 있을까. 지금 내게 붙어 있는 온 숨은 너의 잠 속에서 몰래 빠져나온 일생의 덤이리라. 내 영혼의 몸은 두 겹의 옷을 껴입었다. 너는 내게 네 몫의 삶을 다 주고 한마디 말도 없이 훨훨 날아가버렸다.

⚓ 냇물은 흘러 흘러 어디로 가나

태백시 철암역, 어두워진 골목길로 아이들은 달려간다

강릉, 동해, 미로, 도계, 황지, 장성, 사북……. 바다에서 출발한 기차는 산으로 오르고 그곳에 조그만 기차역이 하나 있다. 아침에 널어놓은 빨래가 저녁이면 새까맣게 변하는 곳. 하늘이 보이지 않는 높은 산, 산에서 쏟아지는 물들은 다 집으로 흘러드는 이 세상의 오지. 칠팔십 년 대 중반까지만 해도 석탄 산업의 호황으로 활기를 누렸지만 1989년 정부의 석탄 산업 합리화 정책 때문에 점차 몰락의 길을 걷기 시작했고 1993년 급기야 마지막 탄광이 문을 닫으면서 사람들은 제 살길을 찾아 뿔뿔이 흩어지고 마을은 황량하고 쓸쓸한 고대 폐허의 유적처럼 빈집들만 덩그러니 남은 유령의 도시.

지금은, 아무도 거들떠보지 않던 폐광촌에서 영화예술의 메카로 부활한 일본의 유바리나 원시적 자유와 해방의 도시로 거듭난 미국의 산타페처럼 새로운 공간으로 탈바꿈할 꿈을 꾸고 있는 곳. 일찍이 음악인 김민기와 영화감독 박광수, 화가 황재형 그리고 시인 박세현이 삶의 끝으로 내몰린 버림받은 자들의 시리고 아픈 초상을 가슴 절절하게 그려낸 곳. 그러나 이제 지도에는 없고 내 머릿속에만 뚜렷하고 선명하게 살아 있는 곳. 돌이킬 수 없는 인생의 막장과도 같은 그 쓸쓸한 고장에서 까만 사람들을 보며 나는 자랐다.

그리고 그곳은……곁에서 나를 지켜주던 한 여자와 같이 울고 웃던 날들의 기록이 그대로 남아 있는 장소이기도 하다. 그와 나는 둘 다 외로웠다. 그에겐 자식이 없었고 내겐 부모가 없었다. 그 외로움의 끝을 생각하면 지금도 가슴 한복판으로 검은 강물이 핏물처럼 흘러내린다. 나는 그만큼 불행했고 그만큼 또 행복하던 것이리라.

지금은 세상을 떠난 남도 들노래의 명창 조공례의 소리를 우연히 그이가 세상을 떠난 다음 날 라디오에서 들었다. 구슬픈 만가였다. 노동요가 만가처럼 들린다는 것도 신기했지만 나는 그 노래를 들으면서 오래전에 돌아가신 할머니를 떠올렸다. 할머니는 십여 년에 가까운 세월 동안 어머니를 대신해 나를 먹이고 입히며 키웠다. 그는 내게 육친의 정을 일깨워준 유일한 혈육이었고 나는 그의 품에서 잠시나마 세상의 고단함을 잊을 수 있던 한 마리 가엾은 짐승이었다. 어쩌면 그는 나를 위해 이 세상에 잠시 왔다 간 어느 별에서 온 손님인지도 모른다.

그가 세상을 떠나던 날, 찰스 디킨스의 《데이비드 코퍼필드》에 나오는 어린 소년의 마음처럼 집으로 가는 길은 멀고도 멀었다. 나는 가까운 도시의 학교에 다니면서 유학을 하고 있었기 때문에 그의 임종을 지켜볼 수 없었다. 뒤늦게 연락을 받고 집으로 달려갔을 때 그의 육신은 관으로 들어간 직후였다. 상여가 나가던 날, 나는 눈물 한 방울 흘리지 않았다. 그때 나는 진실로 어리고 어렸나.

그리고 시간은 또 흘렀다. 날이 가고 달이 가고 해가 저물고 별이 뜨고 그렇게 시간의 급한 물살을 타고 나는 세상의 또 다른 사막으로 떠밀려왔다. 그곳은 하루 종일 세찬 모래바람이 일었다. 내 발이 흙 속에 파묻히듯 내 몸은 슬픔의 모래 속에 조금씩, 조금씩 파묻혔다.

그러던 어느 해 가을밤이었나. 피곤에 지쳐 깜박 선잠이 들었는데 습관처럼 켜놓은 라디오에서 아주 낯익은 한 여자의 목소리가 꿈결인 듯 저 멀리서 아득하게 밀려왔다. 어느 적막한 산사의 스님이 외는 게송과 같은 구음口音. 조공례의 소리를 들으며 십여 년도 더 지난 그 옛날, 친어머니나 다름없던 한 늙은 여자의 모습을 그려보았다. 별안간 그전에는 관심도 없던 그 소리가 가슴을 세차게 치기 시작했다. 그 두드림은 걷잡을 수 없는 것이어서 나는 무릎에 얼굴을 파묻고 한참 동안이나 흐느꼈다. 십여 년 전에 내 곁을 떠난 그이가 실은 내 가슴속에 살아 있던 것이다. 상여

소리는 나를 지금은 떠나온 형언할 수 없는 그리움의 세계로 데려간다. 살아남은 자와 죽어서 흙이나 바람이나 물이나 불로 화한 자들을 들쑤셔 다시 불러온다.

깊은 밤, 창밖에는 비가 내리고 추적추적 감기는 빗소리를 들으며 한 사내가 방 안에 우두커니 서 있다. 입술은 굳게 닫혀 있고 눈은 한밤의 칠흑 같은 어둠 속을 묵묵히 응시하고 있다. 눈길은 허공 속 어딘가 정처 없는 곳을 향해 휑하게 열려 있고 그 눈길이 가닿는 자리는 왠지 모르게 위태롭다. 어둠 속으로 서서히 하나의 영상이 나타났다 사라진다. 찰나, 바람이 밀려온다. 한순간 촛불이 훅, 하고 꺼진다. 타다 만 촛불의 검은 심지는 가늘게 바스라진다. 바람이 지나간 자리에 한 여자가 서 있다.

사내와 여자 사이에 긴 침묵이 흐른다. 사내는 여자를 향해 손을 내민다. 할머니, 저예요. 어서 제 손을 잡으세요. 여자는 말이 없다. 한시도 당신을 잊은 적이 없어요, 할머니. 그동안 어디를 다녀오셨어요. 그래도 여자는 말이 없다. 당신 손자가 이렇게 커서 이제 어른이 됐어요, 할머니도 기쁘시죠. 여자는 어둠 속에서 말없이 웃고 있다. 저랑 같이 오래오래 행복하게 살아요, 할머니. 옛날처럼. 여자는 가만히 고개를 끄덕인다.

한줄기 바람이 불어온다. 사내는 어둠 속 허공을 향해 두 팔을 벌린다. 어느새 그 여자는 사라지고 그이가 있던 자리에 까만 빗물이 주룩주룩 쏟아진다. 빗줄기가 점점 굵어진다. 사내는 힘없이 고개를 떨군 채 하릴없이 뒤돌아선다. 사내의 등 뒤로 거센 빗소리만이 가득하게 여울진다. 그의 입속에서 생각지도 못한 말이 불쑥 튀어나온다. 그는 낮게 중얼거린다. 할머니, 이 추운 날 당신은 어디 계세요.

⭐ 단 한 번뿐인 그 순간, 그 자리로 다시 돌아오는 것들

내 마음의 거리에 부치는 몇 줄의 편지

그 거리에 불이 켜지면 바람보다 창백한 얼굴로 누군가 흘러간 옛 노래를 부른다. 초저녁의 가로등 불빛, 강물로 쏟아져 내리는 계집애들의 깔깔거리는 웃음소리. 꽃잎처럼 젖은 축축한 입술들을 껴안고, 진딧물 같은 밤차를 타고 집으로 돌아오는 이 저녁은 왜 이리 추운 걸까.

어떤 날, 마음이 아프고 쓸쓸할 때, 그 마음이 어둡고 어두워 찬바람 잉잉거리는 길 위에서 벌거벗은 낙엽처럼 저 홀로 나뒹굴 때, 다 낡은 가죽가방에 환한 햇살로 버무린 얼굴 몇 개 달랑 집어넣고 무작정 길을 나선다. 어떤 날 누군가 불쑥 찾아와 나를 데리고 어느 낯선 벌판에 가닿아서 잃어버린 옛 이름을 목 놓아 부르다가 메아리가 되지 못하고 나를 기억하는 그 옛날의 바람도 되지 못하고 내게 되돌아오는 바로 그렇게 흐리고 흐린 날, 나는 잘 알지도 못하는 보이지 않는 힘에 이끌려 그 거리에 버려진다.

어디선가 한 번은 본 듯한 거리, 언젠가 한 번은 옷깃을 스치고 지나간 적이 있을 법한 사람들, 그러나 지금 이곳엔 없고 과거의 어느 한 지점에 추억의 책장처럼 붙박여 있는 공간, 그 틈의 여백으로 천천히 스며든다. 어느 날, 아무 일도 할 수 없고 그저 멍하니 한참 내 속의 고향으로 돌아가 마음에 세 들어 사는 집 한 채 지었다가 허물었다가 그렇게 맥없이 풀린 날, 소래에 갔다.

칠 년 만이었나. 수인선의 종착역, 그러나 협궤 열차는 없었다. 꼬마 열차를 사랑하던 작가도 그곳을 떠나고 얼어붙은 겨울 포구 시린 하늘 위로 외로운 갈매기들 두어 마리만, 하릴없이 떠다닌다. 흘러가는 것은 시간뿐만이 아니었구나. 같은 강물에 두 번 발을 담글 수는 없다고 한 사람은 고대 그리스의 유명한 철학자 헤라클레이토스였나.

정지한 모든 것들은 그들이 서 있는 자리만큼 떠돌며 움직이고 이 세상 그 어떤 것도 한 번 가면 다시 돌아올 수 없는 법인가. 그러니 토머스 울프가 〈청춘론〉이라는 짧은 산문에서 "모든 것은 지나가버린다. 지속되는 것은 아무것도 없다. 우리의 손을 얹자마자 그것은 연기처럼 흩어져버린다, 영원히 사라져버린다"라고 탄식한 것을 이해 못할 것도 없겠다.

고등학교를 졸업하고 나는 서울로 올라왔다. 처음 본 것은 안개가 자욱하게 깔린 청량리의 새벽 거리, 긴 잠에서 막 깨어나는 낯선 도시의 부스스한 얼굴이었다. 그게 시작이었다. 그 뒤로도 아마 새털처럼 많은 날들을 거리에서, 행선지도 정확하게 알 수 없는 버스 안에서, 이유도 목적도 없이 그렇게 흘려보냈을 것이다.

버스를 타면 하루에도 몇 번씩 쏟아지는 졸음을 참지 못하고 유리창에 이마를 찧었다. 두려웠다. 무수한 사람들이 잠시 모였다가 흩어지는 기류처럼 나를 밟고 지나갔다. 숱한 사람들을 만나고 그들을 스쳐 지나가며 주체할 길 없는 상념을 허공 속으로 띄워 보낸 채 하루하루를 죽였을 것이다. 공허하고 허무한 나날들. 그런데 허무가 삶의 한 양식이 될 수 있음을 그때는 미처 깨닫지 못했다. 허무와 마찬가지로 죽음도 삶의 한 양식이 될 수 있음을 그때는 눈치채지 못했다. 그렇게 나의 이십 대가 가뭇없이 사라져 갔다.

언젠가 한 시인의 글에서 사라지는 것은 아름답다는 구절을 본 적이 있다. 그게 아니라 사라지는 것은 처참하다고 말하는 사람을 만난 적도 있다. 지금 돌이켜보면 사라지는 것은 아름답지도 처참하지도 않은 듯싶다. 사라지는 것은 그저 사라질 뿐이다.

그리하여 나의 아픔, 고통, 내 안에서 끊임없이 소용돌이치던 욕망의 슬픔들, 그렇게 내 안에서 부서지고 찢기고 다시 기워지던 사람들, 나를 사랑하여 미워하던 사람들, 내가 사랑했고 미워하던 사람들, 한 슬픔이 다른 슬픔을 낳고 그 슬픔이 연민의 또 다른 이름이라 나지막하게 일러주던 내 안의 친구들, 이제 조금씩 내 몸을 열어 그들에게 간다. 내 몸, 내가 소유하지 못하고 나를 소유할 수도 없던, 내 몸. 이제 그 몸을 열어, 몸속의 나를 열어, 몸과 몸이 깨닫지 못하고 몸과 몸이 누리지 못하던, 내 마음의 거리, 내 앞에도 없고 뒤에도 없는, 오른쪽도 아니고 왼쪽도 아닌, 내 속에서 섞이고 뒤엉키고 헝클어진 그 거리로 나는 간다.

육으로 변해버린 서해 끝의 섬 오이도에서 경원선의 종착지가 돼버린 신탄리를 거쳐 작가 김유정의 고향인 실레마을과 소양강 푸른 물빛 그 너머 청평사로 이어진 남춘천과 분단의 비애가 여전히 숨 쉬고 있는 공허하고 화려한 동두천의 밤거리, 신촌 기차역에서 행주산성을 가로질러 북한산과 아차산, 낙성대에서 신림동 후미진 산비탈에 이르는 나의 거리에 오늘 밤 한 점 또 한 점 불이 꺼진다.

2부

그리움은 흔적을 남기지 않는다

아비뇽, 내 마음의 강과 숲으로 난 창을 열고

연 선생님께

누가 여행을 돌아오는 것이라 틀린 말을 하는가

보라, 여행은 안 돌아오는 것이다

첫 여자도 첫 키스도 첫 슬픔도 모두 돌아오지 않는다

그것들은 안 돌아오는 여행을 간 것이다

얼마나 눈부신가

안 돌아오는 것들

— 이진명, 〈여행〉 중에서

연 선생님께.

작년 성탄 전야는 참 쓸쓸했습니다. 마음을 둘 곳 몰라 방황하다
가 정신을 차려보니 예전에 선생님과 잘 가던 덕수궁 뒤쪽 작은

공원에 서 있었지요. 저도 모르게 발길이 그곳을 향했나 봅니다. 가까운 곳에 예배당이 있어서 저도 선생님도 그 주변을 그토록 좋아했나요.

언젠가 제가 선생님 바로 뒤를 아무 말도 안 하고 몰래몰래 뒤따라온 적이 있었잖아요. 그때도 연말쯤이었나, 어스름 달밤의 그림자가 등나무에 반사된 가로등 불빛을 받아 너울거렸고 때마침 인기척을 눈치채고 뒤돌아본 선생님이 절 발견하시고 어이없다는 듯 하 하 하 웃음을 터뜨리셨지요. 그 순간 선생님 눈에 반짝거린 생기와 소녀처럼 하얗게 빛난 얼굴을 영원히 잊을 수 없을 것 같아요.

연출가 친구의 소개로 다녀온 소박한 파티에서 선생님이 불현듯 그리워진 것은 그 기억 때문이었나 봐요. 대학로에 있는 소극장을 빌려 마음이 통하는 사람들과 밤늦도록 담소도 나누고 춤도 추고 노래도 부르고 그렇게 놀았어요. 거기 모인 사람들은 다들 진실한 눈으로 세상을 바라보는 듯싶었지요. 그들에게 진한 동질감과 연민을 느꼈다면 제게도 아직 때 묻지 않은 순수한 마음이 조금은 남아 있는 거겠지요. 그 마음이 선생님 한 분을 향해 온전히 열려 있다고 고백해도 이젠 놀라지 않으시겠지요?

그러고 보면 인간은 언제 어디서나 참 외로운 존재인가 봅니다. 기쁨과 환상 또는 황홀의 세계에 몸을 내맡기는 것도 그리 나쁘지 않았어요. 마음이 맞는 이들끼리 은밀한 공간을 만들어 무언가를 함께 즐기고 싶은 욕망이 누구한테나 있나 봐요. 서로 아름다움을 발견하고 칭찬하고 격려해주는 시간이 한 해를 결산하고 다음 해를 준비하는 이맘때에는 더 간절하게 필요한 거겠지요. 축시와 클래식 기타 연주, 상송, 플라멩코, 현대 무용, 첼로 연주와 연극, 플루트와 피아노 연주, 탱고와 살사가 어우러진 파티는 한마디로 완벽했어요. 더도 말고 덜도 말고, 라는 말이 생각날 정도였으니까요.

친교의 시간에 마신 와인 한 잔이 온몸을 따뜻하게 덥혀주었고 그때 간식으로 먹은 떡 한 조각의 든든함은 말로 표현할 수 없는 정서적 포만감을 불러왔습니다. "오늘도 우리는 우주의 가락에 맞춰 춤을 출 뿐이다. 사랑하는 그대여! 당신은 어떤 춤을 추고 있나요?" 예전에 선생님과 같이 읽은 책의 한 구절, 기억하시지요? 다음 파티 때는 꼭 선생님과 함께 나가 멋진 춤을 추고 싶다는 이루어질 수 없는 소망 하나를 가슴에 품고 집으로 돌아오는 길은 허전하기 짝이 없었습니다.

며칠 전 새벽에는 느닷없이 때늦은 겨울비가 내렸지요. 후드득거리는 빗소리에 놀라 눈을 뜨고도 한참을 자리에 누워 어둠의 물기에 눅눅하게 젖어 있는 방 안의 모습을 찬찬히 더듬어보았습니다. 바깥은 한겨울 추위에 파묻혀 찬비가 속살거리는 동안 벽과 천장과 창문 사이, 거기 그렇게 수명을 다한 사물의 수런거림이 나지막하게 새어나오고 있었지요.

중국이나 일본의 고서를 들추다보면 모든 물건은 저마다 고유한 영혼을 간직하고 있다는 구절을 만날 때가 있는데, 그 정겨운 목소리에 가만히 귀 기울이다가 예전에 어디선가 마주친 책의 일부분이 문득 생각났습니다. 영혼의 은둔처란 어떤 것이나 은신처의 모습을 지니고 있다는 말, 그래서 버림받은 것 같은 느낌을 주는 이런 겨울밤에는 인간은 누구나 존재의 참된 가치를 일깨우는 구석을 찾게 된다는 것. 유년의 불안하고 상처 입은 자아가 들어가 웅크려 앉던 오동나무 장롱과 참나무 궤 사이의 조그마하고 어두컴컴한 공간 말이지요.

오래된 먼지의 입김이 서린 책상 서랍처럼 가득 차 있으면서도 텅 비어 있는 공간은 곧 하나의 세계이고 나와 세계 사이를 이어주는 문이자 통로지요. 새집과 조개껍질에 아로새겨진 추억의 무늬처럼 과거는 얼마나 오랜 옛날을 가지고 있는 것일까요. '내가 있는 공간이 바로 나'라는 어느 시인의 아포리즘처럼 기억의 이편인 차안에서 응시하는 꿈의 저편, 피안은 또 얼마나 멀리 있는 것인지요. 그것은 멀리, 너무나 멀리 떨어져 있어서 더는 존재하지 않고 결코 눈에 보이지 않는 어떤 신기루 같은 환영인지도 모르겠어요.

상하고 죽어버린 모든 생명에 시선이 머무는 이 쓸쓸하고 외로운 밤, 저는 지난여름 훌쩍 찾아간 프랑스의 작은 시골을 떠올립니다. 국제적 연극 축제가 열리면서 어느새 세계의 중심이 돼버린 그 구석진 변방에서 빛의 물살처럼 출렁거리는 이미지들의 현장을 목격했습니다. "새로운 책들은 우리에게 얼마나 많은 적선을 베풀어주는가! 매일 하늘에서 싱싱한 이미지들에 관해 말하는 책들이 한 바구니 가득 내게 떨어졌으면 좋겠다"고 한 하얀 수염의 인자한 철학자 할아버지 가스통 바슐라르의 말처럼, 언제나 그랬듯 언어가 꿈을 꿀 때만이 말들은 지하실과 다락방을 갖춘 아늑한 집이 되나 봅니다. "이런 밤에 지붕 밑에 있는 자는 행복하다, 새집만 한 방이라도 가진 자는"이라고 한 러시아 옛 시인의 시구처럼 말이에요. 그리고 그런 말 자체에서 오르내리는 것, 바로 그것이 극작가의 삶이기도 하겠지요.

2001년 7월 9일 월요일
아비뇽으로 가는 길

7월 9일 오후 다섯 시, 대학원에서 희곡을 공부하는 우리 일행은 인천국제공항에서 파리행 타이항공 635편을 타고 지구 반 바퀴를 돌아 축제가 열리는 서유럽의 작은 도시로 가는 여행길에 올랐습니다. 모두 조금은 들뜬 기분으로 점점이 멀어져가는 산과 바다 그리고 성냥갑만 하게 작아진 집들을 내려다보고 있었지요.

　희곡 팀 일곱 명은 대부분 처음으로 해외 나들이를 하는 탓에 약간은 긴장된 표정으로 앞으로 펼쳐질 열흘 동안의 연수 일정을 머릿속으로 그려보는 듯했습니다. 그중에는 소설을 쓰려는 남자 후배 김과 연출에 관심을 두고 있는 이, 극단에서 배우 수업을 하고 있는 여자 후배 신, 그리고 비평 공부를 하고 있는 문도 있었지요. 학교에서 해마다 운영하는 21세기 해외 연수 장학금을 받아 축제에 참가하게 됐기 때문에 아비뇽에서 우리가 해야 할 일은 산더미 같았습니다.

우선 여러 공연들을 관람하는 것으로 시작해서 연출가나 작가들이 마련하는 토론회에 참석해 해당 작품의 형식과 내용을 세밀하게 파악하고 공연 문화의 경제적, 예술적 측면을 조사하는 작업이 기본적으로 배당됐지요. 또 기획 담당자를 인터뷰해 축제 운영 조직과 비용 조달 실태를 알아보고, 구 교황청 문화재와 자연 환경을 이용한 공연 시설, 관객들의 반응을 살펴본 뒤 한국의 크고 작은 축제 양식과 비교 고찰하는 연구 목적도 지닌 현장 학습의 성격이 강했기 때문에 기록을 남겨 자료로 활용하기 위해 주요 행사들은 디지털 카메라로 촬영하기로 했습니다.

다분히 공적인 방문이기는 했지만 그래도 모두 첫 여행의 기대와 흥분, 은근한 설렘으로 두근거리는 가슴을 숨길 길은 없었어요. 타이완과 방콕을 경유하느라 서른 시간을 꼬박 비행기 안에서 보내고 난 뒤, 시차로 하루를 당겨 7월 9일 새벽에 고대하던 파리에 도착했습니다. 공항에는 우리를 안내하기로 한 파리에서 건축학을 전공하고 있는 김의 형이 나와 있었지요.

사람의 기분을 우울하게 만들기로 악명 높은 파리의 우중충한 날씨 이야기를 주변에서 워낙 많이 들은 탓에 별 기대를 안 했는데, 드골 공항에 내려 시내로 들어오는 고속전철에서 바라본 파리의 아침은 한국의 가을 날씨를 연상케 할 정도로 맑고 청명했습니다. 푸른 하늘과 살갗을 파고드는 부드러운 바람 그리고 창밖으로 언뜻언뜻 스쳐 지나가는 아기자기한 거리 풍경은 파리에 관한 선입견을 일시에 없애주기에 충분했지요. 그러나 나중에 알고 보니 우리 일행이 도착한 때가 운이 좋은 거라고 하더군요. 파리가 그렇게 화창한 경우는 여름에도 별로 없다고 하니까요.

세계적인 일본의 화물 운송회사 '스즈키'의 선명한 마크가 찍힌 중형 트럭을 구경하면서 우리는 오정희의 소설 〈중국인 거리〉와 영화 〈고양이를 부탁해〉의 배경인 인천처럼 가난한 아시아인들이 주로 모여 사는 파리의 남쪽 외곽에 자리잡은 김의 형의 아파트에 잠깐 들렀지요. 거기서 간단하게 식사를 하고 아비뇽으로 가는 데 필요한 것들을 준비했습니다.

파리에는 동서남북으로 모두 4개의 기차역이 있는데 각각 종착지가 다르다는 얘기를 듣고 모든 유럽 여행의 출발점이 파리라는 사실을 새삼 느꼈지요. 아비뇽이 있는 프로방스 지방으로 가려면 파리 서역인 리옹 역에서 고속전철 테제베TGV를 타야 했습니다. 파리에서 오랫동안 그림 공부를 하신 선생님에게는 이 모든 일들이 아주 자연스럽게 느껴지겠지요?

선생님, 제가 얘기했나요? 어릴 때 외할머니와 자주 기차를 탔습니다. 그이와 함께 살던 태백의 탄광촌에서 어머니가 있는 바닷가 도시로 나오는 시간은 굉장히 길었어요. 새벽에 기차를 타면 밤늦게야 목적지에 닿았던 그 긴긴 시간 동안 저는 잠을 자기도 했고 기차가 통과하는 굴의 수를 세기도 했으며 잠깐잠깐 머무는 간이역들의 이름을 외우기도 했지요.

창문 너머의 바깥 풍경은 호기심 많은 소년을 현혹시킨 또 하나의 세계였습니다. 소년은 비가 오고 눈이 내리고 바람이 불던 그 세계의 다정하고 정다운 친구였으니까요. 완행과 보통과 특급 열차는 무궁화호와 새마을호, KTX로 바뀌었지만 눈부신 햇살처럼 쏟아지던 창밖의 풍광은 어떻게 달라졌는지 가끔 되돌아볼 때가 있어요. 파노라마처럼 펼쳐지던 전경은 속도에 정확하게 비례해 단조로운 것이 돼버렸는지 또는 지금의 저는 느릿느릿 스쳐지나가던 그 그리운 정경에서 점점 더 멀어졌을까 아니면 오히려 더 가까워졌을까 하는 쓸데없는 상념들 말이에요.

그때부터 이십여 년이 훨씬 지난 어느 날, 철없는 소년이던 그 청년은 파리에서 고속열차 테제베를 타고 연극 축제가 열리는 프랑스 남부 지방의 한 작은 시골 역으로 내려가고 있었지요. 최첨단 고급 등받이 의자에 기대 바라본 확 트인 바깥 풍경은 이국적인 여수를 자극하기 충분했고, 넓고 평평한 구릉 지대가 끝없이 펼쳐져 있어서 이대로 세상 끝까지 한없이 달려가고 싶은 턱없는 욕망에 사로잡힌 청년은 창밖으로 사라지는 그림 같은 장면들 한 점 한 점을 놓치기 아까워 한숨지었습니다.

그런데 참으로 이상하던 것은 가까운 곳의 마을과 들판과 강은 쏜살같이 지나갔어도 먼 데 하늘 위를 유유히 유영하던 새털구름은 그 자리에 오래오래 머물러 있는 듯 보이던 점입니다. 구름이 만들어내는 세상은 아늑하고 평화로웠습니다. 속도의 흐름과 무관하게 저를 포근하게 감싸던 그 꿈결같이 달콤하고 아득한 외로움은 현대 과학이 이룩한 또 하나의 색다른 정서였을까요.

우리 일행 말고 테제베 안의 승객들 대부분은 책이나 신문을 읽고 있었지요. 고즈넉하고 한가한 실내에서 조용히 책을 읽거나 사색에 잠겨 있거나 간혹 담소를 나누는 모습도 눈에 띄었지만 창밖에 시선을 빼앗기고 있는 사람은 거의 없었습니다. 아마 마차 여행을 하던 시절의 사람들은 서로 마주앉게 되는 배치 때문에 지루한 시간을 죽이려고 이런저런 시정 한담을 늘어놓았을 것입니다. 그리고 객실이 따로 없던 3등석과 4등석의 가난한 승객들은 의자 등받이에 기대 곯아떨어졌을 테지요. 그렇다면 느긋한 표정으로 책을 읽거나 신문을 보고 있는 21세기의 이 신종 여행객들은 철도 여행의 역사가 만들어낸 전형적인 부르주아 계급의 산물일 것입니다.

어머니를 사랑한 철학자 롤랑 바르트는 자가용을 가리켜 유일하게 사적 공간을 소유하게 만든 현대 문명의 이기라고 지적한 적이 있는데, 이것에 견줘 철도의 객차는 여행자 사이의 관계를 단절시키는 고립무원의 공간이 아닐까 하는 생각이 들었습니다.

사방이 열려 있어 사람들의 웃음소리로 왁자지껄한 3등 객실과 달리 1등 객실에는 대화가 단절된 상태에서 어색하고 냉랭한 침묵만이 감돌 뿐입니다. 그곳은 부르주아들에게는 사색과 고독을 즐길 수 있는 휴식의 공간이 될지 몰라도 동시에 '나'를 꼼짝없이 가두어버리는 이동 상자로, 내가 나갈 수도 없고 누군가가 들어올 수도 없는 밀폐된 공간이겠지요. 달리 말하면 그곳에서 누군가 죽어도 밖에서는 아무도 알지 못한다는 뜻일 테지요. 애거사 크리스티의 추리소설에 단골로 나오는 범죄 무대가 열차의 고립된 객실인 점을 감안한다면 사태는 훨씬 더 심각합니다.

기차는 미국에서 일반 마차와 같다고 해요. 예전에 우리가 거리를 지나다니는 이륜마차를 기다린 것처럼 미국인들은 기차를 기다리는 데 익숙하다고 합니다. 유럽에서 철도가 교통을 중개하는 것이었다면 미국에서는 교통을 만들어냈다고나 할까요. 미국인들은 기계나 산업이 자연을 파괴하는 것이 아니라 자연을 경작해서 돕는 힘이라고 이해한 것이겠지요. 유럽에서 적어도 18세기 이후에는 육로 여행을 마차나 말로 하는 것이 지배적이었다는데 미국 사람들은 가능한 곳이면 언제나 수로로 여행을 했나 봅니다.

마크 트웨인의 《허클베리 핀의 모험》을 떠올려보면 수로 교통의 혁신은 강의 증기선에서 비롯됐기에 결국 수로의 증기선과 운하선이 미국 철도의 모델이라고 짐작할 수 있습니다. 미국의 철도 노선은 자연 장애를 뚫고 가는 직선 형태가 아니라 그것을 피해서 강의 흐름이 연상되도록 건설된 것이지요. 물론 미국의 기술자들은 자연을 존중해서 그랬다기보다 되도록 적은 비용으로 노선을 깔려고 그렇게 기획했을 테지만요.

어쨌든 이런 배경에서 만들어진 미국 객차의 좌석에서 서로 마주보고 앉게 되는 난감한 상황은 있을 수가 없지요. 등받이를 옮겨놓을 수 있는, 자유로운 왕래와 이동을 보장하는 통로형 객차입니다. 계급 구분이 없는 하나의 커다란 홀로 된 객차는 민주적인 미국 개척 사회의 여행 수단으로 정치, 경제, 문화, 심리적인 측면에서도 아주 적합했다고 추측할 수 있습니다.

아비뇽으로 내려가면서 일행 모두 피곤에 지쳐 곤하게 자는 동안 제가 왜 이런 엉뚱한 생각을 하게 됐는지는……저도 잘 모르겠습니다. 아마 여행이 주는 낯선 체험과 느낌 때문이 아니었을까, 그렇게 짐작해볼 따름이지요.

도착 첫째 날 : 7월 10일 화요일

숲과 강으로 둘러싸인 자유의 도시

영국 작가 피터 메일의《산중생활》은 프랑스 남부에 있는 프로방스 지방의 향기로운 술과 맛있는 음식, 아름다운 산수와 풍요로운 민심, 인정 어린 풍속 등을 흥미롭게 묘사해 유럽인의 마음속에 또 하나의 이상향을 심어놓고 있습니다.

황금빛 태양이 충만한 세계, 산비탈 아래 가없이 펼쳐진 포도밭, 바람 속으로 흩어지는 감람나무 잎사귀와 소나무의 향기, 농가의 벽을 타고 올라가는 푸른 담쟁이덩굴과 붉은 장미, 테이블에 앉아 오래 묵은 와인을 즐기는 마을의 노인들, 오동나무 수풀 사이를 뛰어 다니는 아이들. 늦봄에는 야생 버섯들이 돋아나고 초여름엔 토마토와 후추가 자라며 팔월이 되면 호박, 사향, 안식향, 단향 등 갖가지 향초가 만발하고 시월이 오면 감람나무 이파리에 잔디와 같은 생기가 피어나고 포도가 익어 그것을 거두는, 어린아이의 살갗을 스치고 지나가는 사시사철 풍요롭고 신선한 풀 향기가 먼 이국처럼 아득한 나라, 그리고 프랑스, 에스파냐, 이탈리아의 민족 색이 어우러져 절묘한 조화를 이루고 있는 곳.

"그 시절 프로방스의 길은 참 아름다웠다. 햇빛으로 달구어진 돌담 사이를 지날 때면 무화과 잎사귀, 참으아리 나무 또 셀 수 없이 많은 올리브 가지들이 길 양옆으로 늘어서 반짝거렸다⋯⋯." 〈마리우스〉나 〈파니〉, 〈세자르〉 같은 자연을 향한 향수와 가족애를 그린 희곡으로 유명한 프랑스의 국민작가 겸 영화감독 마르셀 파뇰이 '마르셀의 여름'이나 '마르셀의 추억'이라는 제목으로 영화화하기도 한, 노년에 쓴 자전적인 작품 〈아버지의 영광〉과 〈어머니의 성〉에도 프로방스 지방의 시정이 눈앞에 보일 듯 생생하게 묘사돼 있지요.

프랑스 남부 지방은 이렇게 파리와 또 다른 멋을 풍기고 있었습니다. 〈마지막 수업〉과 〈별〉을 쓴 알퐁스 도데의 단편소설에 배경으로 자주 등장하던 곳이 바로 프로방스 지방이라는 건 선생님도 이미 아실 겁니다. 스트라스부르나 리옹, 낭시, 브장송처럼 어둡고 음울하고 습기 많은 북부 지방과 달리 이곳 남쪽은 맑고 아름다운 해가 온 천지를 환하고 투명하게 정화시켜주는 듯합니다. 마치 수줍음을 많이 타는 부끄러운 처녀처럼, 대지의 속살을 아직 드러나지 않은 세계 위에 펼쳐 보이듯 말입니다.

향수의 고향 그라스, 어촌의 고즈넉함이 배어 있는 앙티브, 카지노 왕국으로 유명한 모나코, 레몬의 마을 망통, 예술의 도시 님, 〈해변의 묘지〉로 유명한 발레리의 유적이 남아 있는 세트, 광기의 화가 빈센트 반 고흐의 흔적이 묻어 있는 아를, 프랑스 제3의 도시라 불리는 마르세유, 남유럽의 교통 요지이자 생선 요리가 기가막힌 항구 미사 그리고 프로방스 지방의 전형적인 옛 모습을 고스란히 간직하고 있는 엑상프로방스. 그중에 연극 축제가 열리는 아비뇽이 숨어 있습니다.

'매서운 바람의 도시' 또는 '강의 도시'라는 뜻을 지닌 아비뇽은 이 지방에 있는 유서 깊은 고도古都지요. 견고한 성벽으로 둘러싸인 시가지는 중세 도시의 옛 모습을 고스란히 간직하고 있고 시내의 북쪽 언덕 위에 우뚝 솟아 있는 오래된 교황청 건물은 이

곳이 그 옛날 '아비뇽 유수'라고 불리는 역사적 사건의 주요 무대임을 상기시키고 있었습니다. 1309년부터 1377년까지, 66년 동안 7명의 교황이 오랜 역사를 간직한 이 도시에서 권좌를 계승하며 머물렀지요.

내륙에서 흘러온 론 강이 프로방스 지방의 젖줄이 돼 성벽의 북서쪽을 휘감아 흐르면서 지중해로 흘러 들어가는 이 작은 도시에서, 매년 7월 중순부터 8월 중순까지 한 달 동안 열려 평균 12만 명이나 되는 여행객들을 불러 모으는 세계 최대 규모의 공연 페스티벌이 바로 아비뇽 연극제입니다.

1947년 9월 프랑스의 연극배우이자 무대 감독인 장 빌라르가 "아비뇽에서 예술 주간을!"이라는 기치를 내걸고 교황청 안마당에서 세 편의 연극을 무대에 올림으로써 시작된 이 유서 깊은 축제는 1964년부터 영역을 뮤지컬, 현대무용, 음악 등 인접 예술 분야까지 넓히고 최근에는 시나 미술 전시회, 영화와 비디오아트까지 문호를 개방해 자타가 공인하는 세계 공연 문화의 흐름을 파악할 수 있는 장으로 인정받고 있습니다.

아비뇽 페스티벌은 공공성의 연극 축제라는 특성을 가지고 있지요. 상업적 원칙을 따르거나 단순한 오락에 호소해서 관광객을 끌어들이는 행사가 아니라 창작극과 새로운 형식의 연극을 모아낸다는 뜻입니다. 그렇기 때문에 축제에서 빠질 수 없는 부분이 비평과 토론, 교육 프로그램이지요. 축제 본부는 매일 아침 그날 공연될 작품에 관해 기자회견을 하고 낮에는 배우, 감독, 비평가, 학자 등의 전문가들이 야외무대의 열린 공간에 모여 작품을 놓고 토론을 벌이는 것입니다.

프로그램은 크게 공식선정부문In과 자유참가부문Off으로 나뉩니다. 주최 측에서 작품을 선정하는 인 공연의 경우 세계 각국 수백 개 팀에게 참가 신청을 받아 그중 낙점을 받은 작품으로 채워지며, 오프 공연은 작품 선정 절차 없이 어떤 극단이라도 자유롭게 와서 공연할 수 있는 젊은 연극인들의 열린 무대지요.

고백하건대 선생님, 그곳에서 보낸 열흘은 제 생애에서 가장 자유로운 날들이었습니다. 아침부터 밤늦도록 구 교황청 자리 여기저기서 벌어지는 공연들은 숨 막히도록 황홀한 것이었습니다. 세계 각지에서 몰려든 연극을 사랑하는 마음만으로 행복한 사람들, 그들이 근 한 달 동안 프랑스의 시골 마을에 모여 잔치를 여는 것입니다.

예술이 인생을 모방하는 것이 아니라 인생이 예술을 모방하는 것이라 한 이는 "바람이 분다, 그러니 살아야겠다"는 말을 남긴 프랑스의 상징주의 시인 폴 발레리였지요. 진정한 예술 작품은 우리가 흔히 보고 있는 것을 실은 정말로 보지 못했다는 사실을 깨우쳐준다고도 한 발레리의 말을 빌리자면, 연극이 인생을 닮아가는 것이 아니라 외려 인생이 연극을 변주하는 것일까요.

그곳에서 일행과 라신의 〈베레니스〉나 몰리에르의 〈아내들의 학교), 주네의 〈발코니〉 같은 작품들을 보러다니기도 하고, 어느 날은 무리에서 따로 떨어져 나와 홀로 성곽 아래 미로처럼 펼쳐진 골목 구석구석을 누비기도 했지요. 밤하늘의 별을 바라보면서 관람한 연극도 좋았지만 낯선 이방인들이 사는 모습을 이곳저곳 기웃거리며 엿보는 것도 쏠쏠한 재미가 있었답니다. 그래요, 분명 거기서 저는 지금 이곳에 사랑하는 연인과 함께 있다면 하는 바람을 품었지요. 그녀의 손을 잡고 그 고풍스러운 골목을 걸어가고 싶었습니다.

마치 오래된 성에서 막 걸어 나온 듯한 노인들, 한여름의 따가운 햇살 사이로 피어오르던 동네 꼬마들의 하얀 웃음소리들, 젊은 연인들이 한가롭게 팔베개를 하고 누워 서로 살을 어루만지며 고즈넉하게 책을 읽고 있던 꽃과 나무로 둘러싸인 소박한 공원, 그리고 황인숙 시인의 맑고 투명한 시 〈황혼〉의 한 구절 "오, 저 스며들어오는/이 세상 것이 아닌 향기/이 세상 것이 아닌 빛깔/이 세상 것이 아닌 고요/오, 이 세상 것이 아닌 마음"이 푸른 휘파람처럼 두 입술 사이로 가느다랗게 새어 나올 듯한 성벽 위에서 가슴을 두근거리며 마주한 일몰의 아름다움. 그 일상의 평화로움을 그와 같이 나누고 싶었습니다.

돌이켜보면 숲과 강으로 뒤덮인 시골 읍 같은 인상을 풍기던 그 작은 마을은 지나치게 아름다워서 도리어 사람의 마음을 아프게 하는 곳이었습니다. 하나의 객관적인 사물의 풍경이 따뜻한 피가 맴도는 인간의 마음을 다치게 하고 상하게 할 수도 있다는 사실을 믿을 수 있으시겠어요, 선생님? 그때 그곳에서 저는 어쩌면 선생님을 생각한 걸까요?

그날, 리옹 역을 출발한 지 세 시간 반이 지나 숲과 강으로 겹겹이 둘러싸인 아비뇽에 도착한 것은 오후 3시쯤이었지요. 역에 내리자마자 우선 다음 목적지인 니스와 로마로 가는 기차표를 예약하고 우리는 한참 그렇게 역 앞 광장의 벤치에 넋 놓고 앉아 있었지요. 살갗을 베일 정도로 강한 한여름의 햇살이 역 광장을 뜨겁게 달구었지만, 그 강한 햇살 속에서 불어오는 시원한 바람은 그곳이 아시아의 동북쪽 끝에 있는 서울이 아니라 프랑스 남부 지방의 한 도시임을 말해주고 있었지요. 그 상쾌한 바람은 뜨거운 열기를 동반한 끈적끈적한 습기로 사람을 쉽게 지치게 하던 서울의 살인적인 바람과는 분명 달랐지요.

색다른 바람의 냄새를 호흡하면서 저희 일행은 역 앞 광장에서 아비뇽 시내로 들어가는 버스를 탔습니다. 중심가로 접어들면서 제 눈에 가장 먼저 들어온 것은 페스티벌의 개막을 알리는 수십, 수백 장의 공연 안내 포스터들이었습니다. 세계 도처에서 몰려온 여행객들은 이미 그곳 골목마다 자리를 잡고 앉아 흥겹게 달아오른 축제의 열기를 즐기고 있었습니다.

우리는 그곳에서 차를 갈아타고, 강 옆에 있는 숙소에 짐을 풀어놓고 나왔습니다. 말로만 듣던 피카소의 〈아비뇽의 처녀들〉

의 고장(그런데 피카소의 이 그림은 프랑스의 아비뇽이 아니라 에스파냐의 수도 바르셀로나에 있는 홍등가 아비뇽을 가리킨다지요. 하지만 저는 프랑스에서 왕성한 창작 활동을 한 피카소가 이곳 아가씨들을 모델로 그 유명한 작품을 탄생시킨 거라 믿고 싶어졌습니다. 아니면 화폭 속의 추상화된 풍만한 여인들이 프랑스와 에스파냐의 신비롭고 발랄한 분위기를 반반씩 섞었든가요), 에디트 피아프의 〈사랑의 찬가〉를 멋지게 불러 18세의 꽃다운 나이에 상송계에 데뷔한 아름다운 목소리의 가수 미레이 마티유가 태어난 곳이자 프랑스 민요 〈둥글게 모여 춤추자〉의 모델이 된 생베네제 다리가 있는 바로 그곳의 분위기에 비로소 제 몸이 아주 느린 속도지만 서서히 눈을 뜨고 있음을 직감적으로 느낄 수 있었지요. 드디어 저는 아비뇽에 도착한 것입니다.

제가 아비뇽에서 처음 보려고 한 연극은 저녁 7시에 시작하는 라신의 〈베레니스〉인데, 안타깝게도 표가 매진돼 다음날로 미룰 수밖에 없었습니다. 대신 9시가 훨씬 지나서 막이 오르는 몰리에르의 〈아내들의 학교〉를 관람하기로 일정을 바꿨습니다. 중세 프랑스 사회의 부조리한 현실을 날카롭게 풍자한 희극 작가로 유명한 몰리에르는 국내에서도 〈수전노〉나 〈스카팽의 간계〉, 〈서민귀족〉, 〈위선자〉 같은 작품으로 인기가 높습니다.

한국에 제대로 소개되지 않은 〈아내들의 학교〉는 몰리에르의 나이 마흔인 1662년에 초연한 작품으로, 여성 교육의 문제점을 신

랄하게 지적했다는 이유로 당시 사회에 큰 논쟁과 파문을 불러일
으켰다고 합니다. 42세의 독신남인 주인공 아르놀프가 자신이 데
려다 기른 소녀인 아네스에게 연정을 느껴 결혼하려 하지만 결국
뜻을 이루지 못하고 불행해지고 만다는 서글픈 사랑 이야기지요.
아네스가 아르놀프의 친구 아들인 오라스와 사랑에 빠지기 때문
입니다.

시대와 지역을 초월해서 언제 어디서나 이루어지지 못한 남녀
의 사랑 이야기는 사람의 마음을 애련하게 만듭니다. 특히 나이
차이가 많이 나는 경우나 근친 관계일 경우는 더욱 그렇지요. 한
국에서 본 이송희일 감독의 독립영화 〈굿 로맨스〉도 사회적 제약
때문에 맺어지지 못한 슬픈 연인들의 이야기였습니다.

그리스 비극처럼 성 안에 있는 야외무대에서 저녁 10시쯤 (서
유럽의 여름은 보통 밤 10시쯤 서서히 저녁 어스름이 깔리는데 그것도 신
기한 체험이었지요) 시작된 공연은 새벽 2시가 넘어서야 끝났습니
다. 공연은 무척이나 인상적이었습니다. 그 공연을 단지 인상적이
었다고만 해야 할까요? 아니, 환상적이었다는 표현이 더 어울릴
듯싶습니다. 특히 성의 종탑 위에서 아래로 내리꽂히는 푸른색 조
명은 신비롭기까지 했습니다. 대사가 프랑스어라서 제대로 알아
듣지는 못했지만 밤하늘의 별을 보면서 자연의 대기를 함께 호흡
한다는 것만으로도 유쾌하고 즐거웠습니다.

원형 무대 위에서 진행된 극의 분위기는 고전 정통극에 가까

웠지만 성 전체를 공연의 일부로 쓰는 그들의 실험정신이 부러웠지요. 무대 위의 배우들과 관객들만 살아 있는 것이 아니라 연극이 벌어지는 공간과 그 성을 둘러싼 자연의 모든 기미나 현상들이 함께 살아서 움직이는 듯했지요. 강행군으로 누적된 피로 탓에 공연 내내 혼몽한 정신을 수습하면서 무릎을 꼬집어야 한 지독한 상황이 아쉽고 안타까울 따름이었습니다.

어쩌면 저는 거기서 백일몽처럼 짧고 생생한 한여름 밤의 꿈에 빠져들었는지도 모르겠어요. 프랑스어에 관한 기억들. 그것은 고등학교의 프랑스어 시간으로 돌아갑니다. 그때 프랑스어 선생님은 멋쟁이었고 가끔 이브 몽탕의 〈고엽〉과 〈눈이 내리네〉, 조르주 무스타키의 〈나의 고독〉, 〈너무 늦지 않았어요〉 같은 샹송들을 학기가 끝날 때면 그동안 열심히 공부한 데 대한 보답이나 책거리 선물을 주듯 가르쳐주셨지요.

공부밖에 모르던 그 시절, 공부라고 해도 입시와 관련된 내용 외엔 아무것도 배울 수 없던 그때, 프랑스어 시간은 커다란 매혹으로 다가왔지요. 선택 과목으로 배정된 외국어 중에서 먼저 배운 독일어보다 프랑스어에 더 빠져든 것은 단순히 프랑스어가 독일어보다 더 사교적인 언어라서는 아니었을 거예요. 물론 독일어가 프랑스어보다 딱딱하다는 느낌을 받는 것이 사실이지만, 그때 배운 샹송이 잊히지 않는 것은 무엇 때문일까요.

프랑스어와 인연은 그렇게 시작됐고, 대학 입시에 떨어지고 학원에서 재수를 시작할 무렵까지 이어졌지요. 서울역 뒤편에 있던 그 낡고 허름한 은회색 건물. 토요일이면 시험을 치고 난 아이들이 꾸역꾸역 쏟아져 나오고 마중 나온 가족이나 친구들과 삼삼오오 짝을 지어 무엇인가 한참 지껄여대다가 언제 그랬느냐 싶게 제 갈 길로 뿔뿔이 흩어지던 시절, 건물 앞에 있는 육교 위에서 그 광경을 물끄러미 내려다보던 기억이 납니다.

선생님도 짐작하시겠지만 그것은 학원이 아니라 햇빛을 제대로 받지 못한 똑같은 복제품들을 찍어내는 공장에 가까운 곳이었어요. 그들 속에 15년 전의 제 모습이, 안경을 낀 채 먼 하늘을 자주 쳐다보던 동해 바닷가 마을에서 막 올라온 시골 소년이 끼어 있습니다.

대낮에도 어두컴컴한 구불구불하고 긴 복도. 그 복도를 지나 계단을 타고 이 층으로 올라가면 다시 유령처럼 나타나는 길고 비좁은 복도. 그 끝에 매점 하나가 덩그러니 있었지요. 점심시간이 되면 아이들은 주린 배를 움켜쥐고 엉금엉금 계단을 기어올라 매점 속으로 하나 둘 사라지곤 했습니다. 밥벌레들. 그래요, 선생님. 전국에서 머리가 좋기로 소문난 아이들만 모였다는 그곳에서 그 아이들은 공부벌레가 아니라 밥벌레였습니다.

봄볕이 따스한 오후면 간혹 어떤 아이들은 공장의 굴뚝 위로 기어올라가 뻐끔뻐끔 담배를 피워댔지요. 구름 한 점 없는 하늘은 평화로웠고 밝고 따스한 햇살만이 붕붕거리며 날아다니던 그 옥상 위에서 저는 꿈을 꾸었습니다. 한 편의 멋진 소설을 구상하거나 다른 아이들 틈에 끼어 해바라기를 했지요. 한가로운 공상을 즐기다가 어떤 이는 생의 희열을 참지 못하고 지상을 향해 밑으로, 밑으로 추락하는 일도 가끔 있었지요. 발 밑 아득한 곳, 시선이 미처 가닿지 못하는 언저리, 세상의 구석으로 말이지요.

다음 날 공장 안은 자유를 향해 두 팔을 벌리고 장렬하게 사라진 그이의 무용담을 입에 침을 튀기며 자랑하는 이상한 흥분으로 술렁거렸지요. 지금 생각하면 모든 게 이상했어요. 그곳은 마치 카프카의 성처럼 은밀하고 중세 유럽의 요새처럼 단단했지요. 초등학교 꼬마들이 쓸 법한 앉은뱅이 나무 의자에 앉아 책상에 얼굴을 파묻고 슬프게 울던 기억이 납니다. 아무도 제가 울고 있으리라고는 생각지 않았습니다. 저는 전혀 슬프지 않았거든요. 그런데도 자꾸 눈물이 나왔습니다. 불쌍한 녀석. 불쌍한 녀석. 같은 말을 되풀이하면서 제 살을 야금야금 파먹으며 저는 그때 그곳에서 조금씩, 조금씩 죽어가고 있었나 봅니다.

그렇지만 다른 것은 몰라도 프랑스어 시간만큼은 신선한 느낌으로 다가왔지요. 거기서 짤막짤막한 프랑스의 단편 소설들, 이를테면 도데의 〈마지막 수업〉이나 모파상의 〈아를의 여인〉, 생텍쥐페리의 〈어린 왕자〉와 네르발의 〈실비〉, 사르트르의 〈벽〉을 강독하는 짜릿한 즐거움을 맛보았어요. 자크 프레베르의 시를 알게 된 것도 그 시기였지요. 학원에서 매달 치르는 월례고사에 〈폭풍의 언덕〉 전문이 그대로 출제된 영어 시험만큼이나 프랑스어 시험을 보는 것은 그래서 재미있었습니다.

오히려 대학에 들어가서 프랑스어에 흥미를 완전히 잃어버렸어요. 입시 학원보다 불성실하고 형편없는 강의 내용과 엉성하기 짝이 없는 커리큘럼으로 일관하던 십여 년 전의 그 지리멸렬한 교양 외국어 시간들은 악몽이었습니다. 그때였을까요, 자연스럽게 외국어와 멀어진 것은. 그랬습니다. 그 시기는 또 마음 놓고 공부를 할 수만은 없는 때였습니다. 비몽사몽간에 저는 꿈과 현실을 구분할 수 없는 어떤 경계의 지점에서 그 시절로 거슬러 올라갔나 봅니다. 그런데 선생님. 하필이면 그 좋은 곳에서 왜 그토록 괴롭고 힘들던 때를 본 걸까요.

도착 둘째 날 : 7월 11일 수요일
머물지 못하는 고독한 여행자의 운명

이튿날부터 디지털 카메라로 아비뇽 거리를 찍어보기로 했지요. 원래는 첫날부터 공연 모습과 진행 상황을 담으려 했으나 배터리 충전 문제 때문에 미뤘던 것입니다. 영화를 만드는 친구들이 찍는 것을 옆에서 구경한 적은 있지만, 그리고 그 영화에 단역배우로 출연한 적도 있지만 직접 카메라를 들고 거리로 나서기는 처음이었습니다. 오전 11시 40분쯤 숙소를 나와 아침 겸 점심을 먹고, 토론회에 참가한 두 후배가 돌아오자 밤에 숙소에서 만나기로 하고 각자 보고 싶은 공연을 관람하기 위해 일행은 헤어졌습니다.

저는 작가 지망생인 김과 시내에서 멀지 않은 기차역으로 가 거리극을 보려 했지만 웬일인지 일정표에 표시된 공연은 아무리 기다려도 열릴 조짐이 안 보이고, 대신 이탈리아의 베로나에서 열린 음악제를 보고 전날 아침에 들어온 동료 일행을 그곳에서 만났지요. 알고 보니 서울에서 먼저 출발해 프랑스 북동부의 스트라스부르로 가 현지 조사를 마치고 돌아온 그들과 우리가 엇갈린 까닭은 고속전철이 지나는 테제베 역과 일반 기차가 다니는 기차역을 혼동했기 때문이었습니다. 그러니까 아비뇽은 기차역이 두 곳이나 되는 셈입니다. 그곳 지리에 익숙하지 않은 여행객들은 헷갈리기 십상이지요. 선생님도 처음 아비뇽에 가실 때 당황하지 않으셨나요?

그들과 헤어져서 김과 골목을 기웃거리다가 우연히 마을의 서쪽에 있는 '작은 고양이'라는 독특한 이름의 극장을 발견하고, 그곳에서 프랑스 현대 부부의 권태로운 일상에 깔려 있는 미묘한 심리를 섬세하게 그려낸 〈조르주와 알프레드〉라는 작품을 관람했습니다. 역시 대사를 제대로 알아듣지 못했지만 극의 흐름으로 보아 좋은 공연임을 알 수 있었지요. 훌륭한 작품은 언어와 상관없이 직관적인 감수성만으로도 얼마든지 공감할 수 있다는 작은 진리를 새롭게 깨달았다고나 할까요.

그러고 보면 연극을 본다는 행위 역시 머리로 따지고 들어가는 것이 아니라 가슴으로 또는 몸으로 자연스럽게 받아들이고 느끼는 것일 테지요. 이성적인 판단에 기초하는 것이 아니라 감성적인 끌림에 의존하는 상태겠지요. 그러고 보면 '감성만큼 강한 이성은 없다'는 말이 거짓은 아닌가 봅니다. 어쨌든 제게는 행운이었습니다. 전날에 이어 대사 중심의 프랑스 고전극과 현대극을 번갈아 본 셈이었으니까요.

저녁 6시엔 전날 보지 못한 〈베레니스〉를 관람하기로 일행과 약속했지요. 그러나 저는 왠지 내키지가 않았습니다. 프랑스가 낳은 위대한 고전 비극 시인 라신의 여느 작품들과 마찬가지로 〈베레니스〉는 고상한 언어, 마력적인 문체, 음악적인 시구로 운명과 정열의 갈등 속에서 파국을 맞는 주인공들의 심리를 탁월하게 드러냈습니다. 팔레스타인의 여왕 베레니스가 로마의 티투스 황제와 결혼하지 못하고 이별하는 불운을 그리고 있지요.

이 희곡은 라신이 나이 서른 즈음에 쓴 여섯 번째 작품으로 루이 14세 시대 프랑스의 재상이자 중상주의의 창시자이고 문화정책의 아버지이기도 한 장 밥티스트 콜베르에게 헌정하려고 쓴 것입니다. '베레니스를 열렬히 사랑해 결혼하기로 약속까지 한 티투스 황제가 서로의 간절한 소망에도 불구하고 황제라는 의무감 때문에 어쩔 수 없이 그녀를 다시 돌려보냈다'는 역사적 실화를 소재로 삼고 있지요. 라신은 이 작품을 쓰면서 다음과 같은 말을 남겼다고 합니다. "비극에 유혈과 죽음이 꼭 있어야 할 필요는 전혀 없습니다. 단지 위대한 줄거리, 영웅적인 등장인물, 자극적인 정념이 어우러져 비극의 온갖 기쁨을 이루는 장엄한 슬픔을 모두가 느끼는 것으로 충분합니다."

구조발생학의 창시자인 뤼시앵 골드만의 저서《숨은 신》과 미국의 연극학자 프랜시스 퍼거슨의 풍부한 독창성이 돋보이는 연극 이론서인《연극의 이념》에도 이 작품이 언급되고, 롤랑 바르트도《라신에 관하여》라는 책에서 이 운명적인 비극을 다루고 있지요. 베레니스는 티투스를 욕망하지만 티투스는 오로지 습관으로 베레니스와 맺어져 있기 때문에, 이 작품은 희생의 비극이 아니고 티투스가 성큼 감행하지 못하는 애인 버리기의 이야기라고 말하고 있습니다. 티투스는 의무와 사랑 사이가 아니라 계획과 행동 사이에서 갈팡질팡하고 있다는 겁니다.

그럴듯하지요, 선생님? 저는 이 구절을 읽으면서 역시나 비범한 기호학자라는 명성에 딱 들어맞는 바르트다운 해석이라고 생각했습니다. 바르트는 이 작품을 분석하려고 밤의 이미지와 동양적인 무無 개념을 끌어들이고 있습니다. 〈베레니스〉를 굳이 보지 않은 배경에는 라신의 다른 작품인 〈페드르〉가 영화로도 만들어진 워낙 유명한 작품이고 그밖에도 트로이 전쟁의 후일담인 〈앙드로마크〉나 로마의 유명한 폭군 네로와 네로에게 죽임을 당하는 이복동생의 불행한 가족사를 다루고 있는 〈브리타니쿠스〉를 국립극장에서 본 기억이 있기 때문이었는지도 모르겠습니다. 선생님도 보셨는지 모르겠는데, 작년 봄이던가요, 광화문에 있는 한 예술 영화관에서 개봉된 프랑스 영화 〈타인의 취향〉에서 극중 배우들이 공연한 작품이 바로 〈베레니스〉지요.

어쨌든 일행들이 〈베레니스〉를 보는 동안 저는 따로 빠져나와 거리 구석구석을 돌아다녔어요. 성곽을 끼고 죽 한 바퀴 돈 뒤 교황청 위로 올라가 아비뇽 전체를 한눈에 내려다보기도 했지요. 아비뇽은 볼수록 오래 머물고 싶은 마음이 새록새록 솟아나는 곳이었습니다. 축제가 열리는 여름이 아니라 인적이 드문 겨울이 오히려 더 운치가 있을 듯싶기도 했고요.

도시의 중심가를 벗어나 성의 뒤쪽으로 돌아나가면 주민들이 생활하는 공간이 나타나고 그곳에서 대여섯 살쯤 돼 보이는 꼬마 아이들이 자유롭게 뛰어 놀고 있었지요. 사시사철 연극을 정기적으로 공연하는 극장도 곳곳에 있고, 공원도 알맹이 없는 포장처럼 겉만 번지르르한 게 아니라 인간이 그 속에서 편안하게 쉴 수 있도록 꾸며져 있었습니다.

아비뇽에서 주민들의 삶과 축제는 분리된 게 아니라 서로 섞여 있는 듯싶었어요. 그들의 생활 속에 축제가 있고 축제 속에 생활이 녹아 있었지요. 아니, 삶이 곧 축제고 축제가 곧 삶인 일상이 자연스러운 습관처럼 뿌리를 내리고 꽃을 피운 듯 보였지요. 〈8과 1/2〉이라는 영화에서 주인공 귀도 안젤미 역으로 분한 마르첼로

마스트로얀니가 "인생은 축제일과 같은 거야. 그러니 모두 함께 축제와 같은 인생을 즐겨야 해"라고 중얼거렸듯 말입니다.

그렇게 발길 닿는 대로 이곳저곳을 헤매다 교황청 바로 아래 있는 영화관에 우연히 들어가게 됐는데, 거기서 핀란드의 영화감독 아키 카우리스마키의 독창적인 영화 〈레닌그라드 카우보이 미국에 가다〉에 나오는 세계 최악의 밴드들처럼 자유분방한 모습을 한 무명 연주인들을 만났습니다. 빨간색 오토바이를 타고 황야의 무법자처럼 느닷없이 영화관 입구로 들이닥친 그들은 다음 영화가 시작되길 기다리며 야외 카페에 앉아 즐겁게 담소를 나누고 있던 여행객들 앞에서 즉흥연주를 펼쳐 보였지요.

유쾌한 웃음을 선사하고 눈 깜짝할 사이에 다시 바람처럼 사라진 기타를 멘 사십 대의 이 독일인 청색기사들은 정말 자유로워 보였습니다. 이런 모습들은 축제가 열리는 골목 곳곳에서 볼 수 있는 진경이기도 했지요. 플라멩코를 연주하는 4인조 집시 밴드와 전통 고전극인 노能를 공연하는 일본인 차력사, 홀로 바이올린을 켜는 금발의 미소녀, 온몸을 백색 옷으로 뒤덮은 인간 동상 부부, 마리오네트 인형을 부리는 검은 베레모를 쓴 노인, 분홍빛 보자기에서 흰 비둘기를 끄집어내는 마법사에 이르기까지 마을 전체가 온통 이국적인 분위기로 술렁이고 있었습니다.

그중에서도 유독 반가운 만남이 저를 기다리고 있었는데요, 한국에서 온 연극인들을 발견한 것이지요. 호동왕자와 낙랑공주의 옛날이야기를 변형한 최인훈의 희곡 〈둥둥 낙랑둥〉을 들고 머나먼 아시아의 변방에서 아비뇽까지 날아온 진해 극단 '입체'와, 공연예술아카데미 출신의 배우 양승한과 최석규가 단원으로 있는 원주 극단 '노뜰'의 〈동방에서 온 햄릿〉의 가두 선전전을 보고 가슴 한켠이 뿌듯했습니다.

아비뇽은 한국의 젊은 예술가들도 꼭 한 번쯤은 다녀오고 싶은 곳인가 봐요. 프랑스 유학 시절 아비뇽 연극제의 대형 포스터 앞에 수줍게 서서 찍은, 소설을 쓰는 최윤 선생의 사진이 머리를 스치고 지나가는가 하면, 어느 글에서인가 읽은 중견 연출가 김아라 선생과 자유로운 영혼을 지닌 여행가이자 시인인 조병준 일행이 아비뇽에서 겪은 일화 한 토막도 문득 생각났지요.

시인 기형도의 오랜 친구이기도 한 조병준은 이곳에서 본 성실하고 진지한 공중 곡예에 감동을 받아 곧바로 그 곡예사와 친구가 됐다고 고백하고 있습니다. 그것은 분명 자유로운 영혼을 지닌 자들끼리 어느 정도는 미리 정해진 운명적인 만남이었겠지요. 그러니까 곧바로 친구가 될 수도 있던 것이고요.

조병준 시인과 달리, 파라솔 밑에서 담배를 피우는 한 프랑스 여인과 우연히 눈이 마주쳤습니다. 갑자기 온몸에 짜르르 하고 전류가 흘러내렸습니다. 그런 걸 두고 한눈에 반한다고 하는 건지요. 키에슬로프스키의 '삼색' 연작에 나오는 쥘리에트 비노슈나 줄리 델피를 닮은 그녀의 모습이 지금도 잊히지 않습니다. 주변 풍경이 저만치 물러나고 그녀의 모습만 또렷하게 눈앞으로 다가오는 느낌 말입니다.

아니, 어쩌면 그 여인은 파스빈더의 옛 동료인 독일의 영화배우 한나 쉬굴라나 영화 〈베로니카의 이중생활〉의 주인공인 폴란드 출신의 여배우 이렌느 야곱의 젊은 시절이 되살아난 것인지도 모르겠습니다. 비웃으셔도 좋아요, 선생님. 어쩌겠어요. 어떤 여성에게 그토록 강렬하게 끌리는 느낌을 받은 적은 처음이었지요. 그렇지만……용기가 없었어요. 가까이 다가가 말 한번 제대로 걸어볼 숫기도 없었습니다. 그것도 얄궂은 운명이라면 운명인 건가요? 그 혹독한 운명을 저는 기꺼이 받아들이기로 했습니다.

거리에는 16세기에 시작돼 3세기 동안 직업적인 유랑극단이 유럽 전역에서 순회 공연한 전문인들의 기교 희극 '코메디아 델 아르테' 풍의 이탈리아 전통 소극笑劇이 관객들의 흥미를 끌고 있었지요. 피에로 복장을 하고 머리에 갈색 두건을 쓴 이들이 노천 카페의 한복판에 가설무대를 만들어놓고 지나가는 행인들을 유혹했습니다. 그들이 벌이는 포복절도할 마임mime이 어머니의 치맛자락에 매달린 꼬마 관객들의 호기심을 자극했습니다. 가설무대는 순식간에 손뼉을 치며 좋아하는 어린이들의 소굴로 변해버렸습니다.

저 역시 그런 거리의 열기에 취해서 도끼 자루 썩는 줄도 모르고 게으름을 피우다 밤이 이슥해서야 숙소로 발길을 돌렸지만,

돌아오다가 다시 강 옆에 열린 만물시장에 마음을 **빼앗겨버렸습**
니다. 세계 각국에서 몰려든 신기한 수공예품을 구경할 기회는 그
리 흔치 않기 때문이라고 변명한다면 선생님은 흉보실까요.

양옆으로 죽 늘어선 그 물건들 중에서 시선을 가장 강렬하게
잡아끈 것은 인도에서 온 크기가 각각 다른 북과 피리였습니다.
순간, 언젠가 해오름극장과 국립국악원에서 본 세계 북 축제와
피리 대회가 떠올랐습니다. 수백 개의 피리와 수십 개의 북이 한데
어울려 불협화음의 조화를 이루어내던 그 황홀한 무대. 그러나 저
는 엉뚱하게도 그 옆에 있는 나무 연필과 반짇고리를 사고 싶었
습니다. 이상하지요, 딱히 여자 친구에게 줄 선물도 아닌데 그 상
자에 눈이 간 것은. 한참을 매만지다 결국 뒤돌아서고 말았지만
숙소에 들어와서도 오랫동안 그것들이 눈앞에 아른거리더군요.

가난한 배낭여행자들에게 안성맞춤인 그 숙소에는 축제가 계
속되는 동안 세계 여러 나라의 여행자들이 수시로 들어왔다 나가
고 다시 들어오고 있었지요. 대부분은 20대로 보이는 젊은 학생
들이고 쓰는 말도 프랑스어만이 아니라 독일어와 이탈리아어, 에
스파냐어, 영어와 일본어 등 아주 다양했습니다. 간혹 폴란드어나
러시아어가 섞이는 경우도 있었지만 중국어나 한국어가 들리는
경우는 드물었지요. 그들 틈에 끼어 있는 아시아에서 온 저는 어
느덧 서른을 훌쩍 넘긴 나이 많은 학생일 뿐이었지요. 나이는 많
이 먹었어도 여전히 철은 덜 든 미숙한 여행자 말이지요.

빛과 어둠이 교차하는 태초의 공간

다음 날에는 큰맘 먹고 아침 일찍 일어나 숙소에 있는 카페에 앉아 공연 관람 일정을 정리했지요. 어느 정도 요령이 생긴 탓이었습니다. 새벽 공기는 더할 나위 없이 상쾌해서 마치 산들거리는 봄바람에 몸을 내맡기고 있는 착각마저 들었습니다.

아비뇽 연극제에 관한 언론의 관심은 한마디로 대단했습니다. 공연 본부에서 배포되는 팸플릿 말고도 프랑스 최고의 지성지인 《르몽드》와 우파를 대변하는 《르피가로》도 특별판을 만들어 6일부터 28까지 열리는 아비뇽 축제를 홍보하고 있었지요. 그밖에 영화나 연극, 춤에 관련된 전문지들도 전날 화제가 된 공연과 배우들에 관한 기사를 속속 실었습니다.

실험적인 연극에 중점을 두어 이 입장을 옹호하고 아비뇽 페스티벌의 문제점을 지적하는 《뤼마니테》 같은 젊은 신문 — 알고 보니 이 신문은 역사가 오래된 프랑스 사회당의 기관지였어요. 그러니까 물리적인 나이로 치면 그렇게 젊은 신문이라고 할 수는 없지만 당대 사회를 조망하는 눈이나 시각, 생생하게 살아 있는 그 정신만은 청년에 가깝다고 해야겠지요 — 도 눈에 띄었습니다. 그런 경험은 한국에서 좀처럼 맛볼 수 없는, 아니 맛보기 힘든 참으로 신선한 충격으로 다가왔습니다. 그건 아마 우연이 아니었을 거예요.

아비뇽 동쪽 끝자락에 있는 기성 극단 '살아 있는 레디메이드'에서 막을 올린 실험극 〈버트 셀콩〉을 보러 갔다 우연히 한국에서 온 서명수 선생님과 이영란 선생님을 만났습니다. 서명수 선생님은 몽펠리에 있는 연구소에 거처를 마련하고 계셨고 이영란 선생님은 연극 본부 맞은편에 있는 호텔에 다른 동료들과 함께 여장을 풀고 계셨지요.

'스웨덴보르그 교수의 방'이라는 부제를 달고 있는 그 극은 말 그대로 좁은 방 안에서 벌어지는 한 지식인의 자유분방한 자의식의 세계를 드러내는 공연으로, 〈샘〉이라는 작품으로 유명한 마르셀 뒤샹의 조카가 연출한 전위적인 일인극이었습니다. 빛과 어둠이 교차하는 태초의 무대 공간에 관심을 두고 있는 그는 유럽 전역에서 사진작가로도 이름을 떨치는 중이라고 했습니다. 저는 그곳에서 안 되는 줄 알면서도 디지털 카메라로 공연 장면의 몇 부분을 찍었습니다.

공연이 끝나자 중앙에 있는 맥도날드에서 선생님들과 정보를 교환했지요. 장선우 감독의 영화 〈꽃잎〉에서 미친 소녀의 어머니 역으로, 그리고 페미니즘 연극 〈자기만의 방〉으로 알려진 연극배우 이영란 선생님의 적극적인 추천으로 서커스 공연 〈아이오타의 유목민〉을 보기로 결정하고 다음 날에 갈 예정인 아를도 동행하기로 했습니다.

다시 일행과 헤어져 배우를 꿈꾸는 후배 신과 이인무 〈사랑의 춤〉을 보러 갔지만 장소를 잘못 알아 한참 헤매다가 결국 공연 시간이 지난 뒤에야 극장 입구에 도착해 안으로 들어갈 수가 없었지요. 아까운 택시비 40프랑만 날린 셈이었습니다. 헛헛한 마음을 달래며 다시 맥베스 공연장을 물어물어 찾아갔지만 거기서도 표를 두 장밖에 구하지 못해 일행 중 두 명만 공연을 관람할 수 있었고, 소설을 쓰려 하는 김은 서커스를, 다른 두 명은 장 주네의 〈발코니〉를, 저는 푸슈킨의 〈보리스 고두노프〉를 보러 다음 장소로 이동해야만 했지요.

정작 공연을 보는 시간보다 공연 장소를 찾는 데 더 많은 시간을 써야 했고 그것이 초행길인 우리가 감내해야 할 몫이었지요. 하루하루가 어설프고도 서투른 해프닝의 연속이었으리라는 걸 선생님도 짐작하시겠지요?

〈보리스 고두노프〉를 보려고 석양 무렵 해지는 론 강을 끼고 터벅터벅 걸어서 시내에서 한참이나 벗어나 외곽에 자리잡은 극장 '유진 볼포니'를 찾아가는 길은 참으로 아득했습니다. 그러나 서울에서도 걸어 다니는 일에 습관이 붙어서인지 힘들다는 생각보다는 걷는다는 행위 자체가 마냥 즐겁고 유쾌했어요.

한 시간이 지나 겨우 극장에 도착했지만 공연 시작 20분 전까지 사람들이 별로 눈에 띄지 않아서 '그러면 그렇지, 이렇게 시내에서 멀리 떨어져 있는데 누가 오겠어?' 하는 의구심이 든 것도 잠깐, 곧 제 판단이 틀렸다는 것을 알 수 있었습니다. 어디 숨어 있다가 갑자기 나타났는지 어, 할 겨를도 없이 순식간에 불어난 관객들을 보고 깜짝 놀랐습니다. 관객의 수준은 공연의 수준에 비례한다는 말처럼 '이런 것이 문화의 힘이구나!' 새삼 감탄할 수밖에 없었지요.

공연을 보러온 관객들이 남녀노소가 따로 없는 것도 부러운 일이었습니다. 머리가 하얗게 센 할머니가 어린 손자의 손을 끌고 오는가 하면 젊은 연인들뿐만 아니라 가족이 단체로 온 경우도 심심찮게 눈에 띄었습니다. 진실로 연극을 사랑하는 사람들이었습니다. 그 흐뭇한 광경을 보고 있자니 소수의 젊은 관객들이나 연극을 전공하는 학생 또는 연극에 종사하는 전문가들만 끼리끼리 돌려보는 우리의 공연 문화 현실이 떠올라 서글퍼지더군요.

공연은 기대한 대로 굉장했습니다. 러시아의 대시인 푸슈킨이 낭만주의적 비극이라고 부른 이 작품은 고전주의적인 극작 규범을 파기한 희곡이지요. 러시아의 현대 음악 작곡가 모데스트 무소르그스키가 오페라로도 재창조한 이 작품은, 셰익스피어의 맥베스와도 같고 단종을 죽이고 왕위에 오른 세조와도 비슷한 17세기의 실존인물 보리스 고두노프의 일생을 조명하고 있습니다.

개인의 영화를 위해 죄를 저지른 인물이 자신을 믿지 않는 국민들 때문에 고독에 빠지고 괴로워하다 파멸하고 만다는 내용으로, 단순히 한 인간의 비극적인 모습만을 투영하고 있는 게 아니라 그 무렵 제정 러시아 시대의 권력층과 민중의 실상을 적확하게 집어내고 있습니다. 희곡의 구성 자체가 전통적인 장이나 막의 구분 없이 23개의 에피소드로 돼 있으며, 1582년부터 1605년에 걸쳐 고두노프의 황실에서 귀족들의 저택으로, 붉은광장에서 폴란드의 국경으로 옮겨가며 진행되는 사건의 전개는 시간과 장소의 일치라는 고전적 법칙까지 무시하고 있어 파란을 일으켰습니다.

푸슈킨은 전통적인 플롯이나 갈등 구조로 설명되지 않는 이 희곡이 프랑스 드라마를 향한 서툰 모방으로 가득 차 있던 연극계에 혁신을 가져다줄 것으로 확신했다지요. 푸슈킨은 당시 유행하던 라신이나 코르네유 같은 프랑스 고전주의 희곡들을 귀족적이라고 낮게 평가했습니다. 그래서 러시아 극장에는 모든 사람들이 공유할 수 있는 민중성이 묻어나는 셰익스피어의 희곡들이 더 적합하다고 주장했지요.

극은 배우들의 정열적인 에너지와 넘치는 힘 때문에 시종일관 가볍고 경쾌한 분위기였지만 고전극을 현대적으로 재해석한 탓에 원작자의 예스러운 시적 정취를 좋아하는 이들에게는 조금은 정신없는 공연이 됐을지도 모를 일이었습니다. 실제로 제 옆에 나란히 앉아서 이 극을 관람하던 노부부의 반응은 엇갈린 듯했지요. 공연을 다 보고 나서 남편은 굉장히 흐뭇해하는 듯했지만 할머니는 왠지 못마땅하고 불편한 느낌이 주름진 얼굴에 묻어나는 게 역력히 보였으니까요.

돌아오는 길에 시내로 들어가는 젊은 프랑스 부부의 차를 얻어 타게 됐는데, 이 부부도 러시아 연극이 무척 좋았다는 소감을 털어놓았습니다. 학생 부부인 두 사람은 평소 연극을 즐겨본다고 했고 이렇게 세계적인 축제가 해마다 열리는 자신의 고향 마을을 자랑스럽게 여기는 눈치였습니다. 체호프를 아느냐고 물었더니 아주 좋아한다고 해서 잠시 또 아득해졌습니다.

지금도 러시아의 연극 시즌이 시작되는 모스크바의 겨울이 되면 모스크바 예술극장이나 메이어홀드 극장, 바흐탄고프 극장과 유고 자파드 같은 대극장에서 어김없이 체호프의 4대 희곡과 초창기의 단막들이 고정 레퍼토리로 무대에 오른다는 기사를 읽은 적이 있기 때문입니다. 체호프뿐 아니라 고골의 불후의 명작 〈검찰관〉과 고리끼의 〈밑바닥에서〉, 그리고 톨스토이와 투르게네프, 푸슈킨의 명작들이 끊임없이 재해석되고 있다고 합니다. 그중에는 18세기 작품인 폰비진의 〈미성년〉과 그리보예도프의 〈지혜의 슬픔〉, 그리고 불가코프의 〈악마와 마르가리타〉라는 작품도 끼어 있다는군요.

몇 년 전 어느 출판사에서 번역돼 나온 러시아 희곡집에는 체호프의 작품 말고도 아비뇽의 교외에서 본 푸슈킨의 〈보리스 고두노프〉와 LG 아트센터에서 러시아의 말리 극단을 불러 공연한 레르몬토프의 〈가면무도회〉 같은 작품도 실려 있습니다. 아, 한국에는 잘 알려져 있지 않지만 러시아 국민극의 창시자로 불리는 오스트롭스키의 비극적인 희곡 〈너우〉도 실려 있었지요.

　숙소로 돌아온 일행은 하루를 정리할 겸 강 앞에 둘러앉아 자신이 본 공연에 관해 이야기꽃을 피웠지요. 연극 공부를 열심히 하는 여자 후배 문은 장 주네의 작품이 너무나 좋았다면서 입에 침이 마르도록 칭찬을 아끼지 않았습니다. 들을수록 그 공연을 놓친 게 속상하고 서운해질 정도였습니다.

　서커스 공연을 보고 뒤늦게 돌아온 김은 공연장에서 마주친 이국 처녀와 일어난 로맨스를 들려줘 동료들을 즐겁게 했습니다. 누구나 이국에서는 일상의 무미건조함에서 벗어나 한 번쯤 일탈해보고 싶은 욕구를 품게 되나 봅니다. 새벽 2시가 넘은 늦은 시각이었지만 밤의 강물이 주는 묘한 분위기에 취해 우리는 쉽게 자리를 떠날 수가 없었습니다. 아비뇽의 절정이었다고 할까요.

　마지막 날은 《나의 서양미술 순례》라는 책에서 저자 서경식 선생이 말한 도메니코 디 미켈리노의 〈수잔나와 노인들〉과 브뤼헐의 〈결혼 행렬〉, 수틴의 〈데세앙스〉가 걸려 있는 교황청 앞의 프티팔레 미술관과 칼베 미술관에 들러보기로 마음먹었지요. 바쁜 일정 때문에 늘 그 앞을 지나치기만 했기 때문입니다. 그러나 결국 아비뇽을 떠나는 마지막 날까지도 그 그림을 보지 못하고 말았습니다.

태양과 다른 별들을 움직이는 여자

그날은 쨍하고 금이 갈 정도로 하늘이 맑고 구름 한 점 없는 화창한 날씨였지요. 아, 이렇게 써놓고 보니 정말 진부한 표현이네요. 하지만 때로는 낡고 고답적인 수사가 인간의 감정을 숨김없이 드러내놓는 가장 현명한 방법 중의 하나임을 이젠 알겠습니다.

그러고 보면 아비뇽에 머무는 동안 날이 흐리거나 비가 온 적은 한 번도 없습니다. 돌이켜보면 행운이었을까 오히려 불행이었을까 아직도 판단이 잘 되지 않습니다. 비 내리는 아비뇽의 거리 풍경을 감상할 기회를 놓친 것일 수도 있으니까요. 역시 모든 일이란 해석하기 나름인가 봅니다. 어쩌면 제 마음속 한 켠에는 축제 기간 동안 한여름의 시원한 빗줄기를 보고 싶다는 갈망이 숨어 있었는지도 모르겠습니다. 그건 또 하나의 추억 거리를 제 가슴에 아로새길 테니까요.

오전 10시쯤이었을까요. 이 선생님이 머물고 있는 호텔 로비에서 선생님이 나오시기를 기다리다가 — 여기에도 우여곡절이 있었습니다. 자칫 선생님을 못 만날 뻔했으니까요. 숙박부 명단에서 도대체 '이영란'이라는 이름을 찾을 수가 없었습니다. 나중에 확인해보니 동행한 분 이름으로 쓰여 있었지요 — 어쨌든 천신만고 끝에 선생님을 다시 뵙고 문과 신, 저 이렇게 네 명의 일행이 새롭게 짜여

아를로 가게 됐습니다.

기차역으로 가는 길 양 옆으로 마침 벼룩시장이 열리고 있었어요. 기차 시간이 되기까지 잠시 벼룩시장을 둘러보다 이 선생님은 한 배우의 사진첩 — 그 여배우가 얼음 여왕이라 불린 그레타 가르보였나요, 아니면 은막의 요정 오드리 헵번이었나요 — 을, 저는 홍세화 선생도 즐겨 들으신다는 러시아의 유명한 음악 단체 '붉은 군대 합창단'의 앨범을 샀습니다. 그밖에도 갖가지 진기한 물건들이 눈길을 잡아끌었지요.

아비뇽 연극제에서 호평받은 작품들을 대상으로 한 대형 패널로 된 공연 포스터와 프랑수와 비용과 샤토브리앙, 발자크에서 스탕달을 거쳐 플로베르에 이르는 19세기 사실주의 소설, 먼지가 잔뜩 앉은 마르탱뒤가르의 〈티보가의 사람들〉과 앙드레 지드의 〈지상의 양식〉 같은 헌책. 시적 리얼리즘의 거장 마르셀 카르네의 영화 〈인생유전〉으로 한 시대를 풍미한 배우 장 루이 바로♣와 쥘

♣ 잔혹 연극의 주창자인 앙토넹 아르토가 한순간 반하고 만 이 위대한 성격과 배우는 일찍이 스타니슬랍스키의 자서전 《예술 속의 나의 생애》와 크레이그의 《연극 예술론》을 읽으며 배우 수업을 시작했지요. 연극은 오로지 시적인 예술, 곧 인간에 의한 공간의 시라고 규정한 장 루이 바로는, 그렇기에 연극이야말로 인간에 관한, 인간에 의한, 인간을 위한 예술이라고 간주하고 관객을 존중하는 배우로서 자세와 마음가짐, 윤리를 몸소 실천했습니다. 극단의 동료이던 마임의 거장 에티엔 드쿠루와 마르셀 마르소, 롤프 샤레의 영향을 골고루 받으면서 그 무렵 프랑스 연극계에서 거의 묻혀 있다시피 한 폴 클로델의 작품을 발굴해 그 문학적 가치를 무대 위에 생생하게 구현했지요. 소극장에서 실험적으로 공연되던 이오네스코나 베케트의 작품을 국립극장으로 끌어올려 새로운 이념에 근거해 전위극을 선보이고, 길고 지루한 고전 명작들에 현대적인 입김을 불어넣는 작업을 지속적으로 했어요. 햄릿을 평생 여러 방면으로 접근했지만 결코 정복할 수 없던 인물로 평가하기도 했지요.

리앵 뒤비비에의 〈무도회의 수첩〉에서 인상적인 연기를 펼친 루이 주베,♣ 장 콕토 영화의 단골 배우이던 장 마레, 〈망향〉이나 〈안개 낀 부두〉 같은 1930년대 프랑스 문예 영화를 주름잡은 낡은 프렌치 코트에 우울한 미소가 어울리는 국민 배우 장 가방의 사진첩. 68혁명 때 낭시 연극제를 대표한 '빵과 인형극단'과 파리에서 공연된 그로토프스키의 〈아크로폴리스〉처럼 아비뇽을 이끈 '리빙 시어터Living Theatre'의 〈지상의 천국〉 공연 실황 앨범. 전후의 암울한 현실 속에서 정치와 철학과 문학과 인생을 노래한 고독한 음유시인인 조르주 브라상과 자크 브렐, 장 페라와 레오 페레의 옛 샹송 음반까지 없는 것이 없었습니다.

　　서울에서도 주말이면 황학동에 나가 대부분의 시간을 보낸

♣ 어머니 몸에서 떨어져 나왔을 때, 사랑하는 연인에게 실연당했을 때, 그리고 한창 일할 나이에 죽게 됐을 때, 평생 오직 세 번 진정한 눈물을 흘렸다는 유명한 일화를 남긴 루이 주베는 불꽃처럼 반짝이는 언어가 보석처럼 박힌 장 지로두의 희곡을 자주 공연하면서 명성을 얻게 됩니다. "배우란 작품을 평가하며 판단하는 사람은 아니다. 배우는 온몸으로 작품을 느끼고, 작품은 또 배우를 사로잡아야 한다. 그리하여 작품은 배우를 어디론가 데려간다……. 배우는 자신의 감성과 몸으로 희곡을 판단하는 것이지 머리로 판단하는 것이 아니다"라는 신조가 증거하듯 주베는 배우를 성직자라고 여겼습니다. 그래서 가장 중요한 것은 자기를 버리는 일이라고까지 공언하면서 배우에게 유일한 가정이 있다면 그것은 극장이라고 했다지요. 주베보다 23세 연하인 장 루이 바로는 배우라는 존재는 무엇인가에 관해 끊임없이 고민하던 선배 배우에게 바치는 다음과 같은 애도사를 남기기도 했습니다. "루이 주베, 당신은 우리의 세계에서 살 것입니다. 이 연극의 세계에서 당신은 우리의 가장이며 대표이며 연극의 상징이며 프랑스뿐만 아니라 전세계 극 예술의 가장 아름답고 고고하며 지적이고 매력적인 대표자입니다. 프랑스 연극, 그것은 당신입니다. 당신은 우리의 선각자이며 지도자였습니다. 당신의 존재는 우리를 안심시켰습니다. 당신은 우리를 지켜주셨습니다. 미국, 이집트, 폴란드……. 가시는 곳마다 당신의 은덕으로 프랑스는 사랑받았을 뿐만 아니라 존경받고 있습니다. 특히 연극 분야에서 이 나라에 영광을 가져다주는 인물이 있다는 것은 실로 우리의 행복이며 자랑이었습니다."

저는 언젠가 그곳으로 흘러 들어온, 성우들이 녹음한 프랑스 시인이나 작가들의 작품 낭송 음반을 거의 공짜나 다름없는 헐값에 무더기로 사들인 적이 있어요. 허름한 박스 세트에는 소년 시절 가슴을 정신없이 콩닥거리게 한 밤하늘의 별과 같은 문인들, 이를테면 라마르틴이나 뮈세 등의 낭만파 시인이나 보들레르나 랭보, 베를렌, 말라르메 같은 제1세대 상징주의 시인, 그리고 20세기를 대표하는 세계적 작가 프루스트와 카뮈, 카프카가 들어 있었지요. 그 순간의 감격과 환희란 세상을 다 준다고 해도 바꾸고 싶지 않을 정도였습니다.

유학 가기 전, 틈만 나면 인천의 배다리 책방부터 신촌의 공씨 책방까지 서울 인근의 고서점을 순례한 이야기를 즐겁게 들려주신 선생님은 그때 제 마음이 어땠을지 충분히 이해하실 겁니다. 황학동에서 그런 것처럼 시간만 더 있다면 그곳에 하루 종일 죽치고 앉아 마음에 드는 화집이나 오래된 잡지들을 뒤적거리고 싶었지만, 빡빡하게 짜인 일정 때문에 그럴 수 없는 현실이 못내 안타까웠습니다.

황금 해바라기가 자란다는 아비뇽의 이웃 도시 아를로 가는 열차 안에서 바라본 창밖 풍경은 밝고 평화로웠습니다. 풍부한 로마의 유적들과 맑은 햇빛 아래 오밀조밀하게 이어진 자갈길이 다시 돌아갈 길 없는 옛 추억의 향수를 불러일으킨다는 그 유명한 곳으로 가는 것입니다.

아를에 도착한 우리는 먼저 로마 시대의 원형 경기장을 연상케 하는 원형 극장을 구경했습니다. 매년 여름이면 로마 시대의 프로방스 유물 중 가장 잘 보존됐다고 알려진 이 극장에 에스파냐의 마드리드나 톨레도 같은 도시처럼 2만 명이나 되는 관중들이 몰려 황소 싸움을 관전한다지요. 우리가 갔을 때도 며칠 뒤 열릴 예정인 투우 경기를 알리는 대형 현수막과 포스터가 극장 입구에 걸려 있었습니다.

도리아식이나 코린트식 기둥이 떠받치고 있는 아치를 따라 극장의 맨 꼭대기로 올라가면 아를 시내의 전경을 한눈에 내려다볼 수 있는 전망대가 나오지요. 프로방스 지역을 통틀어 아를만큼 매력적인 곳은 없을 거라고 말한 이는 〈미라보 다리〉의 시인 아폴리네르였지요. 그 말처럼 전망대에서 내려다본 도시는 한 폭의 그림 같았습니다. 저는 그 그림 속에 갇혀서 다시는 빠져 나오지 못할까 겁을 내며 그곳에서 내려왔습니다. 내려오는 길에 슬쩍 더듬어본 돌기둥에서 사람의 체온에서나 감지할 수 있는 따뜻한 온기를 느꼈다면 선생님은 믿으시겠어요?

다음 코스는 광기의 화가 반 고흐가 친구이자 동지인 폴 고갱을 죽이려다 그 뜻을 이루지 못한 채 말년을 유폐되다시피 쓸쓸하게 갇혀 지낸 옛날 병원 부지에 마련된 고흐 문화센터와 피카소의 스케치 작품 몇 점이 보관된 레아튀 미술관이었지요. 고흐 문화센터는 미치광이 취급을 받으며 고독하게 살다 간 한 화가의 생애에 관한 자료와 작품을 너무나 훌륭하게 소장하고 있었지요.

그러나 선생님. 저는 그렇게 인공적으로 잘 꾸며놓은 그 고흐 문화센터 안의 화사한 꽃밭에서 어떤 슬픔을 맛보았습니다. 붉은 튤립과 백목련, 노란 유채꽃이 흐드러지게 핀 그 정원에서 맛본 무어라 설명할 길 없는 비릿하고 아련한 슬픔은, 살아 있을 때는 그 가치를 인정받지 못하고 불행하게 생을 마친 한 화가의 소외된 삶에 관한 연민에서 비롯된 것인지, 아니면 존재하는 모든 것들은 성할 때가 있으면 곧 이울 때가 있다는 뒤늦은 깨달음이 불러일으킨 감상인지 지금도 가늠할 길이 없습니다. 꽃밭은 너무 화사해서 오히려 두려움을 불러일으킬 정도였습니다. 고흐의 그림 엽서 몇 장과 아를의 풍경이 담긴 풍경 엽서 몇 장을 산 것도 그 때문이었을까요.

아를은 아비뇽보다 더 작고 아담한 도시지만 역시 동화 속에 나오는 마을처럼 예쁜 곳이었지요. 덥지도 춥지도 않은 지중해성 기후를 담은 시원한 바람과 맑은 햇빛, 붉은 색감이 주조를 이뤄 아비뇽하고는 또 다른 이국적인 애수를 자극하고 있었습니다.

아를에서 다시 아비뇽으로 와 현대무용극 〈헬리콥터와 나〉 공연장으로 이동하는 길에 이 선생님이 늦은 점심을 사주셨습니다. 우리를 배려한다고 비싼 정식을 주문하셨는데, 어떻게 된 일인지 막상 나온 것은 훈제 쇠고기 한 접시뿐이었지요. 제가 아주 오래전 고등학교 때 배워 기억조차 가물가물한 알량한 프랑스어 실력을 되살려 "세 뚜(이게 다예요)?"라고 물었더니 눈치만으로 어느 정도 사태를 짐작한 레스토랑의 여주인은 동양에서 온 초라한 행색의 외국인들에게 그저 고개만 끄덕일 뿐이었습니다.

모두 당황했지만 얼른 분위기를 수습하고 입에 맞지 않는 음식이 담긴 자기 앞에 놓인 접시를 사주신 분의 성의를 생각해서 열심히 비웠습니다. 그 돌발 상황에 가장 당황한 사람은 이 선생님이었을 거라고 생각하니 저절로 입가에 웃음이 머금어지네요.

이영란 선생님은 이화여대에서 무용을 전공한 뒤 1978년 미국으로 건너가 뉴욕 대학에서 공부를 하고 1989년에 귀국하셨다고 합니다. 집시 여인 같은 인상을 풍기는 멋쟁이라서 그런지 작품에서 받은 느낌과는 사뭇 다른 새로운 모습을 보는 것 같았습니다. 아마도 선생님이 맡으신 여러 역이 전형적인 한국 어머니 상이 많은 탓이겠지요.

〈헬리콥터와 나〉는 무용과 연극이 한데 어우러진 복합장르의 현대적인 실험극으로 그다지 나쁘지는 않았지만, 저와 맞지 않는 작품이었습니다. 영감이나 느낌을 전혀 받지 못했기 때문이지요. 좋은 작품은 공연을 보고 나면 가슴 저 밑바닥에서 뜨겁게 치밀어 오르는 그 무엇이 있어야 하는데 그냥 아이디어만 좀 보이는 정도였거든요. 그런데 그건 또 한쪽으로 기울어진 제 취향 탓이었는지도 모르겠습니다. 아마 섬세하고 예리한 심미안을 지닌 선생님이 보셨다면 그 공연의 허와 실을 정확하게 꼬집어주셨을 텐데요. 어쨌든 저는 굉장히 아쉬웠습니다. 그 아쉬움을 저녁에 이영란 선생님이 추천하신 서커스 공연 〈아이오타의 유목민〉을 보면서 달래는 수밖에 없었지요.

히치하이킹까지 해서 고생스럽게 도착한 목적지는 〈보리스 고두노프〉를 공연한 '유진 볼포니'처럼 시내에서 멀리 떨어진 강 밑에 자리잡은 대형 천막이었습니다. 연극이라는 예술 장르가 원래 예로부터 시대의 흐름과 별 상관없이 원시적인 수공업에 의지하는 작업이지만 최첨단 정보화 사회인 21세기에 19세기에나 등장할 법한 천막 안에서 공연을 하다니요. 저는 모처럼 가슴 한가운데를 관통하는 어떤 짜릿함 비슷한 흥분을 맛보았습니다. 그때부터 거짓말처럼 심장이 쿵덕거리기 시작했어요. 중요한 발표를 앞두거나 남들 앞에서 노래를 부르기 전에 습관처럼 찾아오는 팽팽한 긴장감이었지요.

기대만큼 대형 천막 안에서 열린 공연은 참으로 황홀했습니다. 칠레의 컬트 영화작가로 잘 알려진 조도로프스키의 영화 〈성스러운 피〉가 스쳐 가는가 하면, 몇 년 전 과천에서 열린 세계 마당극 축제 때의 동춘 서커스도 떠올랐습니다. 무엇보다 경탄스러운 것은 한순간도 느슨하게 처지지 않고 작품에 몰입하는 배우들의 놀라운 에너지 분배였습니다. 솔직히 말하면 좀 무섭기도 했지요. '어떻게 저런 식으로 온몸을 던져 날마다 공연할 수 있을까?' 하는 외경감마저 일었으니까요.

외국에서는 배우들이 작품을 위해 서슴없이 절벽도 기어오른 다는 말을 어디선가 들은 적이 있는데 그게 헛말이 아니었음을 실감했다고 할까요. 전체적으로 구성이 약간 산만한 점도 극을 이끌고 가는 배우들의 힘으로 충분히 무마될 정도였지요. 한순간 도 다른 데로 눈길을 돌리기 힘들 만큼 다이내믹하고 박진감 넘 치는 무대였습니다. 그래서 공연 중간에 주인공 소녀가 옷을 한 올 한 올 벗어 맨몸이 되는 장면은 에로틱하기보다는 차라리 성 스럽게 느껴지기까지 했습니다.

소녀를 중심으로 만났다 헤어지기를 반복하는 여러 인간 군 상들. 마을에서 마을로 이어지는 그 인간관계 속에는 인생의 추악 한 단면과 행복한 일상이 함께 녹아 있었지요. 그랬기 때문에 극 속에서 형편없는 인물로 그려진 악인도 어느 한 사람 진정으로 영영 구제받지 못할 경우는 없었지요. 극이 진행되면 될수록 사건 의 주모자인 사기꾼이나 모사가들에게도 진한 애정이 샘솟은 것 은 어찌된 영문이었는지 아직도 어리둥절하기만 합니다. 어쩌면 그것은 우리 모두는 똑같이 이 풍진 세상을 정처 없이 떠돌다 갈 수밖에 없는 유목민의 처지에 놓여 있다는 뼈아픈 자각 때문이었 을 겁니다. 한 배를 탄 운명 공동체 말입니다.

공연이 진행되는 내내 스탠드에 앉은 관객들은 휘파람을 불거 나 발을 동동 구르면서 신명을 다해 열연하는 무대 위의 배우들 에게 화답했습니다. 마치 관객들과 배우들이 혼연일체가 돼 무대 위를 채워나가는 착각마저 들 정도였으니까요. 한국에서는 좀처럼 볼 수 없는 광경이 아득하게 펼쳐지고 있었습니다. 행복했습니다. 천막 안을 가득 메운 서커스의 열기는 밤이 깊어가도록 식을 줄을 모르더군요.

그 공연을 보는 내내 독일의 초현실주의 화가 막스 에른스트의 연인인 영국의 화가 레오노라 캐링턴의 그림이 눈앞을 스쳐간 것도 그저 우연만은 아니었을 겁니다. 종교적 영성에 뿌리를 둔 페미니즘의 성격이 강한 캐링턴의 작품은 여성적인 상상력과 직관을 활용해 고대 신화의 세계를 재현해내고 있지요. 그래서 그림 속에는 여성 예언자나 마녀, 여사제와 여신이 자주 나옵니다. 가재도구나 바느질감, 주방 기구 등속이 널려 있기도 하고요.

가령 두 팔을 날개처럼 치켜들고 주문을 외는 여자를 주인공으로 한 〈작은 섬 집 앞의 채마밭〉이라든가 여행에 관한 상상력을 마구 자극하는 상징들로 가득 찬 〈태양과 다른 별들을 움직이는 사람〉 같은 그림들이 그렇지요. 아득한 곳에서 흘러나오는 빛, 날개를 펼친 새, 망토를 입은 여인들 말입니다. 아주 작은 손발과 얼굴을 갖고 있지만 몸집은 어울리지 않게 거대한 여자 아기가 등장하고 그 주변을 대여섯 마리의 기러기가 안타까운 표정으로 날고 있는 〈거대한 아기〉는 마음은 아기지만 삶은 속물적인 어른으로 변해버린 한 여인의 실현될 수 없는 비상에 관한 절망을 표현하고 있습니다.

캐링턴의 그림은 소설을 쓰는 채영주 선생♣의 책에서 처음 알게 됐지요. 연극을 하는 연출가 민재와 연인인 배우 영인, 그리고 가수 상은이 우여곡절 끝에 진정한 사랑을 찾아가는 이야기. 그 소설에서 영인의 불안한 모습을 작가는 캐링턴의 그림을 빌려와 묘사하고 있습니다.

선생님은 궁금하시겠지요?《늑대와 함께 달리는 여인들》이라는 신화책을 읽었느냐고 묻고 싶으신 거죠? 물론 그 책도 책이지만 제게는 언제나 젤소미나 역을 맡은 자신의 부인 줄리에타 마시나를 위한 영화로 뇌리에 남아 있는 〈길〉의 감독 페데리코 펠리니의 자서전 《펠리니가 본 펠리니》에 언급된 한 구절이 더 진하게 다가왔지요. "서커스는 단순한 쇼가 아니다. 그것은 인생을 체험하는 것이며 또한 자기 자신의 인생을 여행하는 한 방법이기도 하다. 분명히 거기에는 애정이 있다. 서커스에는 어딘가 정신병원 비슷한

♣ 지금 이 글을 쓰면서 떨리는 마음을 주체할 수가 없습니다. 며칠 전 우연히 펼쳐든 신문에서 선생의 부고 소식을 접했기 때문이지요. 한 번도 선생을 가까이서 뵌 적은 없지만 문예지에 실린 소년 같이 해맑고 깨끗한 인상의 사진을 간직하고 있습니다. 유작으로 발표된 〈무슨 상관이에요〉의 장오산과 은소, 성연, 그리고 유고집이 된 《바이올린 맨》에 등장하는 인물들의 불행한 삶이 선생의 짧은 생애와 묘하게 겹쳐 제 마음에 오래도록 어두운 그늘을 드리웠어요. 선생의 두 번째 창작집 《연인에게 생긴 일》 뒤에 붙은 작가의 말은 그래서 제 가슴을 더 아프게 합니다. "언젠가 이곳과는 아주 다른 세상에서 살았으면 합니다. 아무 일 하지 않아도 배가 고프면 맛있는 음식을 먹을 수 있고 잠이 오면 따뜻한 침대에서 잠잘 수 있는 세상에서 말입니다. 저울질하지 않고도 친구를 사귈 수 있고 사랑이 떠나가도 슬퍼할 필요가 없는 그런 세상에서 말입니다. 그곳에서는 굳이 소설을 쓰지 않아도, 그림엽서 한 장으로 안부를 묻는 것만으로도 충분히 아름다운 삶이 꾸며지겠지요. 이따금 방바닥에 배를 깔고 엎드려 그런 세상으로 가는 길을 궁리해보곤 합니다." 요즘은 미처 읽지 못한 선생의 다른 작품을 보면서 소일하고 있습니다.

데가 있다. 서커스 속에는 광기가 있고 무서운 체험이 있다."

축복받은 영혼의 가슴 벅찬 떨림으로 충만한 기분에 젖어 공연장에서 버스를 타고 시내로 돌아와 약속 장소로 정한 나이키 매장(맥도날드처럼 전세계 어디서나 그 흉물스러운 자태를 자랑하고 있는) 앞에서 김을 기다리며, 저는 아비뇽의 밤거리를 카메라에 담았습니다. 한 치 앞을 내다보기 힘든 인간의 운명처럼 언제 다시 올 수 있을지 기약할 수 없는 곳을 나중에라도 기계의 힘을 빌려 재생시키고 싶었지요. 그러나 돌이켜보면 그 역시 얼마나 부질없는 짓이었는지요. 그저 눈에 일주일 동안의 풍경을 담아오면 그만이지요. 그게 오히려 추억을 손상시키지 않고 오래 간직하는 법이라는 걸 알게 됐습니다.

그 순간 "사람의 기쁨이나 슬픔 같은 것은 풀꽃의 희미한 향기만큼도 오래 지속되지 않는다"는 투르게네프의 《짝사랑》에 나오는 구절과 "아름다운 모든 것은 물과 같이 흘러가버린다"는 예이츠의 시구, 그리고 콜린 히긴스의 유명한 희곡 〈해롤드와 모드〉에 등장하는 한 구절 "영원한 것은 없다. 그저, 가끔 즐겁고 가끔 슬플 뿐"이 문득 떠오른 것은 웬일인지요. "사람은 늘 두 개의 풍경 속에서 살고 있다. 하나는 눈으로 보는 풍경이고 또 하나는 마음으로 보는 풍경이다. 그리고 많은 사람들은 눈에 보이는 풍경만을 믿고 일생을 마친다"는 구절까지 말입니다.

일행은 아비뇽의 마지막 밤을 추억하기 위해 캔 맥주를 사들고 숙소로 이동, 고단하고 힘들지만 보람 있고 뜻 깊은 마지막 하루의 일정을 마무리했지요. 19세기 말 자신의 작품을 통해 기존의 모든 전통적 가치와 권위를 신랄하게 비판한 '조소연극th'eâtre de la d'erision'으로 정평이 난 알프레드 자리의 〈위비왕〉을 보고 온 동료들은 언론의 호평과 달리 엽기 호러 스릴러극이라고 안타까워했습니다. 저는 그때 저녁 무렵 헤어진 이 선생님이 연극배우답게 호텔 옆에 있는 유진오닐 호프에서 아비뇽의 마지막 밤을 자축하며 한잔 마시고 계실지도 모른다는 생각을 했지요. 아쉬움이 많이 남는 밤이었습니다.

7월 14일 토요일
아비뇽을 떠나며

아비뇽을 떠나는 날은 다른 곳을 여행하는 관광객들도 일부러 남은 일정을 취소하고 파리로 몰려든다는 그 유명한 프랑스혁명 기념일이었어요. 프랑스혁명 기념일의 풍경은 홍세화 선생의 《나는 파리의 택시 운전사》에도 잘 묘사돼 있습니다. 7월 13일부터 시작되는 이 위대한 날은 프랑스 최대의 국경일로, 13, 14일 이틀에 걸쳐 전국에서 도시 단위로 성대하게 행사를 치른다고 합니다.

이 날은 1789년 7월 13일 밤, 성난 군중들이 바스티유 감옥을 부수고 정치범들을 석방시킨 역사적 사건을 기념하는 축제일이며 세계인의 보편적 이념이 된 자유, 평등, 박애의 정신을 기리는 경건한 날이기도 하지요. 그리고 혁명의 뜨거운 정신을 상징하는 아이콘으로 자리잡은 만인의 여인 '마리안'을 떠올리기도 하는 날이에요. 선생님은 그 누구보다도 이날의 의미를 잘 알고 계실 거라고 생각해요. 기념일 전야, 프랑스의 모든 거리는 뜨거운 축제의 무대로 변하고, 파리에는 에펠탑 맞은편에 있는 트로카데로에서 쏘는 화려한 불꽃놀이를 구경하려고 탑 앞 광장이나 근처의 샹드마르스에 수만 명의 군중들이 운집한다지요.

시인 황지우 선생과 소설을 쓰는 이인성 선생, 문학평론을 하는 정과리 선생은 프랑스혁명 백주년 기념일 즈음 파리에서 체험한 뜨겁고 열정적인 현장의 생생함을 어느 잡지에서인가 털어놓았지요. "혁명이 필요할 때 우리는 혁명을 겪지 못했다. 그래서 우리는 자라지 못하고 있다. 우리 땅에서 혁명은 구체제의 작은 후퇴 그리고 조그만 개선들에 의해 저지됐다"는 작가의 말을 《난장이기 쏘아 올린 작은 공》 새 퍄본에 기록하고 있는 조세희 선생도 1996년 늦가을부터 겨울까지 파리에 머물다 시내의 한복판에서 울려 퍼진 샹송 한 곡을 듣고 온몸에 전율이 일었다 하셨지요.

그 곡은 〈파르티잔의 노래〉와 함께 샹송의 앙가주망을 말할 때 약방의 감초처럼 언급되는 보리스 비앙의 시에 곡을 붙여, 〈바르바라〉라는 사랑의 찬가로 잘 알려진 마르셀 물루지가 부른 〈탈영병〉이라는 걸 선생님은 기억하고 계시죠?

"대통령, 당신에게 편지를 쓰오"로 시작하는 이 노래는 1954년 알제리 독립전쟁 때 억압적인 드골 정권을 향해 반전과 징집 거부를 호소해 세계적인 반향을 불러일으킨 대중적인 저항 가요입니다. "브르타뉴에서 프로방스에서 프랑스 전국의 도로에서 나는 사람들에게 외칠 것이오. 명령을 거부하라, 전쟁에 나가지 말라, 징집을 거부하라"라는 노래 가사의 강력한 메시지처럼 엄청난 센세이션을 불러일으킨 탓에 10년 뒤 미국의 포크송 그룹 '피터 폴 앤 마리'가 리메이크하기도 했습니다.

세계 노동자의 날인 5월 1일 메이데이에 파리의 노동자들도 즐겨 부르는 이 노래는 한국에는 잘 알려지지 않은 루이 페르디낭 셀린이라는, 순응을 모르는 야성의 정신으로 한 시대를 풍미한 프랑스 작가를 떠올리게 합니다. 인간의 삶을 위협하는 모든 전제 체재들과 육탄전을 벌이며 호전적인 식민주의와 민족주의를 공격하는 고독한 싸움을 해나갔지요.

1932년, 셀린이 나이 38세 되는 해에 발표한 〈밤의 끝으로의 여행〉은 사르트르와 레비트로스가 안온한 프랑스의 밤하늘에 터진 폭죽 같은 소설이라고 극찬했고, 너무 급진적이라는 이유로 콩쿠르상 수상이 취소되고 다시 르노도상을 받는 우여곡절을 겪게 됩니다. "죽느냐 거짓말하느냐, 이것 말고 인간에게 열린 다른 선택은 없다"는 한결같은 신념으로 감옥 같은 이 세상에서 어둠 속을 유랑하는 수인의 삶을 살다간 셀린의 삶은 많은 것을 시사

합니다.

프랑스는 혁명 기념일 전후 많은 축제가 열리기로도 유명합니다. 사회당 정권 때 문화부 장관 자크 랑이 만든 음악 축제(6월 14일)와 이것이 끝나자마자 시작되는 영화 축제(6월 15일~27일)는 말할 것도 없고, 남부의 오랑주라는 오래된 마을에서 열리는 오페라 축제와 중세 시대의 야외복 차림으로 봉건 시대 분위기를 그대로 연출하는 고성 축제, 매년 봄 타라스콩 시에서 전설적인 동물 모형을 이용해 벌이는 타라스크 축제, 예수가 예루살렘에 입성한 날을 기념하는 니스의 전통 민속의상 축제, 사라센 양식으로 치장한 수십 마리의 말들이 당당하게 행진하는 모습을 볼 수 있는 프로방스의 생 엘로아 축제를 비롯해 7월과 9월 사이 주말에 베르사유 궁전의 정원 분수에서 펼쳐지는 거대한 물 축제에 이르기까지, 이 나라는 온통 축제로 시작해서 축제로 끝난다고 해도 과언이 아닐 정도지요.

세계적으로 유명한 유럽의 축제로는 아비뇽 페스티벌 외에도 연극 애호가들의 요람인 영국의 에든버러 페스티벌이 있고, 모차르트의 그림자가 어른거리는 잘츠부르크 축제를 비롯해 지구상에서 가장 우아한 축제인 베네치아 카니발, 세계 최대의 맥주 잔치인 뮌헨 맥주 축제, 꽃의 향연인 네덜란드의 튤립 축제, 북유럽의 신화를 재현하는 노르웨이의 바이킹 축제, 존 드 벨로 감독의 포복절도할 영화 〈토마토 공격대〉를 연상시키는 에스파냐 발렌시아 지방의 작은 마을 부뇰에서 열리는 붉은 토마토 축제와 유럽의 공원으로 일컬어지는 스위스의 눈 고장인 우르나슈에서 아름다운 종소리와 요들송을 배경으로 열리는 크로이세 축제, 그리고 고대 그리스의 노천극장에서 소박하게 열리는 그리스의 크리니데스 타소스 연극제가 그 위용을 자랑하고 있지요.

그렇지만 실은 규모가 작으면서도 내실은 더 알찬 더블린 프린지 페스티벌이나 호주의 멜버른 축제, 뉴질랜드의 마오리족 축제, 하와이 알로하 페스티벌, 태국의 송끄란 축제와 몽골의 나담 축제, 홍콩의 용선제와 대만의 등불 축제, 일본 아오모리현의 네부타 마츠리와 교토의 기온 마츠리, 몬트리올 국제 재즈 페스티벌과 멕시코시티에서 개최되는 역사예술 축제, 페루의 쿠스코 태양제 등이 오히려 축제의 사회적 구실이 무엇인지 더 분명하게 인식하고 있는 축제다운 축제라는 생각도 잠시 해보았지요.

그리고 보면 한국에서 열리는 그 많은 축제들, 이를테면 서울국제공연예술제나 춘천인형극페스티벌, 수원화성연극무용제, 죽산국제예술제, 안동국제탈춤페스티벌, 과천세계마당극큰잔치, 공주아시아일인극제, 독립예술제 등이 과연 제 구실을 충실히 하고 있는지 의심스러워집니다.

축제의 장은 비 일상의 세계지요. 일상적인 현실의 세계는 일과 노동이 공존하는 세계지만 비일상의 세계는 놀이의 세계이며 어떻게 보면 낭비와 사치로 일관하는 허황된 꿈과 희망의 세계입니다. 그러나 이런 비 일상의 세계에서 신화의 시간과 신성한 공간이 탄생하고 그런 시간과 공간이 인간을 진정으로 인간답게 살아가도록 하는 것이지요.

하비 콕스는 《바보제》에서 환상의 부활과 축제의 부흥은 똑같이 우리들의 병든 문명을 존속케 하는 본질적 요소라고 지적하고 있지요. 《축제와 문명》의 저자 장 뒤비뇨도 축제의 본질은 인간의 의식을 지상에서 가장 즐거운 상태로 끌어올리는 데 있기 때문에 황홀한 축제의 쾌락과 혼돈 속에서 신과 인간, 신과 나 사이를 짝지을 수 있다고 말하고 있습니다.

고대 슬라브족의 태양신 야릴을 경배하는 축제와 캐나다 서북부의 콰키우틀 인디언들의 탈춤, 불가리아 시골 마을의 포도주 축제, 활기로 가득 찬 마그레브 사막의 결혼식, 세네갈 카사망스의 죽음의 춤, 네팔 카트만두의 나체 축제, 브라질의 칸돔블레 의례, 카리브 해안의 부두교 의식처럼 몽환적 요소나 신들림의 상태가 신비 신학과 결합할 때, 축제는 비로소 성 에너지에 가까운 리비도적 폭발력을 분출한다고 주장하고 있지요.

실제로 《비극의 탄생》을 쓴 니체나 〈궁핍한 시대의 노래〉를 지은 휠덜린, 그리고 사드 백작은 어떤 알 수 없는 정령의 계시를 받고 정신착란에 가까운 불가사의한 히스테리를 일으키기도 합니다. 그들의 삶은 분명 예지의 철학자 베르그송이 말하는 '생명의 도약'으로 보통 인간은 경험하지 못한 신의 세계에 가닿아 있었으리라 짐작됩니다.

뒤비뇨가 나치를 예로 들어 이데올로기는 상징적인 환각을 불러일으키는 축제의 한 형태고 혁명은 그렇기에 곧 이념화된 축제라고 해석하는 것 또한 흥미롭습니다. 뒤비뇨의 이론대로라면 오늘날 신성이 부여되는 시간을 구성하는, 일상생활과 단절된 축제의 한 단면을 고스란히 이어받은 것은 월드컵 같은 각종 운동경기와 장례식 그리고 연극 정도가 아닐지요. 그래서 서양 미술사에서 축제의 모습을 갈파한 작품들, 가령 16세기 말 네덜란드 최고의 화가인 브뤼헐의 〈사육제와 사순절의 투쟁〉이나 마드리드인들의 축제 이야기를 담은 고야의 〈정어리 매장〉, 히에로니무스 보스의 〈카니발〉 등은 정념과 광기와 열락으로 뒤덮인 살벌하고 끔찍한 현장을 드러내고 있는지도 모르겠습니다.

카니발은 억압된 자들의 저항의 문화이며 단순한 윤리적 파괴가 아닌 하층민들이 본 새로운 질서이자 유토피아를 향한 일종의 리허설이기에 이 기간 동안은 성 관계가 집중적으로 행해지고 폭력과 파괴, 신성모독이 난무했을 테지요. 그러고 보면 세상을 거꾸로 뒤집어보는 축제의 이상은 자연스럽게 국가와 종교와 이념이 없는, 모든 이들이 평화롭게 자유를 누리며 공유할 수 있는 생태적 세계를 희구한 아나키즘의 사상과도 연결되는 듯합니다.

'무정부주의'가 아니라 '자율주의'로 해석해야 하는 아나키즘의 궁극적 목표는 공동체 문화에 기초해 인간의 원시적인 감성을 회복하는 것이기 때문이지요. 이두현 선생이 《한국 연극사》에 쓴 것처럼 우리의 전통 축제는 그래서 생활 축제였고 당연히 당대의 춤과 노래가 어우러지는 가무백희의 터였습니다. 통일신라나 고려의 산대잡극이 그랬고 조선의 나례(儺禮)인 규식지희나 소학지희가 그랬으며 남사당놀이나 탈놀이, 꼭두각시놀음도 마찬가지였지요. 생활 축제가 곧 공연 축제인 것이지요.

비교연극학을 공부하는 많은 연구자들이 지적하듯 서양 연극이 대사 위주의 '문학적 연극'이라면 동양 연극은 전통적으로 대사보다 행위, 춤, 노래, 소리, 탈, 의상 등의 요소가 복합적으로 어우러지는 '총체적 연극'의 형태를 하고 있지요. 서양식 무대극이 배우와 관객, 무대와 객석이 분리되는 '닫힌 구조'의 폐쇄적 연극이라면 우리 연극은 연희자와 관중이 어우러지며 신명을 공유하는 '열린 구조'의 개방적 연극이지요.

그런데 오늘날 한국에서 열리는 축제라는 이름을 단 많은 페스티벌은 일상적 삶에 균열을 내고 일탈과 해방의 기운을 부여하는 고도로 충만한 정신적 에너지, 영혼의 고양된 떨림에서 우러나오는 황홀경의 경지를 잃어버렸습니다. 이름만 축제일 뿐 속 빈 강정처럼, 알맹이는 없는 축제 아닌 축제가 돼버린 셈입니다.

아비뇽을 떠나 니스를 거쳐 로마로 향하면서 제가 진정 안타깝게 여긴 점은, 하이너 뮐러나 장 콕토의 〈에펠탑의 마리〉, 〈당통의 죽음〉 또는 장 파브르의 전위적인 춤, 연극, 퍼포먼스인 〈나는 피다〉와 〈당신은 걷고 있느냐?〉, 그리고 포르투갈의 전통음악 파두 공연 같은 남은 작품들을 보지 못해서라기보다 새로운 공연예술의 개발과 보급이라는 면에서 모범을 보이는 아비뇽 페스티벌에 관한 부러움 때문이었습니다.

반면 '지원은 하되 간섭은 하지 않는다'는 원칙과 상관없이 민간 전문가의 부재로 기획력이 부족하고 아이디어도 빈곤한 상태에서 획일적이고 구태의연한 관 주도의 목적성 행사로 전락하고 있는 우리의 안타까운 축제 현실 때문이었지요. 하긴 아비뇽 연극제 역시 초창기의 신선한 도전 정신과 패기를 잃어버리고 점점 상업화돼간다는 우려의 목소리가 들리는 걸 보면 글이든 연극이든 처음 시작할 때의 순정한 마음을 잊으면 안 되는가 봅니다.

7월 22일 일요일
파리의 마지막 밤

"나는 거리를 어슬렁어슬렁 걸었네. 낯선 사람에게도 마음을 열고서. 누구라도 좋으니 안녕 하고 인사하고 싶었네. 당신이 누구라도 상관없었지. 무엇이라도 좋으니 그대에게 말을 걸고 싶었네. 그대와 이야기만 해도 우린 친해진다네. 샹젤리제에는 비가 오거나 햇빛이 비치거나 낮이든 밤이든 바라는 건 무엇이든 있다네, 샹젤리제에는……" 파리의 콩코르드 광장에서 개선문이 있는 샤를 드골 광장에 이르는 대로는 '엘리제의 들판'이라는 이름이 붙은 샹젤리제 거리라는 것, 선생님은 너무나 잘 알고 계시겠죠?

한국의 명동이나 종로쯤에 해당하는 상송의 제목으로도 유명한 이 거리는 가로수를 배경으로 노천카페와 영화관, 각종 상가와 사무실이 즐비해서 사시사철 프랑스를 여행하는 관광객들로 붐비는 곳이지요. 〈파리의 하늘 밑〉이나 〈파리의 다리 밑〉과 비슷한 제목을 단 르네 클레르 감독의 1993년 작 〈파리의 지붕 밑〉에서 흘러나오는 노래 〈파리제〉의 가사처럼, "파리에는 어떤 변두리나 그날그날의 태양이 사람들 저마다의 운명에 사랑의 꿈을 꽃피게" 하고, 그리하여 "파리에 밤이 찾아오면 어떤 변두리나 마음은 항상 젖어들어 다시 사랑의 꿈을 꾸게" 되나 봅니다.

아, 그리고 생제르맹 거리에 사르트르와 보부아르의 숨결이 밴 그 유명한 '카페 레 되 마고'가 자리하고 있지요. 예술가와 철학자 그리고 뭇 이방인들의 아지트이자 보금자리 말입니다. 그리고 그 거리에 있는 리도쇼 극장 맞은편에는 전세계 온갖 장르의 음반을 구할 수 있는 대형 음반점인 버진 메가스토어와 프낙이 있어 마음을 설레게 했습니다.

리옹 역에서 지하철을 갈아타고 4호선 북쪽 종점인 크리냥쿠르 항구에 내리면 19세기 말부터 장이 서기 시작했다는 파리에서 가장 크고 오래된 유럽 최대의 생텡 벼룩시장이 나옵니다. 골동품을 비롯해서 의류, 장신구, 도자기, 책, 그림, 가구, 가전제품, 주방

용품, 군수용품 등 없는 것이 없지요. 이곳의 음반가게에서 그만 유혹을 뿌리치지 못하고 탱고와 레게의 창시자 아스트로 피아졸라와 밥 말리, 이집트의 여가수 우마 칼슘의 앨범을 몇 장 샀습니다. 각 나라의 민속 음악에 평소 관심이 많던 탓이지요.

낡은 기차역을 개조해서 만든 인상주의 회화의 전당 오르세 미술관에서는 도무지 정신을 차릴 수 없을 만큼 즐겁고 행복했습니다. 미술평론가 이주헌 선생의 책으로만 보다가 직접 눈으로 확인한 밀레의 〈이삭 줍는 사람들〉과 〈만종〉, 마네의 〈풀밭 위의 점심식사〉와 〈피리 부는 소년〉, 쇠라의 〈서커스〉는 마음을 한없이 두근거리게 했습니다. 그중에서도 몽마르트르의 난쟁이 화가 로트레크의 그림들은 화가의 불행한 생애와 겹쳐 더욱 애정이 갔습니다. 그곳 서점에서 드가의 〈14세 소녀 발레리나〉와 르누와르의 〈고양이와 젊은 소년〉, 쿠르베의 〈샘〉 같은 그림엽서를 샀지요.

미로처럼 구불구불한 복도로 이어진 루브르 박물관에서는 '아니, 이거 다 다른 나라에서 훔쳐온 것들 아닌가!' 하는 탄식이 절로 나왔습니다. 루브르 박물관에서도 잊을 수 없는 에피소드가 있지요. 영어로 된 안내서가 있는 줄도 모르고 일본어로 된 팸플릿을 들고 다니며 불평한 일이에요. 나중에 그 사실을 알고 얼마나 창피하던지…….

어쨌든 그곳에서 제 마음을 가장 사로잡은 것은 단연 로댕의 〈천국과 지옥〉이었습니다. 어느 정도였냐면 그 거대한 부조들이 마치 현실 속 인물들로 다가왔으니까요. 날개 달린 여신 사모트라스가 해전의 승리를 상징하는 힘찬 모습을 보여주는 기원전 190년경의 고대 그리스 조각 〈사모트라스의 승리〉와 고대 그리스의 이상향을 표현한 푸생의 〈아르카디아에도 나는 있다〉, 들라크루아의 〈사르다나팔루스의 죽음〉, 16세기 중엽 퐁텐블로파의 작품 〈사냥의 여신 다이아나〉와 〈자비〉와 〈가브리엘 자매〉, 아비규환의 인간 지옥도를 극사실주의 기법으로 묘사한 도미에와 브뤼헐, 영국의 괴짜 감독 피터 그리너웨이가 영화에서 자주 인용한 카라바지오의 그림들과 뒤러의 판화가 오히려 다빈치의 〈모나리자〉나 〈밀로의 비너스〉 조각상보다 현실감 있게 다가왔다고나 할까요.

　이번 여행에서 새롭게 알게 된 몇몇 작품들은 제 마음을 마구 흔들었습니다. 촛불 앞에서 명상에 잠긴 여인을 풍부한 음영을 살려 부드럽게 처리한 조르주 드 라 투르의 〈회개한 막달레나〉, 13세기 말 유행하던 나비파의 그림을 연상시키는 피에르 퓌비스 드 샤반느의 〈가난한 어부〉, 우수에 젖은 정조가 보는 이로 하여금 작품 속으로 서서히 빨려들게 하는 카미유 코로의 〈푸른 옷의 여인〉, 절제되고 우아한 기품이 그대로 묻어나는 페르메이르의 〈레이스를 짜는 여자〉, 그리고 어린 시절의 아픈 기억을 되살려내는 바르톨로메 에스테반 무리요의 〈거지소년〉을 두고두고 잊지 못할 듯싶습니다.

이상하지요, 선생님. 전에는 눈에 띄지 않던 작품들이 새롭게 마음속을 비집고 들어오는 것을 보면요. 그곳에서도 습관처럼 그림엽서 몇 장을 샀는데 사고 보니 우연찮게도 다 성감을 자극하는 에로틱한 그림들이었어요. 보슈의 〈오달리스크〉라든가 달리의 〈창문 앞에 서 있는 유월의 소녀〉라든가 클림트의 〈키스〉라든가 일본의 선정적인 목판화 〈우키요에〉라든가. 그래서 어, 이거 도대체 무슨 일인가 싶어 한참 고개를 갸웃거렸습니다. 모르겠습니다. 저의 타고난 체질 어딘가에 에로티시즘을 지향하는 강렬한 욕구가 숨어 있는지도요.

마침 퐁피두 센터에 히치콕 감독의 영화 데생을 전시한다는 안내문이 걸려 있었지만 들어갈 수 없었어요. 국립현대미술관은 피카소나 샤갈, 칸딘스키를 보고 싶어서가 아니라 마그리트와 자코메티, 브랑쿠시의 작품을 눈에 넣어두려는 목적으로 꼭 가고 싶었지만 그 소망도 이루지 못하고 말았지요.

파리 시내에 있는 미술관 중 피카소 미술관과 로댕 미술관은 젖혀놓고라도 위트릴로나 로트레크의 자료를 모아놓은 몽마르트르 미술관이나 마리 로랑생과 수틴의 명작들을 감상할 수 있는 오랑주리 미술관은 무슨 일이 있어도 기어코 가보려 애썼지만 그것마저 수포로 돌아가자 온몸에서 힘이 쭉 빠져나가는 듯싶었지요. 전에 니스를 거치면서 시미에 언덕에 있는 마티스 미술관과 샤갈 미술관에 발을 들여놓지 못한 아쉬움이 겹쳐왔기 때문일 테지요.

그래도 에펠탑 아래서 개선문의 야경을 바라보며 김과 나눈 이런저런 얘기들이 좋았습니다. 그때 김은 여행과 관광의 차이점을 말하며 에스파냐를 여행하며 겪은 일들을 얘기했지요. 그리고 파리에서 일 년 동안 어학연수차 머문 무미건조했지만 그리 나쁘지만은 않던 시간에 관해 들려주었습니다. 다시 돌아올 수 없는 그 시간들을 그리워하는 듯 보였습니다.

선생님. 솔직히 말씀드리겠습니다. 인생이 바뀔 수 있다는 믿음을 갖게 한 곳, 파리의 첫 인상은 제겐 한마디로 자유로움이었지요. 로마와 베네치아를 거쳐 스위스에 잠깐 들렀다가 다시 파리로 들어온 보름 동안의 짧고도 길던 여행. 개선문 아래 있는 무명용사의 비석을 바라보며 두서없이 떠올린 이런저런 상념들을 뒤로하고 내일이면 이곳을 영영 떠나야 한다고 생각하니 마음이 착잡했지요.

제가 그곳에서 정말 하고 싶던 일들은 실은 번화가 레알에서 쇼핑을 하거나 유람선을 타고 센 강을 거슬러 올라가며 바깥 경치에 넋을 빼는 게 아니라, 서울에서 그랬듯 목적 없이 발길 닿는 대로 이곳저곳 어슬렁거리는 일이었지요. 미켈란젤로 안토니오니의 영화 〈정사〉로 잘 알려진 볼로냐 숲이나 사도 마조히즘의 격정적 기록인 〈O양의 이야기(르네의 사생활)〉로 유명한 몽소 공원과 뤽상부르 공원을 산책하거나 파리 제4대학 소르본과 팡테옹

이 있는 생 폴의 밤거리와 프랑스 유수의 출판사들이 모여 있는 예술가들의 광장 라탱 지구, 헌책과 음반을 모아놓고 파는 강변의 노천 가게들을 기웃거리는 일이었습니다.

아니면 아무 기차나 잡아타고 밀레의 숨결이 녹아 있는 파리 교외의 바르비종이나 고흐의 자취가 남아 있는 오베르 쉬르 오와즈 또는 수련이 가득 핀 모네의 정원이 그림 같은 지베르니로 나가고 싶었는지 모르지요. 몽마르트르 언덕에서 멍하니 파리 시내를 내려다보거나 밤하늘의 별과 같은 많은 예술가들이 잠들어 있는 몽파르나스 묘지나 페르 라쉐즈 묘지의 비석 사이를 걷는 일 따위 말입니다.

파리의 묘지들을 생각하다보니 문득 비 오는 날이면 어김없이 발길이 향하던 십여 년 전의 동작동 국립묘지가 떠오릅니다. 화창한 날도 많은데 왜 하필이면 어둡고 축축한 날만을 골라 묘지를 찾았을까요. 인적이 끊긴 적막함이 좋았기 때문일까요. 아무도 없는 텅 빈 묘비와 묘비 사이를 오가며 외로운 영혼과 이야기를 나누어보고 싶었을까요. 돌아서는 이의 뒷모습이 쓸쓸해 보이는 까닭은 그이를 바라보는 사람의 마음이 쓸쓸하기 때문이겠지요. 비오는 날의 묘지에서 왠지 모를 고적함과 서글픔을 느낀 것은 제 마음의 언저리가 그랬기 때문이겠지 짐작해봅니다.

어떤 날은 그곳에서 노란 우산을 받쳐 들고 가슴에 국화꽃을 안은 채 비석 사이로 사라지는 묘령의 여인을 만나기도 했습니다.

잠깐 스친 사이인데도 다시 한 번 뒤돌아서서 그녀가 사라진 곳을 오래오래 응시한 것은 그이가 남기고 간 자취를 더듬어보고 싶던 까닭입니다. 연극의 운명도 그렇겠지만 인간의 운명 역시 그렇게 홀연히 왔다가 머문 듯 사라지는 것이겠지요. 언젠가 제주 공항에서 시내로 들어가는 길목에서 우연히 마주친 이름 없이 버려진 무덤에서 묘한 슬픔을 맛보았듯 말입니다.

기회가 닿는다면 꼭 이곳에 있는 두 위대한 극작가 베케트와 이오네스코 말고도 이사도라 덩컨과 마리아 칼라스, 에디트 피아프와 보들레르의 무덤을 찾아보고 싶습니다. 또 언젠가 선생님이 일러주셔서 늘 마음에 품고 있는 몽마르트르의 성모자라 불리는 수잔 발라동과 아들 위트릴로가 묻혀 있는 장밋빛 집 메종 로즈를 둘러보고 싶어요.

젊은 시절 온갖 직업을 전전하며 급기야 누드모델까지 서슴지 않은 어머니 발라동처럼, 위트릴로는 아버지가 누군지도 모르는 사생아로 태어나 외할머니 손에 길러졌다지요. 공식적으로 그림을 배워본 적도 없고 특별한 사조나 양식을 따르지도 않은 채 그리고 싶은 것을 그렸는데도 나중에 그의 그림은 가장 파리적이고 몽마르트르적인 풍경을 묘사해낸 작품으로 기억되지요. 참으로 아이러니한 일입니다. 제대로 교육받지 못한 방황과 고통으로 점철된 생이 후세에 예술의 이름으로 보상받게 되는 걸까요. 누구보다도 불행한 삶을 산 그들 모자의 자유로운 영혼에 기꺼이 뜨거운 경의를 바치고 싶습니다.

그래요, 선생님. 고종석 선생이 그랬다지요. 아예 프랑스로 거처를 옮겨 파리 근교의 허름한 아파트에서 몇 년 동안 머물며 이 거리의 골목 구석구석을 걸어서 돌아다녔다는 고종석 선생이 그때는 왜 그렇게 부러웠는지 모르겠습니다. 시인 황인숙이나 이윤림,《한겨레》의 선배 기자인 조선희나 정재숙, 안정숙을 비롯한 옛 동료들, 그리고 예쁜 조카에게 보내는 편지 형식으로 쓰인《고종석의 유럽통신》이라는 책에서, 선생은 파리의 오월과 광주의 오월을 거론하면서 페르 라쉐즈 묘지에 있는 97구역 앞의 '파리 코뮌 전사들의 벽'에 관해 이야기하고 있습니다. 그리고 가끔 쓸쓸할 때면 '대지의 저주받은 자들이여 일어서라'로 시작하는 세계 노동자들의 노래인 인터내셔널을 습관처럼 흥얼거리게 된다고 고백하고 있지요.

파리 사회과학고등연구원에서 언어학을 공부하기도 한 고종석 선생은 프랑스의 행동주의 작가 생텍쥐페리를 회상하는 장에서 생텍쥐페리의 삶에서 발견할 수 있는 근원적인 욕망을 탈주하는 것, 달아나는 것으로 보고 있지요. 그래서 생텍쥐페리의 삶에서 찾을 수 있는 페시미즘을 정서나 기질의 문제로 파악하기보다는 이성이나 이해의 범주에 속하는 세계관으로 생각하고 있습니다.

세계시민주의자를 자처하며 교조주의나 근본주의보다는 개인주의를 옹호하던 선생에게도 여전히 유토피아를 향한 열망은 남아 있나 봅니다. "그 사람들은 톨레랑스를 자기들의 전매특허처럼 내세우지만 그곳의 인종주의도 만만하게 보이지 않았다"고 고백하는 걸 보면 역시 어쩔 수 없는 도저한 유토피안이라고나 할까요. 그렇지요. 어쩌면 제가 늘 관심을 두고 있는 이상향을 향한 동경도 거기서 비롯된 것일까요. 그것은 이미 와 있거나 앞으로 올 수 있는 것을 향한 그리움이라기보다 오지 않을 줄 뻔히 알면서 그래도 기다리는 것이지요. 그래서 유토피아를 말하는 사람들은 두렵고 무서운 존재들이지요.

에로티즘이야말로 진정 우리를 구원하리라 믿은 조르주 바타유의 치명적인 소설《눈 이야기》에 나오는 두 주인공 '나'와 '시몬'이 벌이는 난폭한 욕정의 모험 또한 억압 없는 사회에서 자유롭게 살기를 갈구하는 유토피아니즘의 변형된 모습이겠지요. 어머니를 향한 절대적 사랑과 파시스트인 아버지를 향한 증오를 지닌 채 폭력을 과격하게 묘사하고 가학과 피학이 한데 엉켜 뒹구는 혼돈의 세계로 일관하다 17세의 동성애 상대에게 살해된 이탈리아의 시인이자 소설가이며 혁명가인 피에르 파올로 파솔리니의 영화와 그 영화만큼이나 파란만장한 그의 삶처럼 말이지요. 폐쇄적인 민족주의보다 열린 자유주의가 낫다는 고종석 선생의 소신처럼 톨레랑스 정신이 허용되는 프랑스라는 국가는, 아니 파리라는 도시는 연구할 만한 가치가 있는 공간이라는 생각이 들어요.

교육비를 국가가 부담하고 웬만한 가난한 사람들도 그럭저럭 살아갈 수 있도록 복지제도가 잘 마련돼 있는 한편 '방리유_{Banlieue}' 라 불리는 도시 소외 계층의 거주지가 점점 늘어나는 추세고, 공무원들이 파업을 해도 국민들이 불편을 감수하면서 오히려 파업을 지지하는 곳. '에콜 드 프랑스_{Ecole de France}'에서 열리는 다양하고 수준 높은 성인 강좌가 평생 교육의 길을 열고 대학 서열을 철폐하고자 파리 대학은 전공에 따라 1부터 9대학으로 명명하지만, 철저하게 선발된 엘리트들이 교육받는 그랑제콜이 따로 있어 이곳을 나와야 사회 각 분야에서 성공이 보장되는 학벌 카스트가 엄연히 존재하는 곳. 표절을 지적 범죄로 간주해 엄격하게 처리하고, 다이어트 논쟁과 외설 논쟁이 벌어지는 한쪽에서 일상화된 철학 담론들이 거리의 카페를 중심으로 활짝 꽃을 피운 곳.

이 이상하고 기이한 장소에서 환경 운동에 온 생애를 바친 자크 이브 쿠스토 선장이 살아 있는 모든 것을 사랑하라고 외치는가 하면, 왕년의 대 배우 브리지트 바르도 같은 이는 문화 상대성을 인정하지 않은 채 개고기는 절대로 먹으면 안 된다고 으름장을 놓고 있지요. 노동자의 권익을 위해서라면 사회를 마비시킬 수도 있다는 노조 연맹의 지도자와 인권운동단체의 회장, 지붕 없는 자들의 희망인 빈민 목사가 똑같이 존경받기도 하는 곳. 이토록 개인의 다름이 무시되지 않고 적극적으로 인정되는 곳이라면 저는 그곳에서 한번 멋지게 살아보고 싶은 강렬한 유혹과 욕망에 시달리게 됩니다. 루소나 칸트처럼 거리를 느긋하게 산책한 만보

객 발터 벤야민이 파리를 일러 19세기의 수도라고 한 건 그저 헛된 말은 아니었나 봅니다.

그래서 파리에 전세계의 수도라는 별칭이 붙었나 봐요. 파리가 예술의 도시라는 건 비단 문학이나 연극, 영화, 무용, 음악, 회화나 건축, 사진에 국한된 건 아닐 거예요. 제가 미국의 벅스 버니만큼 좋아하는 만화 주인공들인 〈아스테릭스〉의 거칠고 우둔한 힘센 사나이 오벨릭스나 〈탱탱의 모험〉의 귀여운 강아지 밀루와 우스꽝스러운 동료 형사 뒤퐁 뒤퐁(파리 서남쪽에 있다는 세계적인 만화축제가 열리는 앙굴렘에 언젠가는 갈 기회가 있겠지요)이 있고, 샤넬 No. 5 향수를 만든 수녀원에서 자란 고아 출신의 여인 코코 샤넬(얼마 전 젊은 극작가이자 연출가인 이해제가 이 아름답고 불행한 여인의 생애를 빌려와 만든 연극을 무대에 올린 적이 있지요)이 있고, 제가 즐겨 먹는 아이스크림 이름이기도 한 보르도와 샹파뉴, 부르고뉴 지방의 유명한 포도주가 있지요.

그런가 하면 맛에 관해서는 둘째라면 서러워할 많은 미식가들이 미슐랭 가이드를 들고 전국을 누비는 나라가 프랑스 아니겠어요? 또 로버트 올트먼 감독의 영화로도 알려진, 뉴욕과 밀라노에 이어 세계적으로 이름 높은 패션쇼 '프레타 포르테'가 있고 동시대의 유행을 창조하는 국제적인 디자이너들(제가 알고 있는 이름만 해도 상표명으로 굳어진 크리스티앙 디오르, 피에르 가르댕, 니나 리치, 발렌시아가, 엘사 스키아파렐리, 이브 생 로랑, 지방시, 장 폴 고티에,

카를 라거펠트, 크리스티앙 라크루아 등등 열 손가락으로 꼽아도 모자랄 정도네요)이 있지요.

벌써 눈치채셨겠지만 흘러간 옛 노래를 좋아하는 건 선생님이나 저나 마찬가지였어요. 취향이 너무 비슷해서 놀랄 정도였으니까요. 프랑스 하면 가장 먼저 생각나는 게 샹송이지만, 그중에서도 1980년대를 풍미하고 90년대까지 그 흐름이 이어진 프렌치 팝보다는 샤를 아즈나부르나 바르바라, 쥘리에트 그레코처럼 샹송의 순수한 맛을 그대로 간직한 오래된 노래들에 더 애착이 가고 즐겨듣게 됩니다.

아니면 더 젊은 가수들 중에서도 샹송 고유의 멋을 잃지 않은 세르주 갱스부르나 제인 버킨, 이브 시몽 같은 이들의 노래에 더 유혹을 느껴요. 마치 칸초네를 들을 때 최근의 실험적인 가수들보다 그 시초에 해당하는 밀바나 미나, 도메니코 모두뇨처럼 산레모 가요제로 데뷔한 가수들이나 칸타토레라 불리는 동시대의 음유 시인들을 선호하듯 말입니다.

교내 방송국에서 클래식 프로그램을 담당하면서 프랑스 편을 내보낼 때도 표제음악의 창시자인 베를리오즈의 〈환상교향곡〉이나 포레의 섬세하고 부드러운 가곡들보다 기욤 드 마쇼나 르네상스 시대의 조스캥 데 프레 또는 장필리프 라모 같은 이들에게 관심이 갔거든요. 가끔 드뷔시의 〈목신의 오후 전주곡〉이나 라벨의 〈죽은 왕녀를 위한 파반느〉 같은 소품들을 선곡하는 일은 있었지만 아무도 없는 제작실에서 혼자 턴테이블에 올려놓고 듣던 곡들은 다 고음악이었습니다. 왜 그랬을까, 그 작곡가들이 처음 접하는 흔치 않은 이들이었기에? 아니면 그들의 음악이 어떤 종교적인 편안함을 풍기고 있어서? 그건 잘 모르겠습니다.

영화도 누벨바그 세대의 작가주의 감독들이나 그 뒤에 나타난 젊은 세대들의 아주 세련되고 혁신적인 현대적 기법의 작품보다는 〈금지된 장난〉의 클레망이나 〈남과 여〉의 클로드 를루슈, 자크 드미의 〈쉘부르의 우산〉에 더 애정을 품게 됩니다. 장 비고의 〈품행 제로〉나 로베르 브레송의 〈무셰트〉 같은 시적 정취가 아련하게 묻어나는 흑백 영화에 끌리기도 하지만요. 시대적인 조류와 상관없이 알랭 레네의 〈지난해 마리엔바드에서〉나 바르다의 〈행복〉 같은 영화는 참 재미있게 봤습니다.

아마 제 취향과 기호가 1930~40년대나 1950~60년대의 어느 한 시기에 머물러 있기 때문일까요. 그 무렵의 어렵고 궁핍한 시대상에 묘한 매력과 향수를 느끼는 걸 보면 저는 아마도 고전주의적 성향을 지니고 있나 봅니다. 하긴 그때는 오히려 예술에서도 표현주의나 초현실주의 같은 가장 급진적인 사조가 유행하던 시기니까 이 말에는 잘못이 있는지도 모르겠네요.

그래서 그럴까요. 제가 좋아하는 프랑스 시인들이나 소설가들도 고전과 현대가 마구 섞여 있는 것이요. 어쩌면 일찍이 프랑스 문학사가인 랑송의 《불문학사》나 알베레스의 《20세기의 지적

모험》에서 출발해 정명환 선생과 김붕구 선생으로 이어지는 독서 편력에 원인이 있는지도 모르겠어요. 거기서 김현과 김치수 선생이 쓰신 프랑스 문학사 관련 책들을 만났고 김화영 선생의 《프랑스문학 산책》이라든가 곽광수 선생이 번역한 바슐라르를 접하게 됐지요. 그리고 그 끝에 이인성 선생의 베케트와 몰리에르, 이성복 시인이 석사 논문에서 연구한 보들레르가 있습니다. 민음사에서 나온 '세계시인총서'의 프랑스 편에서 민희식이나 송재영, 서정기 같은 유려한 번역자들을 알게 된 것도 커다란 기쁨이었어요.

지나간 그 시절이 그리운 걸 보면 저는 그때 그곳 그 꿈의 시간들에서 또 얼마나 멀리 떠밀려 온 건지요. 어른들이 차츰 늙어가듯 저도 나이를 먹는가 봅니다. 무엇 하나 제대로 되는 일 없이 방황만 하던 이십 대를 지나 어느덧 삼십 대 중반으로 접어들었으니 말입니다. 어쩌면 언제 서른이었는지도 모르게 훌쩍 청년기를 넘긴, 나이를 의식하지 못하고 지내는 제 무딘 날짜 감각 탓이기도 하지요.

길은 끝나고 여행은 다시 시작되고

갔던 길을 되밟아 서울로 돌아오는 길은……뭔가 석연치 않은 감정의 여운을 길게 남겼어요. 마치 사랑하는 여인을 파리에, 아비농에 또는 짧은 기간 돌아다닌 유럽의 여러 도시에 두고 저 혼자만 서울행 비행기를 탄 느낌이랄까요. 아쉬움도 안타까움도, 그렇다고 시원섭섭함도 아닌 묘한 마음의 일렁임에 몸을 실었기 때문인가요. 비행기 안에 있는 이틀 동안 저는 거의 잠을 이루지 못했습니다. 뜬눈으로 지새웠다고 하는 표현이 더 적당할 테지요.

솔직히 말씀드리면 저 혼자 하는 여행이 아닌, 나이 어린 후배들과 함께한 연수 차원의 여행이라는 중압감과 부담감이 컸기 때문이기도 했지만, 그것보다는 언제 다시 그곳으로 갈 수 있을지 기약할 수 없는 미래 때문이기도 했지요. 그래서 인천국제공항에 발을 내딛는 순간 보름의 여정으로 온몸에 밀려오는 노독이나 그리운 집으로 귀환한다는 안도감보다는 한 치 앞을 내다보지 못하는 인간의 근원적인 운명을 향한 쓸쓸함이 더 짙게 배어 나왔나 봅니다. 공항버스를 타고 시내로 들어오는 동안 계속 선생님 얼굴이 눈앞에 어른거린 것은 아마 몸과 마음이 지칠 대로 지친 우울한 기분 탓이었겠지요. 저는 그렇게 생각하고 싶었어요.

그래서 그랬을 거예요. 도착하자마자 바로 선생님께 연락드리지 못한 것은. 바보같이 선생님께 전화를 드리고 찾아뵐 엄두를 내기는커녕 시차에 적응하지 못한 데서 오는 무력감 때문에 팔월 한 달을 방에 갇혀 잠만 자면서 보냈거든요. 시체가 따로 없었어요. 잠 귀신이 달라붙었는지 눈꺼풀은 끝없이 내려앉았고 그 여름의 끝을 그렇게 꿈속에서 헤맸지요.

그러다가 어느 날 문득 한 통의 전화를 받았습니다. 선생님이셨어요. 일산에 있는 작업실이라고 하셨지요. 결국 선생님이 제게 먼저 잘 다녀왔느냐고 안부를 물으셨어요. 물기 하나 없이 마른 선생님의 목소리를 듣고 난 뒤 정신을 차려보니 거리에는 어느새 찬바람이 불고 있었지요. 어느 날 문득 찾아든 가을비가 내린 아침은 흐리고 찼습니다. 차고, 흐리고, 낮고, 무겁다고 하는 것이 맞겠지요. 그때 저는 아마도 나름대로 가슴 한쪽에 또 하나의 마침표를 찍고 있었는지도 모르겠어요.

여행을 끝내고 선생님을 뵙게 된 건 추석을 훨씬 지난 깊은 가을 저녁이었습니다. 어쩌면 저는 돌아와서도 선생님을 만날 그 순간만을 기다렸는지도 모르겠어요. 선생님은 많이 수척해진 모습이셨어요. "작업이 힘드신가 봐요?" 제가 걱정스러운 눈빛으로 물었더니 웃기만 하셨지요. 그리고 오히려 첫 희곡을 무대에 올린 저를 축하해주셨습니다. 열심히 쓰라는 격려도 잊지 않으셨지요.

그날, 노란 은행잎이 덕수궁 돌담길을 물들이던 정동 거리의 아담한 전통 찻집에서 저는 수줍음을 무릅쓰고 드릴 말씀이 있다고 했지요. 어디서 그런 무모한 용기가 났는지는 지금 생각해도 모를 일이에요. 제 쑥스러운 고백을 듣고도 선생님은 그저 빙긋이 웃으실 뿐 끝내 한마디 말도 없으셨습니다. 그런 선생님이 그때는 야속했습니다. 야윈 저를 걱정하시며 빨리 좋은 사람을 만나 화목한 가정을 꾸며야 한다고 입버릇처럼 강조하시더니 정작 선생

122

님을 향한 제 미련한 눈길은 끝끝내 거둬주지 않으셨지요.

언젠가 선생님이 지나가는 말처럼 중얼거린 '사랑은 고통 그 자체'라거나 '순수한 열망은 불행의 씨앗'이라는 잠언 따위는 믿고 싶지 않았습니다. 사랑이란 오히려 상대방의 영혼을 갈구하는 것이라고 믿고 싶었지요. 선생님이 좋아하는 영화배우 캐서린 햅번이 말했듯 "사랑은 내가 선택하는 것이 아니고 그저 내게 다가오는 것"이니까요. 그러하기에 사랑은 지울 수 없는 흔적이고 사랑은 끊임없이 보고 싶은 것이며 사랑은 모든 것일 뿐이지요. 하지만 이제 와서 돌이켜보면 제게 과연 그 누군가를 사랑할 자격이 있기나 할까요?

"별은 빛나고 우리들의 사랑은 시든다"거나 "사랑은 봄비가 겨울비에게 안녕이라고 말하는 것과 같다"는 노래 가사처럼 선생님이 이곳을 떠나신 뒤 저는 줄곧 우울했어요. 깊고 깊은 물속으로 몸과 마음이 한없이 가라앉는 기분. 어쩌면 지금 이곳에서 이제 더는 선생님을 뵐 수 없다는 그 명백한 현실이 저를 망연자실케 하는지도 모르겠습니다. 그리고 다짐했습니다. 이제 다시는 그 누구에게도 뻔히 후회할 줄 알면서 온 마음을 뭉텅뭉텅 내주는 어리석은 짓은 하지 말아야겠다고요. 그렇게 다짐을 하면서도 마음 한구석에 자리잡고 있는 부질없는 이 미련은 또 무엇인지요.

한 사람을 사랑하는 행위는 그 사람을 오래오래 마음속에 간직하는 것이겠지요. 서른 중반의 고갯길을 힘겹게 넘어가고 있는 이 젊은 나이에 벌써부터 시간의 덧없음과 어긋나기만 하는 사람과 사람 사이의 관계에 신경이 쓰이는 것은 모두 다 선생님 탓이라고 원망 아닌 원망을 해봅니다. 미처 말하지 못했거나 결코 말해질 수 없는 것들 그렇기 때문에 더 가슴 아픈 것들이 이 세상에는 분명 존재한다는 엄연한 사실을 알게 됐습니다.

선생님. 돌이킬 수 없는 인간의 운명처럼 한 치 앞을 내다보지 못하는 남아 있는 나날을 생각하면, 저는 조금 욕심을 부려 아름답게 늙고 싶다는 소망을 품어봅니다. 마치 선생님이 제게 보여주신 것처럼 말이에요. 선생님은 매사에 공정하셨어요. 큰 욕심도 없으셨고요. 그저 조용히 평범하게 살고 싶어하셨지요. 그러면서도 그 시선은 늘 소외받는 이웃과 가난으로 고통받는 약한 이들을 향해 열려 있었지요. 더 많은 것을 그 사람들과 나눌 수 없는 현실을 안타까워하셨어요.

지금 생각해보면 선생님 자신의 안일보다 타인의 어려운 삶을 먼저 배려하고 걱정하시던 그 뜨겁고 겸손한 마음이 자연스럽게 저를 선생님에게 이끌었나 봅니다. 영원한 것이 없는 이 별의 어느 곳에 계시더라도 잊지 않겠습니다. 선생님을 보냈지만 아주 보낸 것은 아니니까요.

낡고 허름한 종이로 만든 배를 타고

◆ 안 선생님께

젊어서 고향 떠나 늙어서야 돌아오니少小離家老大回

고향 사투리 그대로인데 귀밑머리는 허옇다鄕音不改鬢毛衰

아이들 날 보고서도 누군지 알지 못해兒童相見不相識

어디서 오신 손님이냐고 웃으며 묻는다笑問客從何處來

— 하지장賀知章, 〈회향우서回鄕偶書〉에서

안 선생님께.

어떻게 지내시는지요? 늘 선생님 안부를 궁금해하면서도 찾아뵙
지는 못하고 간간이 지면에 발표하시는 글로만 소식을 듣고 있습
니다. 짧은 기간이지만 선생님께 배운 제자치고는 참 무심하지요.
그래도 선생님이 늘 말씀하신 것처럼 이렇게 글로나마 인사를 드

리는 게 참 행복한 일이라고도 여겨집니다. 건강하시지요?

저는 지금 이주 노동자들이 많이 살고 있는 안산으로 내려와 있어요. 진정한 예술가는 혼자 있는 시간을 즐길 줄 알아야 한다는 어느 철학자의 말처럼 될 수 있으면 대학로로 나가는 시간을 줄이고 글을 쓰면서 제 자신의 내면을 주의 깊게 들여다보고 싶다고 생각했기 때문이지요. 방 창문은 집 뒤쪽의 야트막한 야산을 향해 나 있습니다. 아침저녁 싱그러운 봄바람이 불어오고 이따금 이름 모를 산새들이 날아와 한참을 지저귀다가 어느새 다시 날아가버리기도 하지요.

그 창문 바로 앞에 패랭이꽃이 군데군데 핀 작은 무덤이 있고 그 옆에 목련나무 한 그루가 서 있어요. 목련나무는 비가 올 때면 아주 처연한 풍경을 자아내요. 사랑하는 사람과 헤어지고 마악 돌아서서 나오는 젊지도 늙지도 않은 여자의 쓸쓸한 뒷모습을 닮았다고 해야 하나. 왜 그런 생각이 들었는지는 잘 모르겠지만요. 마음이 심란하고 글이 잘 안 써질 때는 창문을 열고 그 나무를 오래오래 쳐다보는 버릇이 생겼습니다. 목련나무 한 그루가 굳게 닫힌 제 마음의 빗장을 열고 들어와 자리잡기 시작한 거지요.

어제는 종일 날이 흐렸는데, 오후가 되니까 갑자기 소나기가 쏟아지는 게 아니겠어요. 시커먼 먼지 입자들을 잔뜩 머금은 비구름이 산의 저쪽 마루에서 천천히 몰려오고 있었습니다. 자욱한 안개에 고개를 숙인 나무와 풀은 바람의 일렁임에 몸을 눕히고 서서히 다가오는 어스름의 행진에 호흡을 맞추고 있었지요. 비는 거세게 산의 한복판에 몰아쳤습니다. 온 산이 비의 우악스러운 손아귀에 휘말려 자신의 벌거벗은 몸을 내주고 어디론가 하염없이 둥둥 떠내려가는 듯싶었습니다.

참 신기한 것은 그렇게 소나기가 지나가자 거짓말처럼 하늘은 말갛게 개고 산의 능선 끝 쪽으로 봄의 아지랑이가 가물가물 피어올랐다는 건데요. 그러다가 한순간 어둠이 내리고 밤이 됐지요. 저는 창문 앞에 서서 시시각각 변모하는 자연의 위대한 숨결을 고스란히 제 속으로 빨아들이고 있었지요. 이미 어둑어둑해진 방안에 불도 켜지 않고 말이에요.

어둠 속에 오래 앉아 있으면 곧 눈앞에 희끄무레한 물체가 떠오릅니다. 어둠 속에 갇혀 그 어둠의 실체를 지독히도 겁낸 적이 있어요. 어둠의 반대편에 당연히 환한 빛의 세계가 있으리라 믿을 수 없던 시절이었지요. 그때는 어둠만이 이 세상을 지배하고 있는 유일한 힘이자 어떤 알 수 없는 기운 같은 것이리라 여겼습니다. 캄캄한 어둠의 세계에서 한 발짝만 헛디딘다면 곧 무시무시한 나락으로 굴러떨어지고 마는 거라고 생각했지요.

그런데 그게 아니었습니다. 오래오래 어둠의 집에 몸을 숨기고 그 속에서 두 눈을 빛내며 짙은 허공을 맴돌다보면 전까지는 별 상관없이 주위에 흩어져 있던 사물들이 하나하나 일어나서 말을 걸기 시작했습니다. 모든 사물들이, 그 생명 없는 것들이 살아 있는 것처럼 빛을 냈어요. 참으로 신기한 체험이었다고나 할까요.

선생님, 그래서 그럴까요. 전에는 어둠이 무서웠는데 이제는 어둠과 친해져야겠다는 생각을 해봅니다. 어둠에 익숙해져서일까요. 아니면 매일 밤, 쉽게 잠들지 못하고 이 지상의 어느 곳을 정처 없이 배회하고 있을 순례의 혼령들을 불러내 그들의 힘을 빌려 겨우겨우 글을 써나간다는 어느 작가처럼 제 곁을 스치고 지나간 무수한 얼굴들 하나하나를 불러내고 싶은지도 모르겠어요. 한없이 정다운 그들의 서늘한 이마에 입을 맞추고 그 소중한 이름을 일일이 호명하고 싶은지도 모르겠습니다.

추억은 멀리 있는 게 아니라 우리들 가까이, 우리가 살고 있는 이곳, 가족과 친구들과 이웃, 나를 아는 모든 사람들이 살아가고 있는 이곳에 있는 거겠지요. 그렇게 생각하면 이 세상의 밤은 또 얼마나 정겨운지요. 그렇게 어둠과 벗하며 온밤을 꼬박 지새웠지요. 동틀 무렵, 대지의 속살을 뚫고 솟아오르는 새벽 아침의 맑고 싱싱한 기운을 뭐라고 표현해야 하나, 그건 도저히 글로 설명하기 힘든 경이였습니다.

그 놀라움의 순간순간을 한동안 잊고 있었다는 사실이 부끄러울 정도로 오늘 아침의 일출은 충격 그 자체였어요. 늘 어질어질하게 아픈 머리를 어루만지며 고통스럽게 맞은 새벽이 새로운 기쁨이 될 수 있으리라고는 전혀 상상할 수가 없었습니다. 그만큼 과거의 기억이 제게는 돌이키기 싫은, 만지면 덧나는 생채기 같았는데 오늘 아침 무엇이 저를 달라지게 만든 것일까요. 오전에 아무 망설임 없이 집을 나선 까닭도 거기에 있었습니다.

선생님. 기억하세요? 선생님이 자주 가셨다던 파리 대학 부근의 헌책방들. 선생님은 생 미셸 거리에 있는 '셰익스피어 서점'과 시테 섬 안에 있는 '산 책방' 사이를 시계추처럼 오갔다고 하셨지요. 그러다가 여름이면 배낭을 꾸려 무작정 알프스로 떠났다고 하셨습니다. 연극을 넘으면 산이 있고, 산을 넘으면 연극이 있는 것 같다고 하셨지요. 그래서 연극과 산은 연극을 넘어 산으로 가고, 산을 넘어 연극으로 가는 봉우리와 같았다고도 하셨습니다.

한국에 돌아와서도 산 전문 잡지인 《산》이나 《사람과 산》을 보면서 인제 방태산의 아침가리골 같은 오지 마을과 화전민이 지나다닌 옛길의 발자취를 더듬어보신 것도 그런 소신 때문일 테지요. 또 연극이 문 안으로 들어가는 삶, 삶을 향한 시선이라면 비평은 문 바깥으로 나오는 죽음, 부재하는 삶과 연극을 향한 시선이라고 하시면서, 그러하기에 비평은 글을 써서 삶과 연극을 되살리고 삶과 연극의 길을 새롭게 내놓는 일이라고 하셨지요.

죽은 사람의 시체를 던져두는 곳이라 예로부터 수도자들의 정진 터가 된 인도의 시타림처럼 삶과 죽음이 경계를 이루는 시구문을 예로 들어 연극을 빛나게 하는 비평의 가야할 길을 설명하셨습니다. 글이 안 써질 때면, 시신이 좁은 성안에서 넓은 성 바깥으로 나오고 문 바깥으로 버려진 시신은 넓은 대지에 도달하는 이쪽과 저쪽의 경계인 시구문 앞을 자주 산책하신다고요. 시구문 앞에 서면 삶으로 들어가서 죽음으로 나오되 다시 죽음이 삶의 여러 길을 낼 수 있다는 믿음을 품게 되신다면서요.

선생님은 온갖 추문과 거짓이 횡행하는 연극 동네에서 받은 상처를 치유하기 위해 산을 찾으신 것 아닌가요? 고독은 보이지 않는 관객이라는 말처럼, 늘 그랬듯 자연은 외롭고 소외된 모든 이들의 위대한 어머니니까요. 보이지는 않지만 늘 곁에 있는 관객처럼 말이지요. 그리고 보면 사람들이 몰려드는 곳은 어디든지 극장이 되고 그곳에 모인 관객이야말로 배우들에게는 스스로 연기를 연마하게 만드는 위대한 지도자인 셈인가요. 그래서 비평가는 아주 형편없는 연극이라도 어두컴컴한 극장의 구석에 끝까지 남아서 지켜봐야 할 의무와 책임이 있다고 한다면, 관객에게는 작품이 마땅치 않으면 공연 중간에라도 극장 밖으로 나갈 권리가 부여된 거겠지요.

선생님이 그동안 쓰신 글을 꺼내 다시 읽습니다. 연출가와 극작가에 관한 비평인 〈이병훈론 — 보는 텍스트와 듣는 이미지 — '물거품'을 중심으로〉와 〈김광림론 — 몸과 숨과 말의 집〉과 산문집 《옛길》에 실린 〈정선에서 영월로 — 동강을 따라〉, 김방옥 선생과 벌인 몸에 관한 논쟁들, 언젠가 음악 잡지 《객석》에 연재하신 연극 속 인물들인 《심청전》의 심 봉사부터 시작해서 길 위의 남사당, 그 유랑의 무리들을 거쳐 우리들 마지막 만남의 장소는 어디인가로 끝을 맺는 글들.

선생님의 비평은 어느 때는 자유로운 에세이 같고, 유려하고 풍요로운 산문은 오히려 비평의 예리한 칼날을 숨기고 있어 숨막히고 딱딱한 연극 비평이라기보다 대상의 속살을 헤집고 들어가는 문학 비평에 가깝다는 생각이 종종 들었지요. 때로 시니컬한 냉소도 엿보이지만 그 냉소는 문제가 많은 연극 동네에 약이 될 만한 꼭 필요한 냉소라는 생각도 해봅니다.

산문만큼 비평 읽기를 좋아하고 즐기는 제가 나름대로 생각하는 좋은 평론이란 작품과 평등하게 대화를 나누려고 하는 자세를 갖춘 글들이지요. 작품이 말하려고 하는 바에 몸을 낮추어 겸손하게 손을 내미는 글들. 그래서 그 글을 읽고 나면 대상이 된 연극이 보고 싶다는 충동을 불러일으키는 비평 말이에요. 온갖 미사여구로 화려하게 치장한 지적이고 현학적인 글이 아니라 곱씹고 음미할수록 그 맛이 우러나는 부드럽고 섬세한 비평을 읽고 싶다는 생각이 들 때가 많았어요.

그래서 그런지 지금도 연극보다 연극 비평가의 자의식이 더 돋보이는 글은 왠지 처음부터 끝까지 읽어나가기가 불편합니다. 자기를 너무 강조하거나 비평이 작품 속으로 자연스럽게 스며드는 게 아니라 비평가가 만들어놓은 틀에 작품을 꿰어 맞추려는 글도 독자들의 진정한 공감을 불러일으키기는 힘들겠지요.

지금까지 연극판에서 벌어진 논쟁 중에 귀를 기울일 만한 논쟁다운 논쟁도 별로 접하지 못했습니다. 참다운 비판은 상대방을 향한 가식 없는 애정을 전제로 할 때만 가능하다고 배웠지요. 우리 사회에서 어느 분야든 논쟁다운 논쟁을 찾아보기 힘든 까닭은 그런 기본적인 약속과 원칙이 무시되고 제대로 지켜지지 않기 때문이지요. 공적 감정과 사적 감정조차 구분하지 못하는 점은 말할 것도 없고요.

그런 뜻에서 할 말은 하더라도 서로 상처가 되는, 그래서 마음이 상할 대로 상해 아예 등을 돌리고 만나는 것조차 꺼리게 되는 최악의 경우는 피해갔으면 좋겠다는 생각이 들어요. 연구자들의 인격은 상대방에게 최소한의 예의를 지킬 때 더 빛난다고 할 수 있으니까요. 결과도 중요하지만 그런 결과를 만들어낸 과정이 불순하다면 아무리 훌륭한 생산물을 낸다 해도 그다지 큰 의미가 없기 때문입니다.

인간을 구원하려고, 억압 없는 사회를 만들려고, 자신을 해방시키려고 연극을 한다면서 정작 그 과정에 옳지 못한 속임과 모략이 끼어든다면 그것이야말로 이율배반적인 행위지요. 연극 현장에서도 자주 그런 일을 목격합니다. 그런 점들은 앞 세대가 고치지 못했다면 젊은 사람들이 하나둘씩 용기 있게 바로잡아나가야 한다고 생각해요. 그래야 한국 연극은 말뿐이 아닌 실질적인 비전과 전망을 끌어올 수 있다고 믿습니다.

어떤 글을 읽다보면 그 글을 쓴 저자를 멀리서나마 한번 훔쳐

보고 싶은 마음이 들 때가 있지요. 그런데 기회가 생겨 막상 설레는 마음으로 직접 뵙고 나면 책에서 받은 아름다운 느낌을 그대로 간직하게 되는 쪽보다는 그 정결한 감정에 흠이 생기고 실망한 경험이 참 많았습니다. 그래서 그 뒤로는 될 수 있으면 만나는 일을 피하고 책으로만 만족하는 습관이 붙게 됐지요. '글은 곧 그 사람'이라는 믿음을 잃어버리고 싶지 않기 때문입니다.

글과 그 글을 쓴 사람이 다르다는 것. 가령 글을 보면 세상에 둘도 없는 따뜻함을 지닌 것 같은 이와 만나 직접 대화를 나눌 때, 뜻밖에 그 이면에서 굉장히 냉소적인 어떤 면을 발견하면 저는 순간적으로 당황합니다. 글에 드러난 인격이 그 사람의 생활과 일치하지 않을 때 서글프고 안타까운 마음이 드는 것은 말할 것도 없지요. 그럴 때 저는 참다운 지성은 지식과 경험의 단순한 총합이 아니라, 그것이 저절로 인격에 우러날 때만 비로소 가능하다는 평범한 진리를 다시 한 번 확인하게 됐어요. 언젠가 선생님이 수업 시간에 죽은 공부와 산 공부 얘기를 하시면서 퇴계 선생과 율곡 선생이 친구가 된 일화를 예로 드신 것 기억하세요? 스승과 제자가 좋은 학문적 동지가 될 수 있다는 믿음을 심어주신 그 얘기 말입니다.

미국의 젊은 문화사가 마크 애론슨은《도발 ― 아방가르드의 문화사, 몽마르트에서 사이버 컬처까지》에서 아방가르드를 원래 적군의 상황을 알아보려고 목숨을 걸고 적진으로 가장 먼저 뛰어

드는 선발대를 뜻하는 군대 용어로 정의하고 있습니다. 미래를 내다보고 자신들의 통찰력을 우리에게 들이대는 일에 재능, 심지어는 삶까지도 바쳐 가장 도전적인 예술을 만들어내는 이들 말이지요. 그의 말에 의지하자면 선생님은 마치 안민수나 유덕형, 오태석이나 이윤택 같은 중견 연출가들처럼 비평으로 연극판의 아방가르드가 되신 분이지요.

1990년대 초반이었나, 한 라디오 방송국에서 영화 음악 프로그램을 진행하며 특유의 거침없는 언변으로 많은 팬들의 지지를 받은 정은임 아나운서는 마침 이 책을 읽고 나서 다음과 같은 질문을 던지더군요. 문화와 예술에서 진보는 무엇인가? 아방가르드가 전위에 앞선 반항이라면 모든 것이 전위적인 이 시대에 아방가르드의 존재 의미는 무엇인가? 저는 나름대로 이 시대의 전위는 역설적지만 후위가 아닐까 하는 엉뚱한 생각을 해봤습니다.

몇 년 전인가요. 소설가 박상륭의 〈남도〉를 무대에 올린 연극하는 동기들이, 공연이 끝난 뒤 그분을 모신 자리에서 이런 질문을 던졌다는군요. 선생님은 화두를 던져놓으시고 그 답은 끝끝내 주지 않으십니다. 그랬더니 그가 말했다지요. 나는 화두를 던진 적이 없어요. 내가 내놓은 것은 다만 화미話尾일 뿐이지요. 그러고는 이 땅은 모든 것이 섞여서 어지럽고 혼란스러운 혼처混處라고 덧붙이셨답니다.

선생의 말씀은 두고두고 음미해볼 만하지요. 중심과 주변의 문제를 놓고 논한다면 영원한 중심이 없듯이 영원한 주변도 없는 법이지요. 중심인가 했더니 주변이고 주변인가 했더니 중심인, 그 말은 마치 권력을 인식하는 순간 권력이 된다는 진리와도 통하는 듯싶습니다. 전위가 후위로 물러나고 후위가 다시 전위로 자리바꿈을 하는 시대. 선생님은 이 문제에 관해서 어떻게 생각하실까 궁금할 때가 있습니다.

그래도 여러 선생님과 함께 공부한 그때가 참 행복했다는 생각이 들어요. 극작, 평론반의 수업뿐만 아니라 연출반과 연기반의 수업도 틈나는 대로 챙겨들었지요. 이강백, 이만희 작가 두 분은 물론이고, 잘한 것은 잘했다고 잘못한 것은 잘못했다고 분명하게 지적하며 단지 지식만을 전수하는 교사가 아닌 참 스승의 모습을 심어주신 한상철 선생님, 그 어떤 수업보다 많은 영감을 주신 이병훈 선생님, 연기를 향한 열정을 일깨워주신 예수정 선생님, 타협하지 않는 당당하고 올곧은 배우의 길을 제시해주신 강신일 선생님의 모습은 지금도 가슴에 화인처럼 생생하게 살아 있습니다.

벌써 몇 년 전 일인가요. 수업 시간에 프랑스 작가 미셸 투르니에의 명징한 사유가 돋보이는 책 《상상력을 자극하는 110가지 개념》과 최인훈 선생님의 희곡 〈봄이 오면 산에 들에〉를 놓고 토론하면서 우리말의 중요성을 곱씹던 때 말입니다. 때마침 그 시기에 서울에서 열린 세계 연극제에서 그리스 아티스 극단의 〈안티고네〉와 미국 라마마 극단의 〈트로이의 여인들〉, 일본 신주쿠 로잔

바쿠의 〈맹인 안내견〉과 핑 총 극단의 〈슬픔 그 이후〉, 캐나다와 이탈리아가 합동으로 공연한 〈약속의 땅〉 같은 훌륭한 공연을 연극을 향한 열정으로 똘똘 뭉친 동료들과 함께 본 것도 행운이었지요. 〈메이비〉로 한국을 찾은 마기 마랭이 연출한 〈코펠리아〉를 보던 기억도 새롭습니다. 일상 공간에서 자유로운 움직임을 강조한 이 현대무용이 1870년에 초연한 고전 발레를 모티프로 삼은 사실은 일찍이 시인이자 무용 평도 쓰시는 김영태 선생의 산문집에서 접한 적이 있지요.

선생님은 또 비슷한 시기에 제가 한 문학잡지에서 곁눈질한 하이데거의 미학적 감수성을 고스란히 들여다볼 수 있는 한 편의 시와도 같은 유려한 산문 〈들길〉의 일절을 강의 시간에 읽어주기도 하셨지요. '언어는 존재의 집'임을 명쾌하게 보여주던 그 글은 시인과 사색인은 결국 언어로 생각하고 언어로 시를 쓰는 것임을 깨우쳐줬습니다. "들길 위에서 겨울 풍랑과 수확의 날이 만나고 이른 봄의 풋풋한 흥분과 가을의 착 가라앉은 죽음이 마주하고 유년의 놀이와 노년의 지혜가 서로 바라본다. 그러나 모든 것은 하나로 울리고 들길이 그 메아리를 말 없이, 멀리 옮겨간다. 그리고 그 하나하나의 울림 속에서 모든 것이 밝고 맑아지는 것이다." 그리고 소광희 선생이 번역한 하이데거의 또 다른 책 《시와 철학》을 소개해주셨지요. 그 책은 예전에 우연한 기회로 접한 적이 있어 더욱 반가웠습니다.

삶의 예지를 넌지시 일러주는 풍요롭고 섬세한 산문이 저는 좋았습니다. 고전적인 찰스 램의 〈굴뚝 청소부 예찬〉이나 에머슨의 〈자연〉, 해즐릿의 〈여행길〉, 스티븐슨의 〈도보 여행〉이라든가 가드너의 〈모자 철학〉, 체스터턴의 〈비의 예찬〉, 《우리를 슬프게 하는 것들》로 잘 알려진 안톤 슈나크의 〈내가 사랑하는 소음, 음향, 음성들〉, 루쉰의 〈가을밤〉과 〈눈〉, 나쓰메 소세키의 〈산새〉와 〈강〉, 아쿠타가와 류노스케의 〈어느 멍청이의 일생〉, 김화영 선생이 쓴 《바람을 담는 집》이나 김훈 선생의 《풍경과 상처》, 김현 선생의 《행복한 책읽기》라든가 이성복 시인의 《꽃핀 나무들의 괴로움》, 최승호 시인의 《달맞이꽃에 관한 명상》, 기형도 시인의 《짧은 여행의 기록》, 안재찬 시인의 《삶이 나에게 가르쳐준 것들》을 읽는 밤이면 밑도 끝도 없이 어디론가 떠나고 싶어지기도 했지요.

지난겨울에 기회가 닿아 현장에서 직접 연극을 제작하는 동료들과 정선 동강의 어라연을 거쳐 단종의 한과 비애가 서려 있는 영월의 청령포에 다녀왔습니다. 〈단종은 키가 작다〉는 김형경의 단편소설에도 나와 있지만 그곳은 앞은 강이고 뒤는 깎아지른 절벽이 에워싸고 있는 유폐된 섬이었습니다.

섬. 장 그르니에의 산문집과 김성춘 시인의 시에서도 알 수 있듯, '섬'이라는 닿소리, 홀소리, 닿소리가 어우러져 만들어내는 단어 하나는 얼마나 무수한 물수제비를 그려 넣으면서 인간의 마음을 울렁거리게 하는지요. 그렇지만 같이 간 동료의 말처럼 그곳 청령포는 나는 새도 들지 못할 감옥이었지요. 밤이면 문풍지를 울리는 세찬 바람소리와 온갖 금수들의 울음소리가 귀를 찢던 그 황량하고 쓸쓸한 유배지에서 사춘기가 막 지난 어린 임금은 서울에 두고 온 부인을 그리워하다 끝내 삼촌인 세조가 보낸 사약을 마시고 숨을 거두게 됩니다.

"천추의 원한을 가슴 깊이 품은 채 적막한 영월 땅 황량한 산속에서 만고의 외로운 혼이 홀로 헤매는데 푸른 솔은 옛 동산에 우거졌구나. 고개 위의 소나무는 삼계에 늙었고 냇물은 돌에 부딪쳐 소란도 하다. 산이 깊어 맹수도 득실거리니 저물기 전에 사립문을 닫노라." 단종이 남긴 시에는 그 시절의 말 못할 고통과 비애가 살아 있는 생선처럼 펄떡거리고 있었지요.

그래서 그랬나요. 이강백 선생은 희곡 〈영월행 일기〉에서 청령포를 가리켜 이 세상에서 가장 외롭고 슬픈 곳이라고 하셨지요. 안 선생님 역시 작가의 말을 빌려 '진리는 그 어디에도 없다, 그것은 가짜다, 가짜일수록 그럴듯하게 꾸미는 것이다, 의심받지 않는 진리는 위험한 것'이라고 덧붙이셨습니다. 작가는 공장장이 아니라 수도원장이라는 말도 오래도록 잊히지 않습니다. 롤랑 바르트의 아름다운 산문집《사랑의 단상》이었나요. '글쓰기는 당신이 없는 그곳에 있다는 것을 아는 것'이라는 구절 말입니다. 그 말처럼 상처란 서로 주고받을 때만 고귀한 빛이 되는 걸까요.

가난한 연극의 창시자인 폴란드의 연출가 예지 그로토프스키에 따르면 무대 위의 배우는 객석의 관객들에게는 순교자와 같은 존재라고 합니다. 당신이 인간임을 보여주면 나는 그대에게 신을 보여주겠다고 배우들을 향해 선언한 그는 영혼을 둘러싸고 있는 껍질을 벗겨버리는 것, 그리하여 그 속에 있는 살을 깎아내고 뼈를 보여주는 것이야말로 가난한 연극이 지닌 고해성사에 가까운 본질적인 부분이라고 명명하고 있습니다.

"문명의 시선으로 보면 배우란 저주받은 존재이다. 무대 위에서 배우의 말은 현실 그 자체이고 그 말은 보이지 않는 것을 보이게 하고 들리지 않는 것을 들리게 한다. 그리하여 시간을 초월하여 세계의 고통을 번역하고 환상을 현실로 만들며 현실을 환상으로 조각한다. 세계를 뒤흔들고 세계를 꿰뚫고 세계를 초월해 생명의 원천을 깨우는 것이 연극이다. 따라서 배우에게 무대는 가공의 세계가 아니라 혼의 불빛이 타오르는 움직이고 헐떡이고 격동하는 세계이며 배우는 이런 세계를 견뎌야 한다. 배우는 냉철한 눈으로 자신의 내부를 갈라 그 속을 들여다봐야 한다. 깊숙이 감춰진 그 생명을 그렇게 들여다보고 있으면 인간이 만들고 있는 문명의 세계가 얼마나 보잘것없는 것인가를, 모래 위에 지은 집처럼 얼마나 위태로운가를 무섭고도 뼈저리게 깨닫게 된다."

배우들에게 금과옥조 같은 그로토프스키의 이런 지침은 키에슬로프스키의 삼색 연작 중 〈블루-자유〉의 배경 음악으로도 쓰인 폴란드의 작곡가 헨리크 구레츠키의 교향곡 제3번 〈슬픔의 노래〉를 모델로 한 정찬 선생의 소설에도 잘 묘사돼 있습니다. 구례츠키의 입을 빌려 배우들뿐만 아니라 창작을 하는 예술가들 모두 귀담아들어야 할 다음과 같은 말도 나오지요.

"예술가란 살아남은 자의 형벌을 가장 민감하게 느끼는 사람이다. 살아 있다는 것은 축복이기도 하지만 동시에 형벌이기도 하다. 빛은 어둠이 있어야 존재하고 축복과 형벌은 이 빛과 어둠의 관계이며 그리하여 예술가는 형벌에 민감한 사람이다. 그리고 자신에게 부여된 그 형벌을 견뎌야 한다. 견디지 못하는 자는 단언컨대 예술가가 아니다. 슬픔의 강은 사람과 사람 사이에 끊임없이 흐르고 있지만 그 강이 있는지조차 모르는 사람들이 많다. 이 강이 있음을 일깨우는 사람이 바로 예술가다. 예술가는 볼 수 있는 자다. 그 눈은 강의 흐름을 본다. 예술가는 들을 수 있는 자다. 그 귀는 강물 흐르는 소리를 듣는다. 창작이란 자유를 향한 사랑의 행위다. 그리고 사랑이란 신성의 또 다른 표현이다."

선생님이 준재와 번역한 유제니오 바르바의 《연극인류학 ― 종이로 만든 배》에도 비슷한 구절이 나오지요. 연극 인류학은 무대로 표현되기 전의 배우들의 행동 양식과 역할에 뿌리를 두고 있기 때문에 어떻게 보면 배우의 자유를 확장시키는 데 유용한, 배우에 관한 배우를 위한 실용적 학문이자 연구라 할 수 있습니다.

바르바는 제1장 '연극 인류학의 발생'에서 자신의 개인적인 기억과 얽힌 과거를 회상하며 진실의 순간을 찾으러 먼 여행길에 오르지요. 그 길에서 만나는 사람들은 유년 시절 교회의 축제 행렬에서 부딪친 친구의 어머니이기도 하고 같은 방에서 살을 맞대고 살던 할머니이기도 하며 병원에서 임종을 맞은 아버지이기도 했지요. 따뜻함과 아픔과 슬픔과 불안과 초조와 피로가 행복하게 겹쳐진 시간들.

바르바는 시간이 그려내는 물방울의 흔적을 포개고 지우면서 또 다른 유랑 길에 오릅니다. 청년 시절 신체적 복종을 강요하던 군사 학교의 교관과 배우 수업을 하러 떠난 폴란드에서 꿈처럼 해후한 스승 예지 그로토프스키가 다시 배에 올라탑니다. 폴란드에서 돌아와 오딘 극장을 세우고 국제 연극 인류학교를 세우기까지 그런 식으로 체험한 무수한 현존들과 그들과 나눈 대화가 한 척의 배를 만들게 했다고 하지요.

그 배에는 연극의 반역자이자 이단아 또는 개혁가이던 창조자들이 타고 있습니다. 막스 라인하르트와 오천 년의 연극, 스타니슬랍스키의 심리 신체적 행위, 고든 크레이그의 초월적인 인형 연기자, 메이어홀드의 생체 역학적 신체 훈련 방법, 바흐탄고프의 환상적 사실주의, 브레히트의 서사극과 게스투스, 아르토의 잔혹 연극과 우주적 강신, 칸토르의 죽음의 연극, 그로토프스키의 가난한 연극과 토탈 액션, 피터 브룩의 빈 공간, 자크 코포의 춤 연극, 치에슬라크의 정교한 무언의 춤, 쉐크너의 환경 연극, 로버트 윌슨의 이미지극.

바르바는 더 멀리 가보고 싶어합니다. 인도의 카타칼리와 중국의 경극과 일본의 노, 발리의 그림자극. 거기서 다시 승선한 매란방과 제아미와 룩미니 데비. 그리고 결국 발견하게 되지요. 춤은 물질계와 비물질계의 경계에 있는 미묘한 대상이며 신들의 힘이 표출되는 통로이자 인간을 신들에게 접근시키는 수단이라는 것, 생체적인 춤은 자체의 춤을 내재하고 있기에 음악의 유무는 관객의 감수성에 별 문제가 되지 않는다는 것, 그래서 동양 전통극의 연기자들은 음악 없이도 춤출 수 있다는 것, 하나의 행위는 아무리 사소한 움직임이라도 손과 눈과 입 같은 몸의 일부가 아니라 몸 전체에 근거할 때 비로소 실제적일 수 있다는 것.

바르바는 다음과 같은 비유로 결론을 말하고 있습니다. 숨어 있는 삶의 용은 아무리 미세할지라도 그 징후를 표층으로 드러내듯 몸과 마음의 통합성, 생체의 통일성이 자신이 추구하는 춤이라고 말입니다.

선생님이 인용하셨나요? "어느 남자가 혹시 새의 목소리를 모방할 수 있는 사람이 필요하지 않은지 서커스 단장에게 물었다. 단장은 아니오, 라고 말했다. 그러자 그 남자는 창문으로 날아가 버렸다"는 비유와 상징과 암시로 가득 찬 한마디의 잠언으로 자신이 평생 추구해온 춤 연극의 세계를 표현한 독일의 천재 무용가 피나 바우슈는, 극무용이라는 새로운 개념을 선보이며 카네이션 팔 천 송이로 수놓은 인간의 오감을 총동원한 환상적인 무대를 보여줬지요.

'그대 몸속에 인생이 있고, 자연이 있다'는 바우슈의 말은 곧 무대 자체가 '인생'이고 바로 '인간'임을 깨우쳐주고 있지요. 선생님이 주목하신 지점은 아마도 일상적 행동이 무대에 옮겨져 새로운 비일상적 기호를 만들어내는 바우슈의 독특한 개인주의 내지는 비극적인 페시미즘이 아니었나 싶습니다. 제가 관심이 간 것은 춤에서 감지되는 유년 시절의 상처였지요.

피나 바우슈는 무언가를 끊임없이 두려워하고 있는 듯싶은데, 그것이 사람과 사람 사이의 불완전한 소통인지 아니면 정체성에 대한 혼란인지는 명확하게 단정 짓기 어려웠습니다. 그렇지만 분명 가슴속엔 인간의 고통스러운 추억과 그 추억이 환기하는 아름다움을 스스로 연소시키려는 의지가 숨어 있는 게 아닐까요.

남산에 있는 독일 문화원에서 바우슈의 춤 세계를 처음 접했을 때 제가 받은 강렬한 충격은 단지 그 완벽함 때문은 아니었지요. 오히려 그 작품에는 결핍이 진하게 녹아 있어서 그런 비어 있음이 역설적으로 무대를 충만한 영감으로 꽉 채우게 하는 건지도 모르겠어요. 위대한 결핍이야말로 인간의 영혼을 고양시키는 진정한 스승임을 바우슈는 온몸으로 보여주고 있습니다.

2001년 가을에 내한 공연을 한 아리안 므누슈킨이 이끄는 태양극단의 〈제방의 북소리〉도 마찬가지였습니다. 바르바의 오딘 극장처럼 일본의 노나 가부키, 발리의 연극, 인도의 카타칼리, 베이징의 경극 등 동양의 연극 전통을 자연스럽게 받아들여 작업의 자양분으로 삼기로 유명한 태양극단은 공동 제작, 공동 분배의 원칙을 지키며 프랑스 교외의 낡고 허름한 창고 건물에서 작업을 시작했다고 알려져 있습니다.

극단 대표이자 예순이 넘은 아름답고 인자한 할머니 므누슈킨은 연극 집단에서 가장 중요한 것은 아무것도 없는 상태에서 서로 믿어주는 힘, 곧 사랑이라고 확신하는 연출가입니다. 《한국연극》과 한 인터뷰에서 진실한 시는 구체적인 것이지 추상적인 게 아니라고 밝힌, 주고받는 어우러짐의 고귀함을 알고 있는 예술가지요. 므누슈킨이 우리 사물놀이와 살풀이춤에 매혹된 까닭도 그 속에 삶의 용기를 일깨우는 연극적 순수성과 인류의 보편적인 애틋함이 깃들어 있다고 판단했기 때문이겠지요. 연극은 여행과 같아서 연극 행위란 궁극적으로 여행하면서 씨를 뿌리는 것에 빗댈 수 있다는 자각도 바르바의 생각과 통하는 점이 있습니다.

다른 점이 있다면 바르바가 연극에서 춤의 의미를 강조하는 대신 므누슈킨은 음악의 영향력을 중요하게 여긴다는 것이지요. "생각을 만들고 그것에 덧칠하려는 또 하나의 생각들이 계속되다 보면 결국 아무것도 보지 못하고 듣지 못하게 된다. 연기자는 우선 내면의 음악에 귀를 기울여야 한다. 연기란 음악과 같은 것이며 배우의 몸은 악기 같아서, 내면의 음악성은 몸을 타고 외부로 들리게 된다. 그러므로 음악을 듣는다는 것은 그 자체가 반응이자 연기가 될 수 있고, 음악이 없다면 연극도 없다"가 지론인 므누슈킨의 말대로, 내면 연기와 외면 연기가 따로 있는 것이 아니듯 몸 연기와 마음 연기가 각기 홀로 존재할 수는 없는 법이지요.

서양 연극의 중심에는 말이 있고 동양 연극은 움직임을 위주로 하는 즉흥성이 강조되지만, 정신이 몸을 통해 드러나 보이듯 몸과 마음은 날 때부터 동전의 양면처럼 하나였지요. 떼어놓을 수 없는 운명 말입니다. 그렇기에 몸을 천시하고 마음을 떠받들거나 반대로 마음을 무시하고 몸만 강조하는 연극은 반쪽짜리 불구의 예술이라고 볼 수밖에 없습니다.

그것은 연극계의 고루하고 해묵은 논쟁 중 하나인 희곡에서 문학성과 연극성을 갈라놓고 어느 것이 우월한지 따져 묻는 어이없고도 어처구니없는 행각을 닮았습니다. 내면 연기냐 몸 연기냐가 중요한 게 아니라 관객의 영혼을 울리는 연기의 생명력이 문제듯, 공연의 판단 기준은 오로지 작품성일 따름입니다.

그래서 그랬을까요. 제가 〈제방의 북소리〉를 보면서 감탄한 것은 극도 극이지만 무대 위에서 라이브로 끊임없이 작품의 혼을 고양시키는 시타르 연주였지요. 그 생생하게 살아 있는 음악이 있었기에, 운명에 맞선 인간의 나약함을 전달하려고 일부러 인형의 단순함과 절대적으로 복종하는 자세를 유지시켰다는 연출가의 의도가 자연스러운 연기가 최상이라고 믿던 통념을 일시에 무너뜨리는 힘을 지닐 수 있었다고 봅니다.

연극의 진짜 문제는 자연스러움을 지나치게 강조하는 데 있다는 므누슈킨의 발언은, 정형화된 정답은 아니더라도 많은 시사점을 던져주지요. 인형 연기를 한 배우들은 무대 위에서 한없이 부자연스러울 수 있고 그래서 인형은 결코 인간이 아니면서도 생생하게 살아 움직일 수 있는 거겠지요. 극장 안에 인간의 꿈을 자극하는 환상적 요소를 철저히 배제시키고 등장, 퇴장하는 인물들의 모습을 그대로 보여준 것도 인상적이었습니다.

그래서 《레미제라블》의 저자 빅토르 위고는 셰익스피어의 희곡을 인용해 이렇게 말했을까요. "연극은 문명의 도가니다. 그것은 인간 상호간의 영적 교류가 이뤄지는 장이다. 연극은 그 모든 국면이 샅샅이 알려지기를 바라고 있다. 대중의 얼이 형성되는 곳은 바로 극장이다."

예술가가 자신의 작품 앞에서 축제를 벌일 수 있을 때만 예술가는 진정 예술가로 사는 것이고 그 순간이야말로 예술가에게 생애 최고의 순간이자 희열의 정점이 아닐는지요. 제임스 조이스의 《젊은 예술가의 초상》과 프란츠 카프카의 〈단식광대〉가 이 점을 보여주고, 걸어서 대지를 횡단하는 행위 예술가 리처드 롱의 작업도 그 연장선에 있습니다.

아일랜드의 존 싱이나 벨기에의 마테를링크처럼 시적 리얼리즘의 극치를 보여주는 러시아의 위대한 희곡 작가 안톤 체호프는 다음과 같은 말을 남겼지요. "결국 실제 인생에서 사람들이 끊임없이 서로 권총을 쏘아대고 목을 매고 사랑의 고백을 하는 것은 아닙니다. 늘 현명한 말만 하는 것도 아니고요. 사람들이 도착하기도 출발하기도 하고 밥을 먹기도 하고 날씨 이야기를 하기도 하고 트럼프를 하기도 하는 그런 희곡이 아니면 거짓입니다. 무대에서도 인생과 마찬가지로 모든 게 복잡한 동시에 단순하지 않으면 안 됩니다. 인간은 태어났기 때문에 그저 살아갈 뿐이며 그러는 동안 행복해지기도 하고 생활이 파괴되기도 하면서 일생이 구성되는 것입니다."

체호프는 하나의 이야기를 말하고 있습니다. 이병훈 선생의 말을 빌린다면, 한 번도 존재한 적이 없고 그 누구도 본 적이 없지만 어딘가에 꼭 있을 것만 같은 이야기 말입니다. 안 선생님 말에 따르면 유사한 재현에 그치지 않고 아름답고 탁월한 변형으로 축조된 이야기지요. 저도 마종기 선생의 시 구절처럼 웃어도 아름다운 강물은 끊임없이 흐르는, 그런 이야기의 성으로 들어가고 싶어요. 다만 아직 갈 길이 멀고 부족한 것이 많아 여전히 그곳으로 가려는 준비를 하고 있다고 하면 구차한 변명에 불과할까요?

언젠가 연극 공부를 하는 한 친구와 얘기를 나누다가 연극이라는 예술 장르의 매력은 사라지는 데 있다는 말을 듣고 충격을 받은 적이 있습니다. 왜 그랬을까요? 모든 사라지는 것들은 아름답기 때문인가요? 아니면 한 번 가면 다시 돌아오지 않는 인생처럼 덧없기 때문일까요? 아름다움은 곧 허망함이라는 말이 두고

두고 생각나는 밤, 늘 그렇듯 시간의 그림자는 제 앞에서 벌거벗고 춤을 추고 있네요.

고백하건대, 선생님. 인간이라는 나약한 존재에게 여러 번의 생을 거칠 기회가 주어진다면 저는 지금처럼 살지는 않을 거예요. 그렇습니다. 좀더 멋있게, 온갖 허세와 사치를 다 누려보며 세월을 탕진했을 텐데요. 단 한 번뿐인 생. 그래서 늘 이렇게 조바심치면서, 안타까워하면서, 죽은 삶처럼 제 몸에 달라붙은 일상의 진부함과 고리타분함을 견디고 있는지도 모릅니다.

어쩌면 글을 쓰는 행위도 자신의 몸을 학대하는 것부터 시작되는 듯싶어요. 체호프의 〈갈매기〉에서 니나의 마음을 사로잡은 작가 트리고린은 이렇게 고백합니다. "밤이나 낮이나 한 가지 생각이 내게 달라붙어서 떠나지 않아요. 그것은 써야 한다, 써야지 하는 것입니다. 겨우 한 편의 소설을 완성했다 싶으면 왜 그런지 벌써 다음 것에 착수해야 하고 그렇게 세 번째, 그다음은 네 번째, 이런 식이죠. 역마차처럼 쓰기만 할 뿐 다른 재주는 없어요. 정말 야만스럽기 짝이 없는 생활입니다. 지금 이렇게 당신과 이야기를 하며 흥분하고 있지만 한편으로는 쓰다 만 글이 저쪽에서 기다리고 있다는 것을 한시도 잊지 않고 있죠. 한차례 일이 끝나면 낚시질을 하러 달아납니다. 거기서 한숨 돌리고 무아의 경지에 빠질 수 있는가 하면 천만에, 그렇게는 안 돼요. 머릿속에는 이미 새로운 주제라는 무거운 쇳덩어리가 굴러다니며 빨리 책상으로 돌아가라고 부릅니다. 그래서 또 다시 부리나케 써대죠. 언제나 이런 식이라서 스스로 몸을 몰아세워 마음 편할 때가 없어요. 생명을 야금야금 갉아먹고 있는 듯한 기분이지요. 누군지 모를 막연한 상대에게 꿀을 주려고 자신의 가장 좋은 꽃 중에서 꽃가루를 긁어모으고 소중한 꽃을 잡아 뜯고 그 뿌리를 밟아 죽이고 있는 거나 같습니다."

잠 못 드는 밤, 괴로움이 극에 달해 미칠 듯 몸 안의 세포란 세포는 죄다 머리를 풀어헤치고 아우성칠 때, 맨발로 자갈밭을 걷는 심정으로 아니면 진창에 몸을 굴려가며 겨우겨우 연명해가는 하루살이 목숨을 진정 사는 것처럼 사는 삶이라 할 수 있는 건지 아득해질 때가 있습니다. 온몸이 곧 폭발해 저 광활한 우주를 떠다니는 먼지 알갱이처럼 산산이 흩어질 것 같은 고통은 그것이 끝을 볼 때만 말할 수 없는 쾌락으로 바뀌지요. 그 옛날, 사티로스나 켄타우로스 같은 반인반수 의식인 축제에서 자신의 몸을 갈가리 찢어 희생양으로 삼은 디오니소스의 후예들처럼 말이에요.

어쩌면 저는 아마도 그 시대의 사람들처럼 조금씩 미쳐가고 있는 건지도 모르겠어요. 그게 아니라면 제 몸에 새겨진 유전자 지도에는 앞 세대가 남긴 나쁜 피가 끊임없이 흐르고 있는 거겠지요. 어느 시인의 적절한 비유처럼, 발작처럼 글은 쓰이는 것일 테지만 치유 불가능한 마약 중독자인 양 도대체 이 무시무시한 삶은, 죽일 수도 살릴 수도 없는 이 수수께끼 같은 삶은 어디로 흘러가는 건지요. 눈에 보이는 불안을 넘어서 눈에 보이지 않는 공포의 기미로 가득 찬 삶, 그래도 이 지나친 삶, 도저히 감당하기 힘든 이 지독한 삶을 있는 그대로 껴안아야 하는 거겠지요. 그것이 인간에게 부여된 가혹한 운명이라면.

꿈의 기원이란 무엇인가 또는 사람의 기원이란 무엇인가 곰곰이 생각해본 적이 있습니다. 어떤 사람이 원형에 집착하는 것은 근원적인 그 무엇에 목말라하기 때문이겠지요. 그렇지 않다면 자신의 근본을 지탱해주는 뿌리가 끊임없이 흔들리기 때문이든가요. 어쩌면 아예 처음부터 그 뿌리가 없기 때문인지도 모르겠네요. 뿌리 없는 나무는 잔바람에도 상처를 입기 마련이니까요.

뭉게구름처럼 끊임없이 피어오르는 의문들. 뿌리가 송두리째 뽑혀버린 나무의 비의는 무엇일까? 혹시 글을 쓰는 것은 그것 때문이 아닐까? 그렇지만 글을 쓴다고 해도 처음으로 되돌아갈 수 있을까? 내가 '나'라는 이름으로 이 세상에 모습을 드러내기 전, 그 이전의 세계로? 글을 쓰는 것도 마치 꿈결 같다고나 할까, 한 번 놓치고 나면 두고두고 아쉬움이 남는 꿈속 세상처럼 꿈에서 깨면 언제 그런 일이 있었느냐고 되묻듯이 말끔하게 개인 날들, 그런 날들이 있었습니다. 가슴은 답답하고 무언가 쏟아놓고 싶어도 그러질 못하고 속만 끓이던 날들이었지요.

비가 오는 날, 바람 부는 날 또는 하늘이 잔뜩 얼굴을 찌푸리고 제게 내려앉던 날. 하루 종일 방 안에서 책을 읽으며 서성이다가 그런 저녁 무렵 신발을 꿰어 차고 발길 닿는 대로 몇 시간 거리를 헤매다 돌아올 때면 한순간 온몸에 확 불을 끼얹은 듯 강렬하고 신비스러운 느낌에 사로잡혔지요.

그런데 그때 그 느낌들은 다 어디로 갔을까. 잠도 오지 않고 밥도 먹기 싫은 날들이 몸살을 앓듯 한차례 무너진 몸을 훑고 난 다음에야 겨우겨우 자리에서 일어날 수 있던 시간들. 그 황홀한 순간들은 자주 오지 않기에 제 몸 위를 스쳐 지나간 바람 같은 손님을 다시 기다리는 거지요. 그런 기다림에는 기약이 없어서 막연하고 막연한 건데도 몸은 이제나저제나 나를 다시 찾아오기만을 기다리고 또 기다리는 거지요. 그러다가 나를 찾아오는 전조가 보일 때면 가슴이 두근거리고 숨이 가빠지는 것입니다.

선생님도 분명 몸에 각인된 아름다운 순간의 황홀함을 잊지 않으셨겠지요? 영감이라는 이름으로 온몸을 휩싸는, 신과 교감하는 성스러운 찰나 말입니다. 성경의 〈아가〉와 〈시편〉, 동양의 《시경》과 불교의 《유마경》은 문장 하나하나가 아름답기로 정평이 나 있습니다. 그 문장들은 모두 신의 숨결이 스쳐간 자리나 흔적들이 아닐는지요.

탁월한 산문가이자 신문 기자인 김성우 선생이 비교 미학의 대가인 프랑스의 에티엔 수리오에게 이렇게 물었다지요. "신은 예술가인가요?" 그 물음에 이 늙은 미학자는 "신이 지고의 예술가라는 생각은 성경의 신 개념과 일치하지요. 그래서 아름다움은 존재의 극치입니다"라고 대답했다고 합니다.

저는 연극에서 배우가 그런 존재라고 생각해요. 그러니까 엄밀히 말해서 연극은 배우 예술이지요. 작가나 연출가가 중요하지 않다는 게 아니라, 그만큼 관객과 만나는 배우의 존재 의의에 관한 인식이 새로워져야 하고 그 비중이 커져야 한다는 뜻입니다. 국문학의 대가인 김윤식 선생의 말을 빌리자면 작가가 위대한 것은 어느 한순간 신에게 부여된 영감을 대신하는 자이기 때문인데, 배우도 마찬가지겠지요. 분명 그들은 신의 몸을 빌려 잠시 이 세상에 머물다 가는 신기루 같은 존재입니다.

배우들은 매일 새롭게 태어나고 다시 죽으면서 자신의 몸을 바꾸고 현실을 바라봅니다. 그들에게 꿈과 죽음, 영혼과 홀림은 진정 좋은 벗들이지요. 내적 자아를 발견하기 위해 신체에서 해방을 실천하는 무당이나 영매 같은 존재. 루돌프 발렌티노나 몽고메리 클리프트, 말런 브랜도와 로버트 드 니로, 제임스 딘처럼, 제게 '배우는 어떻게 지상에서 숨을 쉬며 존재할 수 있는가'에 관한 깨달음을 던져준 몇몇 여배우들이 있습니다.

가령 이형기 시인의 〈낙화〉의 첫 구절처럼 떠나야 할 때가 언제인가를 분명히 알고 있던, 그리하여 그 뒷모습이 얼마나 아름다운가를 보여준 그레타 가르보라든가 인도주의자로서 배우의 사회적 역할과 책임의 부피와 무게를 분명하게 제시한 오드리 헵번, 배우가 자신에게 주어진 가혹한 환경을 제대로 인식하지 못할 때 어떤 식으로 철저하게 파멸돼가는가를 일깨워준 마를린 먼로, 현실의 삶은 단지 허깨비일 뿐이고 진짜 삶은 무대 위에 있음을 증명한, 흔히 말하는 연기에 살고 연기에 죽는다는 말을 실감나게 한 메릴 스트립들은 존재 자체가 하나의 신화나 마찬가지지요.

일본 무로마치 시대의 전설적인 배우이자 연출가를 겸한 이론가이기도 한 제아미가 쓴 《풍자화전風姿花傳》이라는 책에도 비슷한 구절이 있지요. "젊음과 타고난 목소리와 용모에 의존하는 연기는 한순간의 꽃이다. 언젠가는 저버리고 마는 꽃이다. 진정한 꽃은 왜 피고 지는지 그 진리를 자각해서 피어야 할 장소에 활짝 핀 자연의 꽃이다. 누구에게 보이려고 피는 게 아니다. 마찬가지로 무언가를 보여주려고 배우가 무대에 서서는 안 된다. 요구될 때 태어나는 것이 중요하다. 꽃은 꽃의 타이밍으로, 사람은 각자의 조건에 따라 행동한다. 피어나는 꽃과 사람의 만남이 무대와 관객이다. 진정한 꽃은 그 사람의 마음 그대로 오랜 세월 동안 꽃을 피울 수 있다."

헌옷을 물려받아서 입는 생활의 지혜와 글 쓰는 이의 바른 자세를 가르쳐주신 선생님은 지금도 짓궂은 개구쟁이 같은 미소년의 모습을 그대로 간직하고 계신가요. 돌아가신 김현 선생과 있던 일화를 들려주시면서 "창근이는 창근이 글을 알아주는 선생이 없어서 글을 안 쓰는구나!" 하시던 말씀이 아직도 귓가에 쟁쟁한데요. 선생님은 어쩌면 제가 공부를 더 해서 선생님과 같은 길을 걸어가기를 내심 바라셨는지도 모르겠어요.

그렇지만 언젠가 김윤철 선생이 언급하신 연극 평론가의 몇 가지 조건, 가령 개방적이어야 하고 감각이 예민해야 하며 정직해야 한다는 그리하여 비평은 논리적 글쓰기일 뿐만 아니라 창조적 글쓰기이기도 하고 궁극적으로 공적인 최종 심판 행위가 아니라 비평가 개인이 최대한 객관성을 유지하려고 노력하지만 결국은 주관적일 수밖에 없는 언술 행위라고 하셨듯이, 연극 비평은 타자로서 공연을 대상으로 삼는 동시에 자신을 반성하는 성찰 행위고 그것이 곧 비평가의 존재 방식이라고 언젠가 수상 소감을 빌려 고백하셨듯이, 비평이 그 자체로 존재하면서 비평가 자신이 한 사람의 좋은 관객이 될 수 있을 때 비로소 진정으로 연극이라는 신성한 작업에 당당한 일원으로 동참할 수 있듯이, 작가 또한 사유와 반성, 겸허한 마음을 늘 잊지 않고 깨어 있어야 한다는 사실을 명심하고 있습니다.

세계의 한구석, 중심이 아니라 주변에 있는 소수 민족어를 사용할 수밖에 없는 숙명을 안고 있는 작가에게 모국어의 소중함, 말과 글의 중요성은 아무리 강조해도 지나침이 없는 듯싶습니다. 설리번이 보지도 듣지도 못하는 헬렌 켈러를 가르칠 때 이런 말을 했다고 하지요. "이 땅 위에 있는 모든 것들은 우리들의 것이 됐다가 곧 사라지지. 하지만 우리들에게는 언어라는 빛이 있어. 언어의 빛에 비추면 오천 년이나 되는 옛날로 거슬러 올라갈 수도 있는 거야. 우리들이 느끼고 생각하고 알고 있는 것, 그것을 주고 받을 수 있는 온갖 방법이 언어 속에 있는 거야. 언어만 있으면 인간은 암흑 속에서 빠져 나올 수 있어. 무덤 속에 남아 있지 않아도 되는 거란다. 단 한마디의 언어로 너는 그 손에 세상을 움켜잡게 되는 거야. 언어를 사용하면 우리들의 역사를 후세에 남길 수가 있는 거란다. 하지만 어떻게 하면, 도대체 어떻게 하면 네가 그걸 알 수 있게 될까?"

선생님. 봄이 멀리 있다고 느끼는 바로 그 순간이 봄의 한가운데 들어와 있는 때라고 말한 시인이 있었지요. 한 해의 가슴 시린 아픔이 살같이 지나가고 꿈결인 듯 또 다시 이 땅 위에 봄이 찾아왔습니다. 사람들의 얼굴에는 여전히 작년 한 해 이 나라를 휩쓸고 간 각종 행사와 축제들, 한반도 남쪽을 온통 붉은색으로 뒤덮은 월드컵과 남북 화해 분위기를 조성한 아시안게임, 그리고 말도 많고 탈도 많던 대통령 선거의 열기가 채 가라앉지 않고 있지만, 그 축제의 시간에도 얼굴에 어두운 그늘을 드리운 채 남모를 고통에 시달린 사람들이 있었겠지요. 그 사람들을 생각하면 '연극'이라는 낡고 허름한 배를 타고 세상 속을 항해하는 이들은 분명 행복한 것입니다.

황사의 붉은 기운이 온 천지를 희부옇게 뒤덮고 있는 때, 언젠가 저를 걱정해주신 것처럼 선생님도 아프지 마시고 늘 건강하세요. 이 봄이 다 가기 전에 연락드리고 찾아뵙도록 하지요.

사랑과 기쁨이 충만한 삶의 조건을 위하여

다시 연 선생님께

파란빛, 당신이 보았을 때

멀리 있던 기억, 되살아나지요

멀리 있는 마을엔 무엇이 있을까?

골목 저편 지나는 길에

들리지 않나요, 누군가의 노랫소리

당신이 손에 든 파란 돌에

아련히 피어나는 그 마을

잊으려 하던 것, 잊고 있던 것

어른이 돼버린 당신

메마른 가슴 녹아들듯이

— 사쿠라치 미니코, 〈파란 돌의 전설〉 중에서

연 선생님께.

라디오를 켜놓고 깜박 잠이 들었나 봐요. 남쪽 바다 먼 곳에서 태풍이 북상하고 있다는 소식을 꿈결에 들은 것 같은데 새벽부터 장대 같은 소낙비가 죽죽 쏟아지는가 싶더니 어느새 길고 지루한 장마가 시작됐어요. 여느 여름과 달리 올 여름은 유난히 더디게 지나가는 듯싶네요. 평소에 날짜 감각이 없는 제가 다 그렇게 느낄 정도니까요.

아마도 선생님이 안 계신 탓이겠지요. 그래도 지나치게 우울하고 단조로운 이 여름이 가고 나면 늘 그랬듯이 선선한 가을바람이 옷깃 사이를 살랑거리며 스치게 될 날이 오겠지요. 선생님이 가 계신 그곳은 어떤가요? 어떻게 지내시는지 궁금해요.

선생님이 안 계시니까 늘 흘러가버린 시간을 향한 아쉬움만 짙어지네요. 재작년 10월이었나요? 북한산 아래 있는 한 미술관의 야외 무대에서 선생님과 함께 시노래 모임 '나팔꽃'의 공연을 보면서 즐거워하던 것이. 일상의 소중한 행복을 꿈꾸는 사람들에게 한 편의 시가 맑은 울림을 지닌 노래로 옷을 갈아입은 뒤 뿌리 깊은 나무로 커갈 수 있는 세상을 보여주고 싶다는 시인, 가수들의 모임. 세상의 너무 크고 높고 빠른 것에 관한 저항으로 '작게 낮게 느리게'라는 표어를 내걸었다는 말을 들으시고 감탄하셨잖아요. 그때 선생님은 요즘 참 아름다운 공연을 만나기가 어렵다고 한숨을 쉬셨지요. 연극과 춤을 사랑하시는 분답게 예술가들이 생태 환경에 좀더 관심을 가져야 한다고 그러셨어요.

생태학은 본래 생물학에 바탕을 두고 있다는 것, 이 용어는 19세기 중엽 독일의 생물학자이며 철학자인 에른스트 헤켈이 처음 썼다는 것, 식물이나 동물 같은 유기체가 물리적 환경과 맺고 있는 상호관계를 총체적으로 연구하는 학문을 생태학이라 명명했다는 것 정도는 저도 알고 있었지만, '에콜로지'라는 단어의 어원이 집안 살림을 뜻하는 그리스어 어근 '오이코스'에서 나왔다는 것은 선생님께 처음 들었지요. '오이코스'에 그리스어 '로고스'가 붙은 이 말은 '집안 살림에 관한 생각'을 뜻한다고 하셨지요. 일본에서는 생태학을 '세이타이가쿠せいたいがく'라고 하는데, 이 말의 의미가 '삶의 상황 연구' 또는 '생활 조건'인 것도 그것 때문이라고 하셨고요.

그때 평소 좋아하는 캐나다의 영상 시인 프레데릭 백의 애니메이션을 떠올렸습니다. 문명에 관한 비판 의식과 자연을 향한 사랑으로 평생을 일관한 그의 대표작 〈나무를 심은 사람〉말이에요. 프랑스의 문인 장 지오노의 동명 소설을 원작으로 한 이 영화는 프로방스 지방의 황무지를 거대한 숲으로 만든 엘제아르 부피에라는 양치기의 기적 같은 삶을 형상화하고 있는데, 아무 대가도 바라지 않고 오직 공기와 물, 땅과 나무를 위해 끊임없이 자연을 가꾸는 한 인간의 모습이 정말 감동적이었거든요. 게다가 인상주의 회화를 연상시키는 화폭이 살아 움직이는 듯한 영상은 뭐라고 표현할 수 없는 신선한 충격을 던져줬고요.

이 애기를 했더니 선생님은 바로 일본의 영화 감독 미야자키 하야오의 작품을 늘어놓으셨습니다. 〈바람계곡의 나우시카〉에서 시작해 〈천공의 성 라퓨타〉, 〈미래소년 코난〉, 〈이웃집 토토로〉나 〈원령공주〉 같은 작품을 예로 드시면서 한국에는 왜 그런 훌륭한 작품이 나오지 않는지 안타까워하셨지요. 그러면서 화제가 자연히 영화 쪽으로 옮겨졌고요.

테오 앙겔로풀로스의 〈유랑극단〉이나 미클로시 얀초의 〈붉은 시편〉, 세르게이 파라자노프의 〈석류의 빛깔〉, 소흐랍 샤히드 살레스의 〈정적인 삶〉 같은 극영화들뿐만 아니라 대표적인 다큐멘터리 작가인 네덜란드의 요리스 이벤스와 영국의 크리스 마르케, 쿠바의 산티아고 알바레즈, 그리고 일본의 전설적인 감독인 오가와 신스케의 〈신리츠카 투쟁 8부작〉 같은 작품들의 소중한 가치를 언급하시면서 생태 예술은 반제국주의적인 성향을 지닐 수밖에 없다고 강조하셨어요.

산업혁명을 기반으로 일어난 서구의 근대 자본주의는 개발이라는 명목 아래 자연을 지배, 정복의 대상으로 보고 착취하는 데로만 힘을 쏟았고, 그 결과 산림은 황폐해지고 한정된 자원은 고갈돼 급기야 해외시장 개척이라는 기치를 내걸고 앞다투어 식민지 건설을 하게 됐다는 것이지요. 제국주의로 대변되는 이런 서구

열강의 식민정책은 자연에 몸을 담근 채 건강한 공동체 생활을 해나가던 원주민들의 평화롭고 자유로운 삶을 파괴해버렸고요.

그 예로 빈약한 자원과 혹심한 기후에도 불구하고 여성들과 아이들, 노인들이 존경받는 정서적으로 안정된 생활을 꾸려가던 히말라야 산중의 작은 마을 라다크가 무분별한 서구식 개발로 생태적 균형과 사회적 조화가 철저하게 붕괴된 경우를 드셨지요. 도구적 이성을 앞세운 서양의 근대화는 자연과 더불어 살아가야 할 인간의 삶을 황폐하게 만들고 그 마음까지 병들게 했으며 자연의 섭리를 통해 배울 수 있는 검소하고 소박한 생활의 지혜까지 저버리게 했다고 분노하셨어요.

그렇지만 예나 지금이나 유약하기 짝이 없는 저는 선생님이 너무 안온하고 평화롭게만 묘사했다고 비판하신 가와세 나오미의 〈수자쿠〉가 참 좋더라고 고백했습니다. 사각 프레임 안에 물결치는 녹색 이미지에 꼼짝없이 사로잡히고 말았나 봅니다. 조그맣고 여린 잎사귀를 가진 들풀, 풀잎에 연 이슬과 해바라기의 그늘, 푸른 하늘과 아이들이 올라탄 나무의 초록과 겹쳐지는 산의 그림자, 깊은 산 속의 수풀 위로 쏟아지는 햇빛처럼 자연 또는 자연을 닮은 사람들의 숨결에 멈출 줄 아는 카메라의 호흡과 숲을 유영하는 듯한 나직한 촬영법이 신비한 아름다움과 고요한 서정성에 쉽게 매혹당하고 마는 제 마음의 현을 건드렸기 때문일 거예요.

게다가 감독이 1969년 나라현이라는 시골에서 태어난 여성이고 어린 시절 아버지 없이 외할머니 손에서 외롭게 자랐다는 성장 환경도 비슷해서 더 끌렸는지도 모를 일이지만요. 그래서 언젠가 기회가 되면 그녀를 한 번 만나보고 싶다고 했더니 선생님이 바로 혀를 끌끌 차셨잖아요. 늘 그렇게 심성이 곱고 여려서 뻔히 후회할 줄 알면서도 아무한테나 쉽게 마음을 뭉텅뭉텅 내준다고 나무라셨지요.

왜 거기서 갑자기 드라마 이야기가 나왔는지 모르겠어요. 아마도 선생님이 좀 심하게 야단쳤다고 생각하셨나 봐요. 어색해진 분위기를 되돌리려고 선생님이랑 제가 똑같이 좋아한 드라마를 이야깃거리로 꺼내놓으신 거겠지요. 선생님도 드라마를 즐겨 보시고 저도 그러니까요. 선호하는 작가도 같았지요. 그렇지만 방송 쪽도 다큐멘터리나 몇몇 특집 교양 프로를 빼면 인류 전체의 공동 관심사인 생태 환경에 주목하고 그것을 글감으로 해서 쓴 드라마는 아예 찾아볼 수 없다고 우울해하셨어요.

한국은 드라마 왕국이라는 이름에 걸맞게, 시나 소설을 읽거나 연극이나 영화를 보러갈 시간이 없는 하루 벌어 하루 먹고살기 바쁜 시장통 아주머니들이나 할머니들도 연속극은 빼놓지 않고 본다지요. 그만큼 TV라는 매체는 우리네 일상과 밀착돼 있고 미치는 영향력도 크다는 뜻이겠지요.

그러다가 제가 희곡을 쓰고 있으니까 당연히 잘 알고 있을 거라 여기신 탓인지 연극 쪽은 어떠냐고 물어보셨잖아요. 그런데 선생님의 질문을 받고 제가 한참 우물쭈물하면서 머뭇거린 것 기억 하세요?

서양에서는 이미 1960년대 이후 피터 브룩이나 로버트 윌슨을 비롯한 '리빙 테아트르'나 '태양극단', '빵과 인형극단' 같은 세계적 인 연극인들과 단체들이 생태학적 상상력에 바탕을 둔 환경친화 적인 공연으로 관객들을 지속적으로 만나고 있고, 리처드 쉐크너 같은 연극학자가 '환경 연극'이라는 개념을 발표한 것도 아주 오 래전 일이지요. 그것보다 앞서 러시아의 세계적인 극작가 체호프 가 〈바냐 아저씨〉에서 바냐의 친구인 의사 아스트로프의 입을 통 해 인간 때문에 무분별하게 파괴되고 있는 숲과 자연의 황폐함을 경고한 지도 반세기가 훨씬 지났어요.

그렇지만 한국에서는 생태 연극이라고 부를 만한 공연이 손에 꼽기 힘들 정도예요. 굳이 찾는다면 1960~70년대 실험적인 연출 가로 알려진 초기의 안민수 선생과 유덕형 선생의 작업에서 단초 를 발견할 수 있을까요?

올해로 창단 20주년을 맞는 극단 목화의 오태석 선생이 몇 년 전 무대 위에 올린 〈내 사랑 DMZ〉가 환경 연극을 표방했고, 희 곡 중에는 최인훈 선생의 〈봄이 오면 산에 들에〉와 이강백 선생의 〈뼈와 살〉이 생태학적 상상력으로 해석될 수 있는 여지를 남기고 있지요. 젊은 작가로는 장성희의 〈A.D. 2031 제3의 날들〉이 유일 하게 생명 윤리에 관한 여러 가지 문제를 제기하고 있어요. 언젠가 선생님께 말씀드린 적이 있는 안치운 선생이 연극 평론가들 중에는 드물게 연극과 몸과 자연의 관계에 천착하고 있지요.

환경 연극이라고 한다면 오히려 흔히 아동극이라 부르는 어린이 연극에서 산성비가 내린 뒤 숲이 시들고 동물들이 슬퍼 운다는 줄거리의 공연을 자주 만날 수 있지요. 그리고 세계통과의례 페스티벌이나 거창국제연극제, 남양주세계야외공연축제, 수원화성국제연극제, 과천세계마당극큰잔치 같은 국내에서 열리는 각종 연극제에서 제3세계 연극인들이 부분적으로 소개하고 있는 실정입니다.

그렇지만 공연이나 공연과 관련된 모든 생태 연극 논의들이 그저 막연하게 자연으로 돌아가라는 낭만주의적 발상이나 환경오염과 같은 부작용은 기술 발달로 해결될 거라는 낙관적 개량주의 또는 동양적 전통이 모든 것을 해결해주리라는 소박한 믿음, 환경 문제를 신비주의로 해결하려는 시각, 과학을 철저히 신뢰하거나 아니면 반대로 철저히 배격하는 이분법적인 태도에 그치고 있는 건 아닌지 의심스러울 때가 있습니다.

인간은 자연 속에 있는 동시에 자신의 위치를 반성적으로 사유할 수 있는 이성을 지니고 있기 때문에, 자연의 생명과 인간의 자유를 상호 결합시키는 유기적 사고 방식과 변증법적 이성을 복원해야만 새로운 생태학적 대안을 모색할 수 있다는 생각이 들어요. 자연은 단순한 외경의 대상도 아니고 그렇다고 인간과 분리

돼 지배돼야 할 대상도 아닌, 생명의 유기체적 진화 과정에서 함께 걸어가야 할 참여와 자유의 원천이기 때문이지요.

지구 생태계를 위협하는 이상 기후와 그것에 따른 먹이 사슬의 처참한 붕괴는 인류에게 세계를 바라보는 관점을 인간 중심주의에서 생태 중심주의로 하루빨리 전환하라고 강하게 권고하고 있지요. 이런 절망적인 상황에서 연극의 아름다움은 진정 어디에서 오는 걸까요. 저는 아직 자신 있게 해답을 내놓지 못하겠어요.

다만 새만금과 핵 폐기장 건립 반대 투쟁을 다룬 제1회 부안환경영화제의 주제가 '생명문화를 보다'이고, 인권 영화제나 여성영화제, 퀴어 영화제 같은 독립영화 진영에서 생태적인 삶과 예술에 관해 진지한 고민을 하고 있는 현상은 참으로 아이러니하게 여겨져요. "사회적인 구원 없이 개인의 구원은 있을 수가 없다"는 사회생태학자 머레이 북친의 말은 그래서 의미심장하게 들립니다.

생태학 용어인 '생명 환경 띠'라는 말과 불교에서 흔히 쓰는 '뭇 중생'이라는 말처럼 우리네 조상들은 계절의 순환, 동물의 형태, 식물의 성질 등을 깊이 이해했고 인간도 자연 공동체의 일원이라는 것을 몸으로 자연스럽게 체득하고 있었다지요. 또한 삶과 죽음이 강물처럼 흐른다는 것, 시간에 따른 생성과 소멸이 삼라만상의 공통된 운명임을 인지하고 있었다고 해요. 그래서 생태 예술은 어쩌면 이런 생태 시스템, 욕망의 세계로 대변되는 신진대사하는 존재들에 대한 창조 활동인지도 모르겠어요. 제가 먼 곳에 계신 선생님을 그리워하는 것이 자연스러운 일이듯 말이에요.

며칠 전에는 선생님이 머물고 있는 캐나다 동북부 지방의 작은 산간 마을을 지도에서 찾아봤어요. 애팔래치아 산맥 부근이라면 제인 리치나 토니 차일즈 같은 가수들이 태어난 곳인데, 동네가 워낙 작아서 그런지 한참을 찾아도 눈에 띄지 않아 낙망하다가 우연히 발견했거든요. 예전에 선생님과 즐겨 듣던 아일랜드의 여성 가수 메이브의 첫 앨범에 실려 있는 노래들 기억하시죠?

그곳에서 아프지 마시고 늘 행복하시기를 바랍니다.

누가 할 것인가, 네가 아니면!

◤ 객석에 띄우는 편지 1, 시모비치 선생님께

여행자는 자기 집에 이르기 전까지 모든 문을 두드려봐야 해요.

늘 이 마을에서 저 마을로 떠나지만 항상 그 자리에 있는 게 길이니

까요.

— 이보 안드리치

시모비치 선생님께.

한 번도 뵌 적 없는 선생님에게 편지를 쓰는 제 마음은 지금 알지
못할 설렘과 흥분으로 두근거리고 있습니다. 저는 동북아시아의
작은 나라 한국에서 희곡을 쓰고 있는 젊은 연극인입니다. 미루고
미뤘지만 언젠가 꼭 한 번은 선생님에게 편지를 쓰고 싶었습니다.

저는 이곳에 있는 공연예술아카데미에서 선생님의 작품을 처

음 접하게 됐습니다. 꿈과 현실 사이에 놓인 연극이라는 미래의 가능성을 옮겨놓은 일종의 대안학교 같은 곳이지요. 여기서 극작 공부를 잠시 했습니다. 그게 벌써 5년 전 일이네요.

제8기 졸업 공연으로 선생님의 세 번째 희곡 작품인 〈쇼팔로비치 유랑극단〉을 무대 위에 올리기로 결정한 뒤, 그해 여름부터 연기반과 연출반 동료들의 준비 작업을 옆에서 지켜보면서, 그리고 희곡을 읽고 작품 분석을 하면서 선생님의 작품에 많은 관심을 갖게 됐습니다. 번역은 세르비아에서 공부하고 온 김지향 씨가 맡아주셨지요. 베오그라드 국립대학에서 이보 안드리치 연구로 박사 학위를 받은 유고 문학의 전문가예요.

작품의 이해와 무대 형상화에 도움을 주려고 초빙 강사로 오신 카차 선생님에게 시모비치 선생님의 간단한 약력과 작품 세계에 관해 들었습니다. 세 차례 강의에서 연극인으로서 삶의 자세와 자부심, 연극을 향한 열정을 유감없이 보여주신 카차 선생님을 보니 전에 맡으신 극 중의 엘리자베타가 어땠을지 충분히 짐작할 수 있었지요. 카차 선생님의 소탈하고 꾸밈없는 성격은 연습에 지친 동료들에게 웃음과 생기를 주었습니다. 공연이 끝나고 몇 주 뒤 연기반 동료의 집으로 카차 선생님을 초대해서 못 다한 정담을 나눈 기억도 오롯하게 남아 있습니다.

선생님의 작품에서 부분적으로나마 접한 유고슬라비아의 슬픈 현대사는, 일본의 식민지 지배를 거쳐 서구 열강의 이해관계 때문에 벌어진 한국전쟁으로 남북으로 갈라져 대치하고 있고 지금까지 그 고통의 그늘 아래 신음하고 있는 한국의 현대사와 많은 점이 비슷합니다. 두 나라 모두 외침을 많이 받았다는 사실도요.

동유럽의 정서가 한민족의 정서와 놀랄 정도로 비슷하다는 점 때문에 종종 충격을 받습니다. 특히 옛 유고슬라비아 연방은 나라는 하나인데 두 개의 문자가 통용되고, 네 개의 언어가 사용되고, 세 개의 종교가 있고, 다섯 민족이 있는 공화국 여섯 개로 구성된 나라라고 들었습니다. 소비에트 연방의 입김에서 벗어나 민족 자결주의를 외치며 티토이즘을 이끌던 티토 대통령 사후 유고 연방이 해체되자 민족과 역사가 분쟁의 원인으로 작용해 종교 전쟁이 일어났다지요.

짙푸른 아드리아 해를 끼고 있지만 '유럽의 화약고'라는 불명예스러운 호칭으로 불리는 발칸반도. 한국에도 잘 알려진 보스니아 내전은 이슬람교 및 정교(세르비아계)와 가톨릭(크로아티아계) 사이의 싸움으로, 코소보 내전은 이슬람교(알바니아계)와 정교(세르비아계) 사이의 싸움으로 유명합니다. 한국의 대표적인 연출가이자 희곡 작가인 오태석은 코소보 내전을 소재로 〈코소보 그리고 유랑〉이라는 작품을 써 무대 위에 올리기도 했습니다.

개인적으로 유고슬라비아라고 하면 성의 해방을 외친 정신분석학자 빌헬름 라이히의 일생을 도발적인 영상으로 옮겨놓은 영화감독 마카베예프가 우선 떠오릅니다. 성의 금기를 깬 변증법적

몽타주로 널리 알려진 〈유기체의 신비〉는 유고슬라비아의 뉴웨이브 영화 운동을 이끈 자유분방한 상상력을 보여주지요. 과감한 성 묘사로 억압 없는 사회를 꿈꾼 마카베예프의 영화 중 한 작품인 〈발트하임의 음모〉를 본 적이 있습니다. 이 제목을 정확한 한국어로 옮기면 '성명서'나 '선언' 정도가 되겠지요. 〈아빠는 출장 중〉과 〈집시의 시간〉, 〈언더그라운드〉로 유명한 에밀 쿠스트리챠 감독과 〈비포 더 레인〉의 밀코 만체브스키 감독도 생각납니다.

얼마 전 역사 전문 채널에서 우연히 본 세기의 독재자들, 이를테면 독일의 히틀러나 루마니아의 차우셰스쿠, 우간다의 테러리스트 대통령 이디 아민, 캄보디아 킬링필드의 학살자 폴 포트와 함께 세르비아의 폭군 밀로셰비치의 영상도 스쳐 지나가네요. "독재자는 겁을 주면서 권위로만 사람을 이끌지만 지도자는 권력에 의존하지 않고 선의를 따른다. 독재자는 뒤에서 호령만 하지만 지도자는 위험을 무릅쓰고 맨 앞에서 이끈다. 독재자는 '나'라고 말하지만 지도자는 '우리'라고 말한다. 지도자는 지지자를 만들지만 독재자는 명령만 받드는 부하를 만든다." 어느 책에선가 본 구절입니다. 그러고 보니 선생님도 세르비아 출신이시죠?

〈쇼팔로비치 유랑극단〉은 세르비아의 우지체 마을에 유랑극단이 머무는 하루 동안 일어난 일을 다루고 있습니다. 이 글을 읽을 독자들을 위해 줄거리를 간략하게 소개해도 될까요?

막이 열리면 2차 대전의 그늘이 드리운 마을의 대 광장에서 쇼팔로비치 유랑극단의 단원들 — 단장 겸 연출가인 바실예, 안살림을 맡고 있는 원숙한 배우 엘리자베타, 젊고 아리따운 여배우 소피아, 젊은 영웅 역을 주로 맡아 연극 속에 파묻혀 살고 있는 필립 — 이 쉴러의 〈도적떼〉의 한 장면을 시연하며 공연 홍보를 하고 있습니다. 이 모습을 지켜보던 주민들과 공장 노동자인 다라와 토마니아는 전시체제 아래 연극 공연은 이적 행위라고 주장하며 배우들과 격렬한 논쟁을 벌이게 됩니다.

때마침 지나가던 경찰관 밀룬은 배우들을 경찰서로 연행하고 뒤에 남은 다라와 토마니아는 조직에서 무언가 일을 벌일 계획이라고 수군거립니다. 경찰서로 끌려온 배우들은 삶과 연극의 경계를 넘나드는 필립의 돌발적인 행동 때문에 언쟁을 벌입니다. 이것 때문에 독일인 경찰서장 마이첸에게 더 큰 오해를 받게 되지만, 바실예가 독일군 사령관에게 발급받은 공연 허가증을 보여주고 풀려나게 되지요.

배우들은 고 아지치 소령의 젊은 아내 심카의 집에 머뭅니다. 심카의 이웃인 기나는 반복되는 일상에 지쳐 있고 남편 블라고예는 매일 술에 찌들어 살고 있습니다. 바실예가 기나에게 연습장 사용 문제를 의논하는데 농민 드로바츠가 등장해 자신의 고문 기술을 운문 형식으로 자랑처럼 늘어놓지요. 드로바츠가 퇴장하자 기나는 드로바츠가 얼마나 잔인한지 일러주고 술만 마셔대는 블라고예에게 핀잔을 주며 이 층에 있던 엘리자베타와 말다툼을 벌이는데, 그때 시내에서 총성이 들려옵니다. 주민들은 불안에 사로잡히고 시내에서 막 돌아온 다라와 토마니아는 지역 사령관과 그의 정부가 암살됐고 용의자로 기나의 아들 세쿨라가 체포됐다고 알려줍니다. 두고 간 채찍을 찾으러 온 드로바츠는 강가에서 수영을 하고 온 소피아와 운명적인 만남을 갖게 됩니다.

한편 집 마당에서 하는 연극 연습은 남자 역을 맡은 엘리자베타의 불만으로 중단되고 심카는 배우들에게 삶은 호박을 점심 식사로 대접하지요. 식사 도중 배우들은 실제적 삶과 연극의 경계에 관해 언쟁을 벌입니다. 기나는 아들 세쿨라의 신변을 정리하다가 편지를 발견해 심카와 세쿨라가 연인 관계임을 눈치채고 이 문제로 심카와 말다툼을 하게 됩니다. 그 자리에 필립과 블라고예가 끼어들어 주변은 삽시간에 아수라장으로 변하지요.

이때 등장한 밀룬은 지역 사령관이 살해당한 비상 사태로 연극 공연이 취소됐다고 통보하고 배우들은 항의하지만, 밀룬은 오히려 증거를 없애려고 공연 허가서를 먹어버립니다. 바실예는 주변 사람들을 증인으로 내세우지만 세쿨라의 안전을 걱정하는 주민들은 아무도 나서지 않고 진실은 끝내 거부되지요. 기나와 블라고예, 다라와 토마니아는 세쿨라를 구하기 위해 드로바츠의 행방을 추적해 강가로 가고, 집에 남은 바실예와 엘리자베타는 공연을 할 수 없게 돼 심난해하며 방세를 걱정하는데, 심카는 방세를 받지 않을 테니 하룻밤 더 묵어가라고 권유합니다.

작품 전체에서 가장 경이롭고 매혹적이며 심리적 압박과 경련, 시와 격정에 사로잡힌 대화가 오가는 강가 장면이 곧바로 이어집니다. 소피아는 강가에서 몸을 말리다 드로바츠가 자신을 훔쳐보는 것을 알아채고 순간 당황하지만, 위기를 모면할 목적으로 연극의 한 장면을 연기하지요. 그러나 드로바츠가 사형 집행인이라는 것을 깨닫자 두려움을 드러내고, 자신의 더러움을 알게 된 드로바츠는 소피아가 건네준 수레 국화(세상에서 가장 사랑스러운 것)를 들고 그 자리를 떠납니다.

드로바츠의 발자국을 추적해온 주민들은 소피아가 드로바츠와 정을 통한 것으로 오해하고 그녀의 아름다운 머리칼을 잘라버리지요. 망연자실한 소피아 앞에 필립이 나타나지만, 필립은 소피아를 그리스 비극의 여주인공 엘렉트라로 오해하고 소피아도 필립을 알아보지 못하고 도망칩니다.

희곡은 이제 절정과 결말을 향해 치닫습니다. 주민들이 사건 현장인 지역 사령관의 집 앞에 몰려나와 있고 그중 엘리자베타도 끼어 있습니다. 시체가 들것에 실려 밖으로 나오는 순간을 기다렸다는 듯 나무칼을 휘두르며 나타난 필립은 마치 자신이 범인이라고 자백하는 듯한 〈오레스테스〉의 대사를 읊조리고, 경찰관은 필립을 살인범으로 오해해 사살합니다.

다시 길을 떠나는 배우들은 동구 밖 도로 표지판 아래서 잠시 쉬면서 연극을 통해 자신의 현실적 삶을 완성했을 뿐만 아니라 결과적으로 타인의 생명까지 구한 필립을 회고하죠. 그 순간 심카가 나타나 필립의 유서를 건네주고, 세쿨라의 석방 소식과 그것에 감사하는 주민들의 마음을 전합니다. 그리고 드로바츠가 배나무에 목을 매 자살한 소식을 알려주지만 배우들은 이 말을 전해 듣지 못한 채 길을 떠납니다.

유고슬라비아에서 유랑극단은 모국어를 지키는 유일한 사람들로 구성됐기 때문에 그리스 비극이나 셰익스피어, 체호프 등의 레퍼토리를 가지고 마을을 떠돌면서 공연했다지요. 그래서 20세기 초에 베오그라드나 자그레브, 노비사드 같은 도시에 국립극장과 국립극단이 세워졌지만 유랑극단은 작은 도시들을 중심으로 발전을 거듭했다는 사실을 충분히 이해할 수 있습니다. 대부분 연장자를 중심으로 연극을 잘하는 가족이 모여 구성했고 워낙 유명해서 이름이 널리 알려진 경우도 많다지요.

예전에 연극하는 동료들과 "돈도 못 벌고 사회에서 존경도 받지 못하는 연극인이라는 직업을 왜 택하려고 하는가?", "우리는 연극을 통해서 무엇을 하려고 하는가?", "연극이 이토록 열악한 환경 속에서도 사라지지 않고 살아 꿈틀대는 까닭은 무엇인가?" 같은 아주 기본적인 질문을 뼈아프게 던진 적이 있어요. 지금 돌이켜보면 연극의 운명은 한곳에 정착하지 못하고 이곳저곳을 배회하는 유랑에 있는 건 아닐까 하는 턱없는 생각을 해봅니다. 영원히 머물 수 없는 자유로운 영혼을 지닌 여행자처럼 말이지요.

선생님은 시인으로 출발했다고 알려져 있습니다. 〈슬라브의 비가〉나 〈슬픔에 젖은 무덤〉, 〈최후의 땅〉 같은 시집으로 이미 유고슬라비아에서 최고 작가의 반열에 오른 뒤 희곡을 쓰셨다고 하는데, 그것은 한국의 작가 최인훈의 문학 여정과도 닮아 있습니다. 다른 점이 있다면 최인훈은 체호프처럼 소설로 입지를 굳힌 다음 희곡을 썼다는 것입니다. 최인훈의 희곡은 선생님의 작품처럼 신화나 전설, 민담을 소재로 하고 극적인 동시에 시적인 구성과 대사를 갖추고 있어서 저도 많은 영향을 받았지요. 제가 희곡에 관심을 가지게 된 것도 실은 희곡이 시와 닮았다고 생각했기 때문입니다.

그래서 최근 번역된 〈쇼팔로비치 유랑극단〉 외에 선생님의 다른 희곡인 〈하사나기니차〉와 〈샤르간의 기적〉도 빠른 시일 안에 소개되기를 바라는 마음 간절합니다. 앞의 것은 사랑을 노래한 유고슬라비아 최고의 서정시에서 모티프를 얻은 작품으로, 평범한 사랑을 초월한 죽음에 관한 이야기로 알고 있어요. 주인공 하사나기니차가 남편이 죽은 뒤 주위 사람들이 자신을 다른 곳으로 시집보내려 하자 어린 자식들을 바라보며 스스로 목숨을 끊는다는 줄거리라지요. 뒤의 것은 한 거지가 정신질환을 앓고 난 뒤 이상한 능력을 갖게 된다는 내용으로, 손을 대기만 하면 사람의 병이 낫는 믿을 수 없는 기적이 일어난다는 이야기라고 전해 들었습니다. 그러고 보면 선생님의 작품은 하나같이 마술과 흡사한 죽음과 기적, 신비한 미스터리 같은 꿈과 환상을 담고 있습니다. 인간은 꿈의 세계에서 내려온다는 믿음을 지니신 분처럼 말이에요.

1998년 겨울 국내에서 초연된 〈쇼팔로비치 유랑극단〉의 무대를 떠올려봅니다. 비행기의 엔진 소리와 폭격 소리, 군홧발 소리, 총소리, 비명 소리, 통곡 소리, 사이렌 소리, 종소리, 공산주의자들과 파르티잔의 인터내셔널 송, 관객들을 불러 모으는 유랑극단의 흥겹고 신나는 음악 소리, 그것과 어우러져 보름달이 뜬 풀벌레 우는 밤의 귀뚜라미와 까마귀 울음소리, 강물 소리, 바람 소리, 외치는 소리, 외형적으로는 빠른 템포의 흥겨운 무곡인 듯했지만 내면의 슬픈 정서를 간직한 테마 음악까지, 황홀하기 짝이 없던 그 무대를 다시 한 번 온몸으로 느껴보고 싶습니다.

끝으로 작가는 연극으로 세상을 완전히 바꾸려는 의지나 의식을 지니기보다는 운명에 순응하면서 동시대의 거울인 동시에 예언자요, 필수불가결한 희생양이 돼 관객들로 하여금 홍수가 난 세상을 의자 위에 올라가 바라보게 해야 한다는 선생님의 말씀을 마음속 깊이 간직하면서, 언젠가 어디서일지는 알 수 없지만 선생님을 직접 뵙게 될 날을 손꼽아 기다립니다. 인간의 미래는 예측하기 힘들지만, 이제 막 연극이라는 거대한 강물에 발을 담근 신인 작가의 작은 소망은 머지않아 이뤄질 날이 있으리라 믿습니다.

그날이 올 때까지 늘 건강하시기를 바라면서.

마법의 춤, 사랑의 노래 그리고 흐르지 않는 꿈의 시간

아름다운 모든 것은 물과 같이 흘러가버린다.

— 윌리엄 예이츠

희정에게.

"오월은 금방 찬물로 세수를 한 스물한 살 청신한 얼굴"이라고 한 어느 수필가의 글이 생각나는 계절이다. 하늘은 맑고 바람은 신선하고 온 세상은 싱그러운 풀 냄새를 잔뜩 머금고 있는, 그야 말로 '아름답다'는 말보다 더 적절한 표현이 떠오르지 않는 때야. 오월은 가정의 달이기도 하지만 전국 방방곡곡에서 크고 작은 다양한 축제들이 열려 온몸이 술렁거리는 기간이기도 해. 그런 기운 탓인지 몇 주 전 주말에 대학로에서 우연히 너희 부부를 만나 즐거운 시간을 보낸 일이 꿈결같이 느껴진다. 그게 '지구의 날' 행사였지, 아마?

늘 바쁜 생활에 치이다 오랜만에 부부가 손을 잡고 봄나들이 나온 모습을 보니 나도 정말 기분이 좋더라. 게다가 너는 올 가을이면 이 세상에 얼굴을 내밀 새 생명을 품고 있는 예비 엄마라 그런지 참 평온해 보였지. 임신을 해서 쉬기 전까지만 해도 여성 민우회 일에 열과 성을 다했던 모습이 떠올라서 퍽 흐뭇했단다.

연한 초록이 나날이 짙어지는 이 밝고 맑고 순결한 계절에 그 신록만큼이나 푸르고 눈부신 연극 한 편을 너희 부부에게 소개해 주고 싶다는 유혹을 느끼게 된 건 어쩌면 그것 때문일 거야.

어떤 작품인데 그러느냐고? 그전에 넌 아일랜드라고 하면 뭐가 가장 먼저 떠오르니? 그래. "아일랜드를 여행하거든 반드시 펍에 들어가 기네스를 마시면서 라이브로 연주되는 전통음악을 들어라"는 말처럼 흑맥주 기네스와 메리 블랙이나 돌로레스 케인, 시네이드 로헌, 모라 오코널, 엘레나 맥보이, 메리 코플란 등의 여성 가수들과 폴 브래디, 크리스티 무어, 지미 매카시, 브라이언 케네디, 카이런 그로스, 노엘 브라질 같은 남성 가수들의 서정적이면서도 신비로운 종교적 색채가 흐르는 켈틱 음악을 꼽을 수 있겠지. 엔야나 치프턴스, 시네이드 오코너, 밴 모리슨, U2 같은 음악인들은 이미 국제적인 스타라고 할 수 있겠고.

아일랜드는 예술가의 나라답게 노벨 문학상 후보에 오르내린 많은 문인들의 이름을 기억하게도 한다. 푸른 초원과 맑은 하늘, 끝없이 펼쳐진 대지와 더불어 살아가는 더블린 사람들의 풍속과 세태를 정밀하게 묘사한 제임스 조이스, 인공 낙원 속의 아름다운 호수 섬 이니스프리의 존재를 각인시킨 윌리엄 예이츠, 오지 않는 고도를 통해 기다림이라는 인간의 숙명을 무대 위에 철학적으로 재구성한 베케트, 신화나 전설에 휩싸인 아일랜드 바다의 청명함 과 경이로움을 비극적으로 담아낸 존 싱, 진정한 휴머니즘이 무엇 인지 몸소 보여준 최근의 셰이머스 히니까지, 그야말로 밤하늘에 빛나는 무수한 별들처럼 재능 있는 작가나 시인 또는 연극인들이 많이 태어난 곳이기도 하지.

소설가 윤정모 선생이 한국과 여러 면이 비슷한 서유럽의 이 섬나라를 소재로 작품을 발표하기도 했고 《슬픈 아일랜드》라는 제목으로 책이 출간되기도 했듯, 이 나라는 예로부터 침략과 정 벌, 전쟁과 같은 민족적 비극에 휘말린 슬픈 역사를 지니고 있는 곳이기도 하다. 고대사를 살펴보면 바이킹족에게 처음 침입을 당 한 것을 시작으로 많은 내우외환을 겪고 근현대로 넘어오면서는 미국과 영국에게 정치적 지배를 받기도 했지. 게다가 천재지변과 재앙이 겹쳐 1846년부터 1850년까지 계속 감자 수확에 실패해 대 기근이 일어나, 그 무렵 아일랜드 인구의 4분의 1 이상이 미국을 비롯해 다른 나라로 이주할 수밖에 없었다고 해. 그러다가 20세 기 초에 영국한테 독립하려는 움직임이 있었고 말이야.

아일랜드 독립전쟁의 역사적 배경을 담고 있는 영화가 몇 년 전에 한국에서 개봉한 〈마이클 콜린스〉야. 예전에 극장가에 걸린 닐 조든 감독의 〈크라잉 게임〉도 북아일랜드 군의 활동을 담고 있고. 얼마 전엔 1960년대 초에 벌어진 피의 일요일을 다룬 〈블러디 선데이〉가 상영돼 화제가 됐지.

시간의 솔기를 더듬으면 은비늘처럼 쏟아지는
그립고 가슴 아픈 당신의 눈빛

오늘 네게 소개하려는 희곡은 브라이언 프리엘의 〈루나자에서 춤을〉이라는 작품이야. 언젠가 아주 인상 깊게 본 〈내 노래를 들어라〉라는 아일랜드 영화처럼, 1930년대를 배경으로 하고 있어. 1936년 팔월 초의 어느 날과 그 3주 뒤를 기준으로 도네갈 지구의 발리백이라는 한 시골 마을에서 벌어진 가족사를 그리고 있단다. 한마디로 하면 먼디 가의 육남매 케이트, 매기, 아그네스, 로즈, 크리스, 잭을 둘러싼 일상과 그들이 꿈꾸는 아름다운 추억 또는 그 추억의 쓸쓸함에 관한 이야기라고나 할까.

모든 것이 무너져 내릴 것 같은 불안감에 휩싸여 있는 마흔 살의 큰언니 케이트는 금욕적인 세계관을 지니고 있는 근엄한 성격의 소유자야. 집안의 생계와 질서를 책임지고 있어서 동생들에게 의도적으로 정숙함을 요구하는 권위를 내비치기도 하지만 내면에는 누구보다도 뜨겁고 강렬한 열정을 품고 있기도 해.

딱 한순간밖에 보이지 않지만 마음속에 빛깔 고운 새를 간직하고 사는 둘째 매기는 서른여덟 살의 활달하고 낙천적인 아가씨로, 실질적인 맏언니 노릇을 하며 가족들을 따뜻하게 보듬어주는 어머니 같은 인물이야. 뜨개질을 업으로 삼고 있으면서 로즈와 함께 빨래, 청소 같은 집안일을 도맡아 하는 셋째 아그네스는 조용하고 얌전한 성격에 연애소설을 즐겨 보는 소녀 취향의 낭만주의자야.

애완용 수탉을 애지중지하는 귀여운 웃음의 소유자인 로즈는 서른두 살이고, 정신적으로 장애가 있지만 어린아이처럼 밝고 천진한 인물이지. 거울을 자주 들여다보며 멋 내고 꾸미기를 좋아하는 우울증 증세가 있는 막내인 스물여섯 살 크리스는 사랑에 관해 맹목적인 꿈과 동경을 간직하고 있는 순진한 처녀지.

"마치 무언가를 찾고 있는데 뭘 찾고 있는지 잊어버린 사람처럼 이 방 저 방으로 몸을 끌고 다니던 황량한 모습"으로 그려지는 모든 사건의 발단이 되는 큰오빠 잭은 아프리카에서 선교 활동을 하다가 말라리아에 걸려 집으로 돌아온 퇴역 장교 출신의 사제야. 선교 활동을 하면서 받은 문화 충격으로 약간 기억 상실과 언어 장애 증세를 보인단다. 그밖에도 밀짚모자와 지팡이, 웨일스 지방 특유의 영국식 말투가 인상적인, 춤과 노래를 즐기는 한량 같은 마이클의 아빠 게리가 등장하지.

이 극은 크리스와 게리의 아들 마이클이 화자가 돼 일곱 살 때 온 가족과 함께 보낸 1936년의 마지막 여름을 회상하면서 시작돼. 해마다 그 지역에서 열리는 가을 잔치 루나자 축제에서 신나게 춤추고 싶은 다섯 자매는 축제에 못 가게 하는 큰언니 케이트를 설득하려 하고, 수시로 끊기는 마르코니 표 라디오의 음악을 들으면서 위안을 얻는단다.

그러던 중 아프리카에서 선교사로 일하다가 원주민의 문화를 받아들여 자신의 종교를 버리게 된 오빠 잭이 25년 만에 집으로 돌아와. 한때 가족의 자랑이던 잭은 현실에 적응하지 못하고 오히려 교사인 케이트가 해직당하는 원인을 제공하고 말지. 해마다 이들의 집에 놀러와 크리스를 유혹하고 급기야 책임질 수 없는 청혼까지 하고 간 게리는 군인이 돼 에스파냐으로 기약 없이 떠나고, 로즈는 유부남인 대니 브래들리와 사랑에 빠져 가족 몰래 은밀한 만남을 가져.

산업혁명의 여파로 장갑을 짜서 근근이 생활하던 아그네스와 로즈는 졸지에 수입원이 끊어지고 도리 없이 다른 일거리를 찾아 도시로 나가게 된다. 이렇게 가족들이 살길을 찾아 뿔뿔이 흩어지기 전 마지막으로 식사를 준비하는 모습, 그리고 정신이 돌아온 잭이 게리와 서로 모자를 교환하는 따뜻한 장면을 끝으로 어린 마이클의 회상은 끝이 난다.

풀밭을 가르는 발의 속삭임처럼
살다간 여인들을 추억하며

이 작품은 1990년 아일랜드의 수도 더블린의 애비 극장에서 초연
됐고 한국에서는 2002년 가을 76극단의 하일호 연출로 연극계에
처음 공식적으로 소개됐단다. 그리고 2003년 봄에 다시 무대에 올
려졌지. 그래, 미국의 이라크 침공이 한창이던 때야. 명분 없는 전
쟁에 반대하는 젊은 연극인들의 암묵적인 시위가 이어지던 때다.

〈루나자에서 춤을〉도 얼핏 보면 평범한 가족 이야기 같지만,
격동하는 남미의 현대사를 몰락하는 가족사와 겹쳐놓은 이사벨
아옌데의 〈영혼의 집〉처럼 그 무렵 아일랜드의 사회상과 한 집안
의 역사를 씨줄과 날줄로 정교하게 엮어놓은 듯도 싶어.

가령 마이클의 독백으로 케이트 이모가 아일랜드 독립전쟁에
관련돼 있다거나 아버지 게리가 에스파냐 내전에 참가하러 떠났
다는 사실이 밝혀지잖아. 또 잭 삼촌의 경우 아일랜드의 국교인
가톨릭적 세계관을 거부하고 '내세'와 '윤회'를 믿는 아프리카의
원시종교를 받아들였다는 점이 드러나는 것도 그렇고.

그런 측면에서 접근한다면 이 작품의 주제는 세계적인 민속학
자이자 종교학자인 엘리아데가 언급한 '성'과 '속'의 문제까지 확
대되는 것 같기도 하다. 어쨌든 그때 너희 부부를 극장에 한번 초
대한다는 게 무슨 일이 그렇게 바빴는지 그냥 흘려보내고 말아서

늘 마음에 걸렸는데, 이렇게 다시 기회가 오다니 참 기쁘다.

사실 이 작품에는 특별한 사건이 없어. 그런데도 희곡을 다 읽고 나면 가슴 한쪽이 싸하게 아파오는 것은 무엇 때문일까. 아마도 사라져서 보이지는 않지만 우리 안에 남아 있는 아련한 기억에 관한 이야기이기 때문일 테지. 작품 해설에 나와 있듯 "삶은 그렇게 행복하고 기쁘고 힘겹고 슬픈, 그냥 그런, 그래서 아름다운, 그리고 시간의 흐름과 함께 변해가는 주변의 모든 일상과 톱니바퀴처럼 얽혀 또 사라지는, 사라지면서 새로운 것에 자리를 내주는 그것 자체"가 아닐까.

모국인 아일랜드의 정체성 탐구에 심혈을 기울인 작가 브라이언 프리엘은 젊은 시절 체호프의 작품을 번역해서 공연할 정도로 체호프의 영향을 많이 받았다고 해. 그래서 이 희곡에도 체호프의 희곡처럼 삶을 향한 관조 어린 시선과 연민이 짙게 배어나지.

공연을 관람하고 나면 모든 장면이 기억에 남지만, 그중에서도 가장 아름다운 장면을 꼽으라고 한다면 고물 라디오 마르코니에서 흘러나오는 흥겨운 노래에 맞춰 다섯 자매가 광란의 춤을 추는 부분과, 불안하기만 한 내일의 슬픔을 가슴에 묻어둔 채 정원에 자리를 깔고 온 가족이 함께 "늘 볼 수 있지만 아주 가끔밖에 볼 수 없는" 마지막 남은 석양빛을 즐기는 부분일 거야.

그리고 작품에 등장한 모든 인물들이 빛바랜 옛 사진의 일부가 돼 "우리를 아주 머나먼 어딘가로 데려가는, 음악 자체이기도

183

하고 음악의 메아리 같기도 한, 그리하여 마치 최면을 거는 듯한 매혹적인 선율"에 맞춰 가볍게 춤을 추는 장면이겠지. 기쁨과 환상에 젖어 더없이 어렴풋하고 감미롭고 비현실적이면서 그 속에 실제보다 더 생생한 분위기가 흘러넘치는, 마치 언어가 움직임에 몸을 맡기는 듯한 그런 춤 말이야.

눈을 뜨면 마법이 풀리게 될지도 모르기 때문에 반쯤 눈을 감은 채 추는 춤. 그 소리 없는 주술적 움직임 속에서 우리 삶의 가장 중요한 것과 모든 희망이 찾아질 것 같은 춤. 더 이상 말이 필요 없기에 말의 존재 자체가 사라져버린 듯한 황홀한 춤. 춤이 의식이 되고 그 의식이 다른 사람과 자유롭게 만나는 방법이 돼 결국은 춤이 곧 삶이고 삶이 곧 춤이 되는 매혹적이고도 경이로운 순간들. 어쩌면 우리 삶도 그런 게 아닐까 생각해본다.

극 중에서 마이클의 아빠 게리가 흥얼거린 노래 "모든 것은 사라진다네. 훌륭한 작가도 한때는 명언을 남겼지만 지금은 네 글자 단어밖에 모른다네. 시시한 글이나 쓰게 된다네. 모든 것은 사라진다네"가 떠올라서 그랬을까. "사람의 기쁨이나 슬픔 같은 것은 풀꽃의 희미한 향기만큼도 지속되지 않는다"는 투르게네프의 시나, 콜린 히긴스의 유명한 희곡에 나오는 한 구절 "영원한 것은 없다. 그저 가끔은 즐겁고 가끔은 슬플 뿐"이라는 말처럼 기쁨과 행복은 잠깐 우리 곁을 스치고 지나가는 한 줄기 바람 같은 것인지도 몰라.

나는 이 우아하고 감성적인 작품이 자주 공연되기를 바라지는 않아. 단지 사람들의 기억에서 잊힐 때쯤, 고단한 삶에서 위안을 얻으려고 들춰보는 낡고 오래된 흑백 영화나 추억의 책장처럼 가끔 관객들의 가슴에 가만히 다가가 잔잔한 두근거림을 안겨주기를 바랄 뿐이지.

이번 여름은 백 년 만에 다시 찾아오는 무더위가 기승을 부릴 거라는 얘기가 나돌고 있어. 최근 몇 년 동안 세계적으로 유례를 찾아보기 힘든 지진이나 홍수, 가뭄 같은 자연 재해가 부쩍 늘고 이상 기온이 계속되는 것은 그만큼 지구의 환경이 심각하게 오염됐다는 뜻일 테지. 그런 얘기를 듣다보니 소중한 어린 생명을 품고 있는 산모의 몸이 걱정되기도 하네.

그렇지만 끔찍한 여름을 잘 견디고 나면 곧 너는 한 아이의 엄마가 되는 거잖아. 어머니가 되는 올 가을을 넉넉하게 기다리며 뱃속의 아기에게 아일랜드의 전통 악기인 일리언 파이프나 피들 아니면 켈틱 하프에 맞춰 연주된 〈대니보이〉나 〈그린슬리브〉를 들려줘도 괜찮겠지. 공연 중간에 배우들이 부른 노래들, 이를테면 1930년대를 풍미한 전설적인 뮤지컬 배우 프레드 아스테어나 작곡가 콜 포터의 곡들, 그리고 가수 알 볼리의 환상적인 메들리를 입안으로 가만히 흥얼거려보는 것도 괜찮을 테고.

그때까지 몸조리 잘하기를 바라며 곧 한 아이의 아빠가 될 승호한테도 안부 전해주렴.

조금만 더 당신 곁에 머물 수 있나요?

객석에 띄우는 편지 3, 현아에게

인생은 밤에 빛나는 반딧불이의 반짝임 같은 것.

— 나쓰메 소세키

현아에게.

우리가 이렇게 다시 만난 게 얼마 만이지? 네가 결혼을 하고 한국을 떠난 때가 1998년 봄이니까 서로 얼굴을 못 본 지도 6년이 훨씬 넘었네. 그동안 네 소식은 동기들에게 간간이 들었어. 이사를 하느라고 네가 집으로 부쳐준 청첩장을 못 받고 결혼식에도 참석하지 못해서 가끔 독일에서 남편과 같이 공부한다는 너의 안부가 궁금하기도 했다. 그래도 세종문화회관 계단 앞에서 너를 봤을 때마치 며칠 만에 보는 것처럼 변한 게 없어서 좋았어. 시간이 그렇게 흐렸는데도 예전 모습 그대로라고 깔깔거렸으니까.

광화문 근처 한식집에서 밥을 먹고 적선동에 있는 성곡미술관 야외 찻집에서 차를 마시며 이런저런 얘기를 나누는데, 참 오랜만에 맛보는 한가하고 여유로운 가을날 오후였지? 본 대학에서 일반언어학과 광고사회학을 전공한 너는 남편이 쾰른 대학에 적을 두고 고고학을 공부하느라 주말부부로 지낼 수밖에 없었다고 털어놓았지. 그만큼 물선 타국 땅에서 외로웠다는 말일 거야.

그래도 용케 잘 버틴 게 참 대단하다는 생각이 들었어. 가족들이나 친구들이 많이 보고 싶고 그리웠을 텐데도 6년 동안이나 그곳에서 머물렀으니까. 한국에는 잘 들어오지도 않고 말이야. 원래 공부는 그렇게 힘들게 해야 남는 게 있는 법이지만, 네가 참 대견스럽더라. 결혼한 유부녀가 아니라면 꼭 껴안아주고 싶을 만큼. 하긴 넌 예전에도 그렇게 씩씩한 아이였으니까.

언제 다시 올지 알 수 없는 귀한 시간이라 어디를 갈까 궁리하다가 결국 우리는 가까운 곳에 있는 서울시립미술관으로 발걸음을 옮겼지. 단일 작가 전시로는 최대 규모의 회고전이라고 하는 '색채의 마술사 — 마르크 샤갈 전'을 보러 가자고 뜻을 모은 거지. 평소 샤갈의 그림을 좋아하는지라 무척이나 가슴이 설레더구나. 아니면 너와 함께라 그랬나?

어쨌든 피카소가 마티스와 더불어 20세기 가장 독창적이고 상상력이 풍부한 화가라고 극찬한 예술가답게 전시회는 황홀 그

자체였다. 굉장히 밝고 환하고 그래서 신비스러운 분위기가 묻어
나는 그림이 있는가 하면, 어둡고 짙고 음울해서 오히려 환상적인
정조가 두드러지는 작품도 있었지. 색으로만 놓고 보자면 가히
극과 극의 절묘한 배합 또는 오묘한 만남이라고나 할까.

〈도시 위에서〉처럼 잘 알려진 걸작 말고도 테마별로 전시된
작품들(제1부 연인, 제2부 샤갈의 상상, 제3부 파리, 제4부 서커스, 제5부
성서 이야기, 제6부 호메로스의 오디세이, 제7부 샤갈과 지중해) 중 나
는 〈어부의 가족〉이나 〈파란 풍경 속의 부부〉, 〈검은 마을〉, 〈꽃을
든 여인〉, 〈인어공주와 시인〉, 〈꿈〉 같은 그림들이 좋더라. 아, 샤
갈의 예술적, 철학적 영감을 한눈에 발견할 수 있는 모스크바 트
레티아코프 국립미술관 소장의 '유대인극장' 연작인 〈무용〉, 〈음
악〉, 〈연극〉, 〈문학〉도 기가 막혔지.

현아, 너는 어떤 작품들이 마음에 들었는지 궁금하네. 혹시 니
스에 있는 샤갈 미술관에 소장된 대부분의 작품 아니었어? 프랑
스 남부 지방의 작고 아담하면서도 따뜻하고 소박한 멋이 배어
있는 그림들 말이야. 나는 전시회장을 둘러보는 내내 소설가 이제
하 선생이 떠오르더라. 불행해서 행복하던 화가 이중섭의 초현실
주의적인 화풍도 눈에 아른거리고 말이야. 러시아 태생의 유대인
인 샤갈도 만년에 프랑스에 정착하기까지 사랑하는 조국을 등지
고 나치의 탄압을 피해 한평생을 망명과 도피로 보낸 불운한 예
술가였지.

저녁에 은화랑 만나서 그동안 나누지 못한 회포를 풀고 헤어질 때 네가 그랬지. 오늘 못 본 연극은 출국하기 전에 꼭 한번 보고 싶다고. 그날 〈바다와 양산〉이라는 연극 공연을 관람할까 했잖아. 아마도 내가 희곡을 쓰고 있다고 하는데 정작 너는 그 작품을 제대로 볼 기회를 갖지 못한 데서 오는 아쉬움 때문이었으리라 짐작해본다.

너와 같이 보려고 한 〈바다와 양산〉이라는 연극은 일본의 극작가 마쓰다 마사타카가 1996년에 쓴 것으로, 이노우에 히사시나 오타 쇼고 같은 선배 극작가들이 극찬을 아끼지 않았고 그해 일본의 권위 있는 연극상인 기시다 희곡상을 받은 처연할 만큼 아름다운 작품이란다.

희곡의 내용은 아주 간단해. 규슈의 어느 지방 도시. 요지와 나오코 부부는 마당이 있는 작은 별채에 세 들어 살고 있어. 요지는 소설가이자 고등학교 교사지만 생활은 넉넉지가 않지. 나오코는 불치의 병으로 시한부 인생을 살고 있는 평범한 여자고. 어느 늦여름 나오코가 공원에 양산을 두고 온 날부터 이야기는 시작된단다. 요지가 양산을 찾으러 간 사이 나오코가 쓰러지고 왕진 온 의사는 생명이 삼 개월밖에 남지 않았다고 알려준다.

태풍이 지나간 다음 날 잡지사 편집부의 요시오카가 방문해서 지붕의 물받이를 수리해. 많이 회복되기는 했지만 나오코는 여전히 병상에 누워 있고. 마음씨 좋고 순박한 주인집 부부가 요지에게 마을 운동회에 참가해달라고 부탁하지만 운동을 싫어하는 요지는 난색을 표하지. 운동회 날 요지가 물집 잡힌 발에 약을 바르고 있는데 요시오카가 찾아와 출판사 여직원 다다의 전근 소식을 알린다. 그리고 다다가 마지막으로 원고를 받으러 올 거라고 말하는데, 요시오카의 말로 예전에 다다와 요지가 깊은 관계였다는 사실을 짐작할 수가 있어.

어찌 보면 삼각관계라는 전형적인 멜로 드라마 구조를 취하고 있지만 희곡은 그 사실을 밖으로 드러내는 게 아니라 안으로 감춤으로써 더 많은 의미를 품게 한단다. 저녁 무렵 간호사가 약을 가지고 방문해서 의사 선생님이 외출을 허락했다고 전하자 나오코는 아이처럼 기뻐하지. 바다에 가기로 한 날 아침, 아내는 외출 준비로 분주하다. 옷을 고르고 화장을 하고 장롱 깊숙이 넣어둔 핸드백을 꺼낸다. 그때 공교롭게도 현관에서 원고를 받으러 온 다다의 목소리가 들려. 그 순간의 미묘한 분위기가 느껴지니?

세 사람은 차를 마신다. 그러다가 나오코가 찻잔을 엎지르고, 탁상을 닦으려는 요지의 팔을 힘껏 잡아끌어 자신의 무릎에 놓는 일이 카메라의 필름이 돌아가듯 연속적으로 일어난다. 다다는 더는 그 자리에 앉아 있을 수가 없어 도망치듯 뛰쳐나가. 그 뒤를 쫓아간 요지가 돌아오니 나오코는 마당에 서 있지. 그리고 자기는 지금 무지개 속에 있다고 말하지만 요지의 눈에는 보이지를 않고.

아내 나, 지금, 무지개 안에 서 있어요.

남편 …….

아내 보여요?

남편 …….

아내 안 보여요?

남편 응.

아내 그럼, 당신도 무지개 안에 있는 거예요. 그러니까 안 보이는
     거예요.

남편 그래도, 당신은 보여.

아내는 자신을 잊지 말아달라고 당부하고 천진난만하게 웃는
다. 겉으로 드러나는 뚜렷한 사건도 갈등도 없는 이 조용한 극에
서 나는 이 부분이 클라이맥스로 생각되더라. 이승과 저승, 이곳
과 저곳의 경계가 그어지는 동시에 섞이고 허물어져 두 공간이 마
치 하나의 공간처럼 여겨지기 때문이야. 이미 버스는 떠나버려서
두 사람은 결국 그날 바다에 가지 못한단다.

이듬해 정월, 장례식 날. 화장터에서 아내의 유골을 들고 요지
가 들어오지. 분향을 끝내고 사람들이 모두 돌아가자 요지가 상
을 펴고 밥을 먹는데 눈이 내리기 시작하는 거야. 그러자 남편은
무심코 아내가 있던 쪽을 보고 말을 해. "이봐, 눈 내린다……."
물론 죽은 사람이 대답할 리가 없지. 대학원에서 희곡을 전공하

는 한 후배는 동양적이라고밖에 할 수 없는 이 장면에서 눈은 아내의 뼛가루를 상징한다는 탁월한 해석을 내리더라. 죽음과 눈을 연결 짓는 상상력과 침묵과 여백의 미가 조화를 이룬 명장면 중의 하나라고 말이야.

작가인 마쓰다 마사타카는 1990년 교토에서 시공극장을 결성해서 1997년 해산할 때까지 극작가 겸 연출가로 활동했다고 해. 1990년대 중반부터 〈비탈 위에 있는 집(1994)〉이나 〈바다와 양산(1996)〉, 〈여름날 모래 위(1999)〉처럼 나가사키 지역 사투리로 서민들의 일상을 세밀하게 묘사한 작품을 발표해서 주목받기 시작했다고 알려져 있고. 그렇게 단순하고 정적인 극을 선보이다가 2000년대로 들어오면서는 작품 경향이 〈침묵과 빛(2002)〉, 〈눈물의 골짜기, 은하의 언덕(2003)〉같이 원시적이고 종교적인 색채가 짙은 다소 전위적이고 실험적인 쪽으로 바뀌었다는구나.

작년 가을에 국립극장에서 열린 '현대 일본 희곡 낭독회'에서 마쓰다 마사타카의 희곡을 처음 접하게 됐어. 그때 극단 '작은 신화'의 최용훈 연출로 소개된 작품이 바로 〈침묵과 빛〉이었는데, 한마디로 충격적이었어. 신의 존재와 인간 실존의 문제를 방대한 스케일로 펼쳐 보인 이 작품은 '가쿠레 기리시탄'이라는 일본의 독특한 기독교 신앙을 이야기의 중심에 놓고 인간과 사회, 신화와 역사의 문제를 집요하게 추적하고 있단다. 마쓰다 씨의 작품뿐만 아니라 그때 발표된 일본의 다른 희곡들도 모두 수작이라 한국의 희곡 작가들이 정말 노력하고 분발해야겠다는 느낌이 들더구나. 아직 신인작가이긴 하지만 나도 예외일 수는 없겠지.

마침 공연 기간 중에 작가가 내한해 관객과 대화 시간을 가졌는데, 품성이 '글이 곧 작가'라는 내 평소 생각과 크게 어긋나지 않은 듯 보여 더 반갑고 기뻤어. 세계가 잃어버리고 있는 것들에 관한 관심을 내비치면서 그중에서도 인간에게 주어진 돌이킬 수 없는 운명과 거기서 비롯되는 상실감을 표현하고 싶었다더라.

관객들의 궁금증이 질문으로 이어졌는데, 희곡 첫머리에 자서처럼 인용된 "태어나는 일도 죽는 일도 어떤 먼 곳에서 오는 인간에 대한 복수일지 모른다. 분명 그렇기 때문에 남자와 여자는 그 복수가 영원히 지속되기 위해 얽힌 한 쌍의 그물이라 할 수밖에 없다"라는 말을 빌려 남녀 관계는 복수인가 초극인가라고 물은 것이나, 남편은 아내를 진정으로 사랑했나, 그렇다면 왜 바람을 피웠을까 같은 질문들은 객석의 분위기를 참으로 유쾌하고 흥겹게 만들었어.

아무리 좋은 희곡도 연출가가 해석을 잘못해서 무대 위에 올리면 공연 자체가 엉망이 되기 쉬운데 이번에는 연출가가 원작을 잘 이해해서 그런지 텍스트를 손상시키지 않고 거의 그대로 올렸더구나. 특히 한국은 연출가가 희곡을 작가와 상의하지도 않고 마음대로 뜯어고치는 경우가 비일비재한데, 그렇기 때문에 이번 공연이 더 돋보이고 드물고 귀한 사례라고 할 수 있지. 희곡이 문학으로 대접받지 못하고 한 번 쓰고 버리는 공연 대본으로 인식되는 게 한국 연극의 서글픈 현실이니까.

내가 이 작품에 그토록 끌린 이유는 평소 동양적인 연극이 무엇인가 깊이 고민하고 있기 때문이야. 서양의 희곡이 잘 짜인 구성을 위주로 해서 쓰인 웰메이드 플레이라면 동양의 희곡은 완벽한 구성을 추구하기보다는 오히려 어느 한군데가 비어 있는 듯한 단순함에 묘미가 있는 것 같아. 그만큼 밖으로 열려 있기 때문에 해석의 여지도 분분하고 말이야.

그런 의미에서 작가의 시선이 대부분 자신의 내부를 향해 있다는 점, 극단적인 기교를 배제하고 무형식의 형식을 고집한다는 점, 평범하고 사소한 일상을 다룬다는 점, 작품에 배어 있는 짙은 문학성을 옹호한다는 점들이 마쓰다 씨의 희곡과 내 희곡의 공통점인 것 같아. 그가 영향을 많이 받은 일본의 영화감독이 오즈 야스지로고, 내가 생각하는 가장 한국적인 영화감독이 임권택이라는 사실도 흥미로웠어. 마치 비슷한 생각을 하고 있는 동지를 만난 듯싶은 기분, 이해하겠니?

개인적인 만남이 아닌 한국과 일본 사이의 공식적인 첫 연극 교류는 1988년에 이뤄졌다고 해. '재팬 파운데이션'이라는 행사에 연출가 임영웅 선생과 젊은 연극인 기국서, 이병훈 선생이 초대를 받아 일본의 연극을 관람한 게 그 시초래. 그 뒤로 1992년에 일본 연출가협회에서 한국 연극인들을 정식으로 초청해서 한일 연극연출가회의를 개최했고, 이것을 바탕으로 1995년에는 한일연극교류 회가 결성됐다고 하네.

1999년에 열린 한일문화교류회의에 이어 2002년에는 한일국 민교류의 해를 기념하는 한일 합동 공연 〈강 건너 저편에〉가 두 나라에서 동시에 열렸지. 그것을 편의상 제1기로 본다면, 제2기의 시작은 2002년 10월 일한연극교류센터 주최로 도쿄에서 '한국 현 대 희곡 낭독회 및 심포지엄'이 열리고 이 자리에서 한국 극작가 들의 작품이 발표된 때라고 할 수 있을 것 같다. 가깝고도 먼 두 나라의 관계를 고려하면 앞으로도 이런 문화 교류가 이어졌으면 하는 바람이야.

현아 너는 이번 추석은 구미에 있는 가족들과 함께 보내고 바 로 다음 날인 10월 1일 혼자 독일로 떠난다고 했지. 남편은 이번 에 공부를 다 마치고 국내로 들어와 문화재관리청에서 일하게 됐 지만 너는 아직 끝맺지 못한 논문이 있어서 학위를 받으려면 독 일에서 몇 년 더 지내야 하다면서.

또 부부가 생이별을 하게 됐네. 그랬더니 아는 사람이 없어서 정말 외로우니까 올 겨울에 꼭 놀러오라고 싱긋 웃었지. 그럼 네 가 사는 모습도 보고 독일 여행도 할 겸 한번 갈까. 그러긴 했지 만 한 치 앞을 내다볼 수 없는 게 사람의 일이니 어떻게 될지 기 약할 수 없구나. 하긴 이 땅에서 사는 데 넌덜머리가 나서 이것저 것 다 훌훌 털어버리고 어디론가 훌쩍 떠나고 싶은 마음 간절하긴 하다만. 어쨌든 이제 네 메일 주소와 연락처를 알게 됐으니 직접 가지는 못하더라도 안부는 자주 물을 수 있게 됐네. 그것만으로도 네겐 큰 위안이 되겠지?

'예술을 향한 사랑은 삶의 본질 그 자체'라거나 '나의 작품은 내 추억들'이라는 말 기억하지? 네가 선물로 사준 샤갈의 도록에도 나와 있고 같이 그림을 보면서도 감탄한 샤갈의 생에서 우러나온 단상들 말이야. "나의 태양이 밤에도 빛날 수 있다면 나는 색채에 물들어 잠을 자겠네" 같은 잠언은 네가 얼마 남지 않은 유학 생활을 무사히 마치는 데도 큰 도움이 될 듯싶어. 굴곡 많은 삶을 치열하게 통과한 노화가의 통찰처럼 우리 인생에서 삶과 예술에 의미를 주는 단 하나의 색은 바로 사랑의 빛깔이 아닐까 생각해본다.

그리운 곳, 그리워서 더 먼 곳, 멀어서 더 그리운 곳. 현아 너도 귀국하는 날까지 몸 건강하게 열심히 생활하기를 바라고. 언젠가 시간이 좀더 흘러 전쟁도 기아도 살육도 폭력도 없고 오로지 사랑과 평화만 넘실대는, 그리하여 온 세상이 말 그대로 신의 축복을 받은 듯 따스하고 환한 봄날, 이번처럼 예고도 없이 문득 다시 얼굴 볼 수 있으면 좋겠구나.

나뭇잎은 나무가 아닌 곳에서 무성했으리라

◆ 작가가 되기 위한 길, 명지에게

작가는 자기 자신을 기억해야 한다.

글을 쓰지 않을 때나 일상생활을 할 때,

죽어가며 진실을 잃어버릴 때가 아니라, 살아서 진실할 때

자기가 누구인가 기억해야 하는 것이다.

— 모리스 블랑쇼

명지에게.

오랫동안 소식 전하지 못했어. 미안해. 그동안 적조한 것은 다 내 무심함 탓이다. 별일 없지? 부모님은 다들 평안하시고? 너는 요즘 어떻게 지내니? 학교에는 계속 나가니? 본 지 꽤 오래된 것 같은데, 바쁜 일도 없으면서 연락 한번 제대로 해볼 엄두를 내지 못

한 내가 참 한심하게 여겨진다. 그래도 어쩌겠니? 아무 계획 없이 시간 흐르는 대로 몸을 턱 맡겨둔 채 이냥저냥 사는 네 친구 모습이 늘 그런 걸. 넓은 마음을 가진 네가 이번에도 이해해줬으면 해.

나는 최근에 큰맘 먹고 안산에서 서울로 거처를 옮겼어. 어느 나라의 현주소와 미래를 가늠해보려면 '학교'와 '시장'에 꼭 가봐야 한다지? 공교롭게도 그 학교와 시장이 산을 중심으로 양쪽에 자리잡고 있는 작고 아담한 동네야.

이사한 집은 지대가 높은 산 밑이라 아침에 눈을 뜨면 이름 모를 산새들의 노랫소리가 들려오고 지척에 숲이 있어 창문을 열면 곧바로 나뭇가지 위에 둥지를 튼 까치집을 발견할 수 있단다. 밤이 되면 서울 시내의 야경이 한눈에 들어와 한참동안 넋을 잃고 정신을 팔기도 하고 비가 오는 날에는 지붕 위로 투닥거리는 빗소리를 들으며 스르르 낮잠에 빠지기도 해. 집은 작아도 자연과 가까이서 벗할 수 있으니 내겐 꼭 맞는 곳이지 뭐.

가끔 바람이 불면 멀리서 조그맣게 하늘거리는 나뭇잎들의 은밀한 속삭임에 온몸을 내맡길 때의 기쁨을 너는 알까? 유리창에 이마를 댄 채 이 세상에 존재하지 않을 것만 같은 미지의 빛깔로 황홀하게 피었다가 스러지는 저녁노을을 바라볼 때. 석양이 진 뒤 곧 달이 뜨고 별이 솟아올라 대낮과 전혀 다른 아름답고 신비한 색을 뿜어내는 깊은 밤의 고요한 정적을 마주할 때 말이야.

어둠이 풀어놓은 바깥세상의 흔적들, 껍질을 벗겨낸 그 속살들을 훔쳐보게 되면 나도 모르게 기도하게 된단다. 인간의 이름으로 이 지상에 잠시 머물다 가게 된 사실이 진정 고맙고도 고맙게 여겨져서 말이야. 온갖 어지러운 풍문과 소음이 난무하는 세상의 혼탁한 질서에서 잠시라도 놓여 숨을 고르며 자신을 되돌아볼 때 비로소 마음이 평온해지는 듯싶어.

글도 그런 것 같아. 돌이켜보면 어쩌다가 처음 초등학생들이 쓰는 투박한 공책에 상표도 없는 나무 연필로 무언가를 끄적거리기 시작했는지 명확하게 기억나지는 않지만. 다만 아주 어릴 때부터 누군가에게 직접 말을 거는 것보다 글로 내 생각을 표현하고 전달하는 게 편하고 좋았어.

학교에서는 늘 조용한 아이였고 집에서는 아예 말을 잃어버린 수줍은 유년이었지. 남들보다 늦은 아홉 살에 초등학교에 입학한 것은 동갑내기 사촌 여동생 때문이었는데, 그 애는 남들이 다 알아주는 말썽꾸러기 푼수였단다. 내가 언젠가 얘기한 적 있지? 마치 거짓말처럼 내 곁을 떠난 동생 말이야. 그것이 내가 목격한 첫 번째 죽음이었는데, 알 수 없는 일은 그 뒤로 가까운 사람들, 가족이나 친구 중에 어이없이 세상을 떠나는 경우가 부쩍 늘어났다는 사실이야.

초등학교 2학년 때인가. 글을 쓰기 시작하면서 중학교 때까지 도내 각종 백일장에서 상이라는 상은 다 한 번씩 받아본 것 같아. 이렇게 말하니 참 쑥스럽네. 꼭 내 자랑을 늘어놓는 것 같아 얼굴이 화끈거리기도 하고. 그냥 예전에 내 친구가 그렇게 살았구나 하는 정도로만 귀엽게 받아줬으면 좋겠구나. 부상은 대부분 공책과 연필이었고 덕분에 고등학교 졸업할 때까지 따로 학용품을 사서 쓴 기억이 없단다.

그런데 막상 집에 돌아오면, 어린 마음에도 상을 받은 기쁨을 털어놓거나 자랑한 적이 없어. 성적표를 받을 때도 마찬가지였고. 언제부터인지 모르겠지만 집 뒤에 있는 동산에 올라가는 일이 잦아졌지. 심심하면 상장이나 성적표를 접어 종이비행기를 날리면서 막연하게나마 지평선 저 너머의 세계를 꿈꾸며 아무도 봐주지 않는 외로움을 달랜 것 같아. 어린 나이인데도 밤하늘의 별을 헤며 사는 건 참 쓸쓸한 일이구나, 그런 가당치도 않은 생각에 어렴풋하게 젖어든 것 같기도 하고.

중학교 때는 이상하게 공부하는 게 재미있었다. 공부에 재미를 느껴 밤을 꼴딱꼴딱 새운 것은 그때가 처음이자 마지막이었어. 그것 때문이었는지 고등학교 입학 시험에서 수석을 했지만 자연히 글 쓰는 일과는 멀어졌지. 그렇지만 학교 도서관에 앉아 심훈의 《상록수》와 박계주의 《순애보》를 읽을 때는 시간 가는 줄 몰랐단다. 청소년용으로 나온 금성사 세계명작전집을 읽으며 흐뭇해하던 것도 그 무렵이고.

중학교 삼 학년 때 백일장에 나가 부상으로 받은 두 권의 책은 아직도 잊지 않는다. 한 권은 오혜령의 《꿈 빛깔의 그대 목

소리》라는 서간집, 다른 하나는 칼 세이건의 《코스모스》였지. 미
국의 세계적인 천문학자 칼 세이건을 만난 것은 내가 머물고 있
는 이 지구라는 별을 벗어나 공간을 바라보는 시야를 우주로 확
대시켜준 큰 사건이었다고나 할까. 왜 그런 거 있잖아. 애써 구하
려 하지 않아도 저절로 그것이 내게 다가오는 경험들. 칼 세이건
의 책은 조지프 캠벨의 《신화의 힘》처럼 일부러 노력하지 않아도
그 책이 내게 자연스럽게 스며든 경우였단다.

고등학교에 다니려고 집에서 한 시간쯤 걸리는 도시로 유학
을 나가 하숙한 지 얼마 지나지 않아 이십 년에 가까운 시간 동안
어머니를 대신해서 나를 키워준 외할머니가 갑자기 돌아가셨지.
열여덟 늙은 나이에 본격적인 방황이 시작됐단다. 단순히 유일하
게 믿고 의지하던 할머니가 돌아가신 것 때문만은 아니고 뒤늦게
'사는 것이 뭘까?' 하는 존재론적인 고민이 싹튼 것 같아. 공부에
취미를 잃었고 하루하루 무의미한 나날이 지나갔지.

그때 감수성이 풍부하고 예민한 옆 학교의 여고생들이 주로
읽던 우리나라 시인은 강은교와 김승희였고, 외국 작가는 라이너
마리아 릴케와 헤르만 헤세였어. 지드의 《지상의 양식》이나 헤세
의 《데미안》은 필독서였고. 아마도 요절한 번역가이자 수필가 전
혜린의 영향이 컸을 거야.

그렇지만 나는 헤세의 작품 중에서 《유리알 유희》나 《나르치
스와 골드문트》에 더 마음이 끌리더라. 특히 한국에 '지와 사랑'이

라는 제목으로 번역된 《나르치스와 골드문트》를 읽고는 처음으로 학자의 길과 예술가의 길 사이에서 진지하게 고민을 했어. 그러나 그 무렵만 해도 그 두 길 가운데 어느 한쪽을 택하게 되리라고는 상상할 수조차 없었지.

예상한 대로 대학 입학시험에 떨어지고 서울역과 노량진 부근의 학원가를 배회하는 길고 지루한 나날이 지나갔지. 그러다가 우연히, 정말 우연히 보게 된 연극이 영국의 극작가 피터 셰이퍼가 쓴 〈에쿠우스〉야. 지금은 벌써 중견 연출가가 되신 김아라 선생이 연출하고 소년 알런 역으로는 최민식, 정신과 의사인 마틴 다이사트 역으로는 신구 선생이 출연했지. 그것이 연극에 매료된 첫 번째 계기였단다.

그날 공연이 끝난 뒤 한참이나 불 꺼진 객석에서 숨도 제대로 못 쉬고 몸 하나 까딱할 수 없는 채로 멍하게 앉아 있던 기억이 아직까지 생생하게 남아 있어. 파도처럼 밀려오던 전율 같은 그 행복한 충격을 어떻게 잊을 수 있겠니? 연극을 향한 어떤 경외감 또는 열망을 일깨워준 무대였고 그 뒤로 공연장으로 향하는 발길이 잦아진 듯싶어.

재수, 삼수를 마치고 우여곡절 끝에 들어간 모교는 내게 또 하나의 인연을 맺어주었지. 모두 시인이나 작가, 그렇지 않으면 문학평론가인 학교 선생님들의 은혜도 잊지 못할 듯싶어. 그중에서도 특히 1970년대 한국 소설사의 한 시기를 풍미한 조해일 선생님은 말씀은 별로 없으셨지만 늘 학생들을 자상하게 배려하셔서서 어려운 일이 생기면 먼저 찾아뵙고 의논하고 싶은 분이었지.

그러다 우연한 기회에 또 한 분의 조 선생님을 만나게 됐어. 언젠가 내가 한 문예교양지에 제3세계 음악을 소개하는 글을 잠시 연재했다고 했지? 그때 그리스의 국민음악가인 미키스 테오도라키스에 관해 쓴 글을 보시고 몸소 연락하셔서서 격려하며 용기를 북돋아주신 조세희 선생님이 바로 그분이야. 우리에게는 《난장이가 쏘아올린 작은 공》의 작가로 더 친숙하지. 전화를 받는데 내가 얼마나 당황했는지 두 손이 다 덜덜 떨리는 거 있지? 나중에 알게 됐는데 두 분은 예전부터 막역지우라고 하더라.

또 두 분의 스승인 황순원 선생은 문단에서 활동하는 선배들뿐 아니라 작가를 지망하는 학생들에게도 늘 멀리서 뱃길을 밝히는 정신적 지주와 같지. "작가는 작품으로 말한다"는 선생님의 소신은 문학청년들에게는 전설과 같은 금과옥조야.

안타깝게도 몇 년 전 가을에 유명을 달리하셨는데, 그 소식을 듣는 순간 가슴이 철렁 내려앉았고 영안실이 있는 마로니에 공원 맞은편의 서울대학교 대학병원(그곳은 예전에 김현 선생이 돌아가신 곳이라 그분에게 많은 영향을 받은 내게는 더욱 각별한 의미로 남아 있단다)으로 가면서 '한국 문학사의 한 세기가 저물었구나!' 하는 착잡한 심정에 사로잡힌 기억이 난다. 그때 이상하게도 장르는 다르지만 내가 가고자 하는 길에 관한 어떤 책임감 비슷한 소명의식이 든 것 같아.

영문학에 관한 단편적인 지식은 문학개론서가 아니라 피천득의 《인연》이나 김승희의 《33세의 팡세》 같은 산문집에서 습득했는데, 영문학을 부전공으로 선택하며 들은 도정일 선생의 문학사상사 강의는 또 다른 세계의 지평을 열어주었지. 그것은 '할렘의 셰익스피어'라고도 불린 미국 시인 랭스턴 휴즈를 통해서 맺어진 인연이기도 했고. 재학 기간 중에 가까이서 뵌 일 자체가 행운이라고나 할까.

이웃 학교의 친구와 함께 청강한 김우창 선생의 '20세기 영시론', 김화영 선생의 '현대 프랑스 작가론' 수업도 잊지 못할 것 같네. 피상적으로만 알던 딜런 토머스의 시들과 카뮈의 《이방인》을 바라보는 새로운 해석과 시각을 배울 수 있었으니까. 그리고 전철을 타고 한강을 건너가 한 학기 동안 들은 김윤식 선생의 열정적인 문학 강의와 오병남 선생의 자유분방한 미학 강의도 오래 기억에 남는구나. 호메로스의 서사시를 텍스트로 삼은 그리스어 입문 시간도 흥미로웠지.

돌이켜보면 그때는 내 속에서 발화하지 못한 숨은 열망들이 들들들 끓어오르던 시기이던 것 같아. 서울 시내를 누비며 끊임없이 무언가를 채워 넣던 때니까. 그때만큼 영화와 그림, 음악을 가리지 않고 보고 들은 적은 없는 것 같아. 그래도 돌아오는 길은 늘 허전하고 쓸쓸했지.

대학을 졸업하고 한동안 거리를 방황하다 우연찮게 들어간 곳이 그 무렵 문예진흥원 산하에 있던 '공연예술아카데미'라는 곳이야. 경기도 벽제에 있는 '무대예술아카데미'와 더불어 공연예술계에 종사할 젊은 예술가들을 길러내는 일종의 대안학교 같은 전문적인 연극 교육기관이었어. 그곳에서 보낸 일 년 남짓한 생활과 연기반, 연출반, 극작-평론반으로 나눠 진행한 수업은 지금 생각하면 운명적이라고 말할 수밖에 없을 듯싶어. 무엇보다 자유롭게 사고하고 행동하고 그것에 책임을 지는 학교의 분위기가 마음에 들었지.

거기서 만난 여러 선생님들, 가령 희곡 작가이신 이강백 선생님과 이만희 선생님, 연극 비평을 하시는 한상철 선생님과 안치운 선생님, 그리고 연출가이신 이병훈 선생님, 윤영선 선생님, 연극배우이신 예수정 선생님, 강신일 선생님, 또 언젠가 옛 서울 북촌 사람들의 생활상을 재미있게 일러주신 오현경 선생님까지 그야말로 언극게에서 현역으로 활동하는 밤하늘의 큰 별 같은 분들의 귀한 말씀을 접할 수 있었단다. 그것이 내게는 희곡을 쓸 수 있는 큰 자양분이 된 것 같고.

그리고 프로덕션 작품을 하면서 좁은 연습실에서 함께 울고 웃던 동료들, 그들과 같이 밥을 먹고 수업을 듣고 공연을 보러 다니면서 연극을 향해 가난하지만 소중한 꿈을 키워나간 시간. 돌아보면 진실로 축복받은 나날, 아름다운 시절로 가슴 한편에 오롯하게 새겨져 있다. 그곳에서 나중에 데뷔작이 된 〈봄날은 간다〉와 연기반 오현경 선생님이 아버지 역으로 출연하신 1930년대 한 강 마포나루를 배경으로 삼은 〈서산에 해 지면은 달 떠온단다〉가 탄생했단다. 두 작품을 쓸 때 정말 즐겁고 행복했어.

너도 영화를 좋아하니까 알고 있을 테지? 올 가을에 열린 부산국제영화제 기간에 맞춰 한국을 방문한 그리스의 거장 테오 앙겔로풀로스가 영화감독을 가리켜 재능과 상관없이 늘 영혼의 눈을 뜨고 깨어 있어야 하는 존재라고 했더라. 그런데 그건 작가한테도 그대로 적용되는 것 같아.

글을 쓰는 행위는 마치 꿈결 같다고나 할까. 하루 종일 방안에서 책을 읽으며 서성이다 저녁 무렵 신발을 꿰어 차고 발길 닿는 대로 몇 시간씩 거리를 헤매다 돌아오는 어느 한순간, 온몸에 확 불을 끼얹은 듯 강렬하고 신비스러운 느낌에 사로잡힐 때가 있어. 그 느낌은 뭐라고 해야 할까, 그래, 일종의 엑스터시 같은 거라고나 할까.

그 느낌을 잃지 않으려고 오래오래 기억해서 집으로 돌아오는 즉시 책상 앞으로 달려갔지. 책상 앞에는 언제나 그렇듯 종이와 연필이 놓여 있었고, 나는 그저 내 속에서 이끄는 대로 몸만 움직일 뿐이지 그런 때 글을 쓰는 것은 정녕 내가 아닌 다른 존재 같아. 몇 번 그 느낌을 미루고 미뤘다가 완전히 잃어버린 적이 있는데 그때는 이미 흔적도 없이 내게 온 그 무언가가 사라져버린 뒤

였어.

그래. 어쩌면 그건 일종의 연애 비슷한 감정이야. 연애보다 더 잡티가 묻지 않은 순연한 사랑일 수도 있고. 그 사랑에 빠져서 온몸이 녹아버리고 몸에 난 상처와 온갖 불순물들이 몸 밖으로 스르르 흘러나가는 거지. 아직 잘 모르겠지만 남자와 여자가 몸을 섞어 사랑을 할 때가 그렇겠지. 느낌은 그렇게 불시에 오는 건가봐. 한순간 왔다가 아침 이슬처럼 순식간에 사라지고 마는 것.

연극도 마찬가지인 것 같아. 언젠가 연극 공부를 하는 한 친구와 얘기를 나누다가 연극이라는 예술 장르의 매력은 사라지는데 있다는 말을 듣고 충격을 받은 적이 있어. 그 친구의 말처럼 연극의 매력은 생생하게 살아 움직이는 현장에 있고 언젠가 한 번 눈부시게 타올랐다가 깨끗하게 사라진다는 데 있는 것 같아. 인생이 그렇듯 흔적을 남기지 않고 사라지니까 더 아름다운 거겠지. 인생은 텅 빈 극장이라고 누군가 그랬듯 말이지.

그런데 우주의 동공 같은 그 텅 빈 극장에 처음 주춧돌을 놓는 것이 희곡 작가야. 극작가란 그러고 보면 얼마나 위대하고 숭고한 직업이니? 체호프의 〈벚꽃동산〉을 처음 읽으면서 눈물을 흘린 순간과 최인훈 선생의 작품을 보려고 국립극장의 계단을 오르내린 가슴 설레던 순간들을 나는 아직도 또렷하게 기억하고 있어. 그러고 보면 작가는 만들어지는 게 아니라 탄생하는 게 아닐까 싶어. 그러니까 억지로 되는 게 아니고 때가 되면 자연스럽게 돼지는 거겠지. 열정이 곧 재능이라는 말은 그래서 나왔는지도 몰라.

그렇지만 불행하게도 한국 연극계에서 좋은 희곡을 만나기는 참 어렵단다. 상을 많이 받았다고 해서 그 작가의 작품이 읽을 만한 것은 더더욱 아니고. 좋은 희곡도 연출가의 손에 난도질당하거나 잘못 올려지면 제대로 평가받지 못하고 사라지기도 하고, 희곡 자체가 조금 부족해도 연출가의 역량으로 무대 위에서 빛나기도 하지. 시나 소설처럼 탈고를 해서 출판사로 넘기면 그것으로 모든 작업이 끝나는 게 아니라 작가가 희곡을 마무리 짓고 난 뒤에도 극단에 소속된 연출가와 배우를 만나는 작업이 뒤따르니까. 그리고 나서야 최후의 독자인 관객을 만날 수가 있지. 목표를 향해 나아가는 사람이 많은 만큼 변수도 많다는 뜻이야. 어쩌면 그렇게 거치는 과정들 하나하나가 연극의 일종일 수도 있겠지만.

어쨌든 희곡은 문학 그 자체로도 충분한 의미가 있지만 무대 위에 올려져 궁극적으로 한 편의 연극으로 거듭나면서 온전한 생명을 부여받는다고 생각해. 그러나 분명한 점은 한국 희곡의 상황은 양적으로나 질적으로나 열악하다는 거야. 그러니까 오히려 더 신선하고 패기 있는 뛰어난 신인 작가들의 등장을 목마르게 기다리고 있는 건지도 모르겠어.

이사한 집에서 오솔길을 끼고 산으로 조금만 올라가면 서울을 둘러싸고 있는 조선시대의 석축 도성인 서울성곽이 나와. 서울성곽을 따라 내려가면 바로 성북동이고. 왼쪽으로는 북악터널로 빠지는 길이 있고 오른쪽으로 방향을 틀면 혜화 로터리지. 이곳에 터를 잡기 전부터 마음이 심란할 때 자주 가던 길상사와 간송미술관, 그리고 만해 한용운이 말년을 보낸 심우장과 상허 이태준의 생가인 수연산방이 옛 자취를 남기고 있는 곳이기도 해.

그런가 하면 성균관대학교 후문으로 난 산책로를 따라 죽 내려가면 가회동이나 재동, 화동, 연남동 같은 북촌한옥마을을 끼고 삼청공원에 닿을 수 있고. 무더운 여름밤이나 잠 안 오는 새벽녘이면 슬리퍼를 신고 이리저리 거닐기 좋은 길이야. 너도 가본 적이 있는지 모르겠는데, 그 길 끝에 마음 맞는 친구들과 가끔 들러서 책을 읽으며 도란도란 정담을 나누는 '오래된 빛깔'이라는 고즈넉한 찻집이 있단다.

《은둔하는 작가의 삶과 죽음》이라는 책에 나오는 구절처럼 작가는 화려하고 현란한 세상과 일정한 거리를 유지하며 숨는 존재 같아. 고독하게 홀로 자신의 맨 얼굴과 정직하게 만날 때, 오히려 세상 속에 있게 되고 그 비밀을 깨닫게 되며 진정으로 세상의 참모습과 교감할 수 있는 건 아닐까.

올 겨울, 비가 오고 바람 부는 어느 날 저녁 또는 눈 내리는 오후, 불현듯 어디서인가 들려오는 소리에 누군가 그리워져 그 길로 무작정 나서게 될지도 모르겠네. 그때 혹 시간이 맞으면 호젓하고 조용한 그 길을 함께 걸어가볼까?

3부

사라지는 모든 것은 아름답다

사랑과 죽음의 변주곡

루이스 세풀베다, 〈연애소설 읽는 노인〉

일시 2001년 11월 3일~12월 2일
장소 서울 대학로 축제 소극장
연출 이진숙
주관 극단 우림

이야기 속으로

현실과 꿈 또는 환상, 인간은 양자 중 어느 쪽에 더 집착하고 어느 쪽에 더 자신의 삶을 송두리째 내맡겨 투사하고픈 욕망의 충동을 느끼는 걸까. 사실을 말하자면, 인간은 어떤 의미에서 초라하고 남루한 현실에서 얻은 상처를 꿈이나 환상이라는 기제를 통해 위로받고 싶어하는 존재인지도 모른다.

미국과 유럽 중심의 문학과 구별해 제3의 문학으로 불리는 중남미 현대문학은 일찍이 이 문제에 깊숙하게 천착해온 듯하다. 마술적 리얼리즘의 대가로 잘 알려진 《백 년 동안의 고독》의 저자 가브리엘 마르케스는 말할 것도 없고 환상문학의 선구자로 불리는 보르헤스부터 마리오 바르가스 요사나 이사벨 아옌데 등도 이런 계열의 작가에 속한다고 볼 수 있다.

물론 그 계보를 거슬러 올라가자면 세르반테스의 《돈키호테》
에 시원의 뿌리를 두고 있는 이 환상적 리얼리즘은 시에서도 파블
로 네루다, 페데리코 가르시아 로르카, 세사르 바예호, 안토니오
마차도, 옥타비오 파스, 비센테 알레익산드레 등 20세기를 주름잡
은 밤하늘의 별과 같은 시인들을 배출하고 있다. 이 작품의 원작
자인 루이스 세풀베다도 이 특별하고도 위대한 전통과 무관하지
않은 작가인 듯하다.

　　여기, 아마존의 광대한 밀림 속 허름한 오두막에서 홀로 살고
있는 한 노인이 있다. 인생의 온갖 간난과 신고를 겪은 뒤 늙은
현자의 모습을 하고 있는 이 노인의 이름은 안토니오 호세 볼리
바르. 노인은 젊은 시절, 밀림에서 사랑하는 아내를 잃은 아픈 기
억을 간직하고 있다. 어릴 적부터 한 마을에서 자란 그들은 서로
사랑해 결혼하게 된다. 그러나 두 사람 사이에는 불행하게도 아이
가 없다.

　　고향 사람들의 수군거림을 뒤로한 채 두 사람은 개발이 한창
인 밀림으로 들어가 땅을 일구어보지만, 아내는 혹독한 기후와
환경을 극복하지 못하고 풍토병에 걸려 먼저 세상을 떠난다. 인디
오들의 도움으로 밀림에서 살아가는 법을 배운 그는 결코 실패를
용서하지 않는 고향으로 돌아가기를 포기하고 결국 인근 마을에
정착하게 된다.

　　노인은 상처를 달래는 방법을 찾다가 우연한 기회에 치과 의

사 루치아노 호비쿤도를 알게 되고 그에게 소설책을 받는다. 그 때부터 노인에게 무료한 시간을 연애소설을 읽으면서 보내는 취미가 생기고 그 유일무이한 취미 속으로 점점 빠져든다. 책 속에는 노인이 그리워하는 사랑, 사랑으로 마음의 상처를 입은 사람들의 이야기가 있기 때문이다.

꿈의 공간 또는 사랑과 죽음

가까이 있는 것, 지금 이곳에 살아 있는 것, 손을 내밀면 언제나 잡을 수 있는 것들을 그리워하지는 않는다. 멀리 있는 것, 지상에 존재하지 않는 것 그리하여 시간의 무심한 물살에 휩쓸려 이미 저만치 떠내려가 더 이상 잡을 수 없는 것을 그리워하는 법이다.

　안토니오 호세 볼리바르는 가슴에 지울 길 없는 화인처럼 각인된 사랑하는 아내, 아름다운 사랑의 그늘만큼이나 긴 이름 돌로레스 엔카르나시온 델 산티시모 사크라멘토 에스투피냔 오타발로를 천천히 불러본다. 대답이 없다. 뒤를 돌아본다. 아무도 없다. 고개를 돌린다. 다시 불러본다. 인기척이 느껴진다. 소스라치게 놀라 뒤돌아본다. 그래도 그녀는 보이지 않는다. 아무리 불러봐도 그 이름의 주인은 끝끝내 나타나지 않는다. 쓸쓸하다. 그녀가 보고 싶다. 보고 싶지만 만날 수 없다. 그 여자의 얼굴을 만지고 싶고 다시 한 번 안고 싶다. 같이 잠을 자고 같이 밥을 먹고 같이 어디론가 가고 싶다. 그러나 곁에서 함께 울고 웃던 여자는 지상에 존재하지 않는다. 아내에 관한 기억이 지워지지 않고 고스란히 노인의 머릿속에 남아 있는데 말이다.

어쩌면 아내의 육신은 이 지상에서 가뭇없이 사라졌지만 사랑하는 노인의 가슴에 살아 있는 한 그녀는 죽었어도 죽지 않은 것인지도 모른다. 연애소설을 읽다 말고 죽은 아내와 보낸 행복한 한때를 떠올리고서, 추억과 향수에 젖어 비수처럼 스며드는 슬픔을 어찌하지 못하고 탁자에 엎드려 흐느껴 우는 노인의 뒷모습은 보는 이의 눈시울을 뜨겁게 한다.

'향수'는 원래 그리스어로 '귀환'이라는 말과 '고통'이라는 말이 합쳐져 만들어진 단어다. 말 그대로 돌아갈 수 없는 괴로움을 뜻하는 것이리라. '당신'은 멀리 떨어져 있고 '나'는 당신이 어찌 됐는지 알지 못하는 데서 오는 참담한 고통. 집을 떠나 정처 없이 떠돌고 있는 자의 외로움, 다시 돌아갈 기약조차 없는 불투명한 미래에 관한 연민. 그런 의미에서 '인간은 꿈의 세계에서 내려온다'는 말처럼 노인에게 연애소설을 읽을 수 있는 오두막집이 삶의 새로운 의미를 일깨워준 밀림과 더불어 추억과 환상으로 버무려진 꿈의 공간으로 다가오는 것은 너무나 당연한 일일 것이다.

그 꿈의 공간에 어느 날, 백인 사냥꾼에게 새끼를 빼앗긴 암살쾡이의 풍문이 들려온다. 혈육을 유린당한 분노에 찬 굶주린 짐승은 인간을 상대로 처절한 복수를 감행한다. 살쾡이에게 죽임을 당한 인간들의 시체가 늘어나자 마을의 통치자인 읍장은 문명으로 대변되는 국가의 힘을 빌려, 노인이 거주하는 집을 담보로 밀림 사정에 밝은 이 늙은 현자를 살쾡이 사냥에 끌어들인다. 노인은 내키지는 않지만 결국 자기 손으로 자신과 같은 불행한 처지에 놓인 짐승을 죽일 수밖에 없는 운명을 예감한다.

수색대는 밀림으로 떠난다. 그들에게 밀림은 처음 발을 잘못 들이면 끝까지 헤매게 되는 미로 같은 장소지만, 노인에게는 거처하는 오두막처럼 아주 익숙한 곳이다. 노인은 밤에 모닥불을 피우면 짐승에게 노출될 수 있다는 사실과 야영을 할 때는 불에 타기 쉬운 석화된 나무가 있는 곳을 골라야 한다는 점을 수십 년 동안의 체험으로 익히 알고 있다. 읍장은 자신이 밀림에서는 어린아이처럼 무기력하다는 사실을 깨닫고 노인에게 살쾡이 사냥을 떠맡긴 뒤 수색대 일행과 마을로 돌아간다.

읍장 일행이 떠나간 뒤 혼자 그 추억의 공간에 남겨진 노인은 꿈속에서 그 옛날 밀림 속에서 한 가족처럼 뒹굴던 오랜 인디오 친구 누시뇨의 슬픈 환영을 만난다. 꿈에서 깨어난 노인은 결전의 순간을 기다리고 결국 비탄에 빠진 암살쾡이와 대면한다. 암살쾡이의 모습에서 죽은 아내를 떠올리는 노인. 그러나 노인은 어쩔 수 없이 말 못하는 짐승을 향해 방아쇠를 당긴다.

고통의 축제 또는 기억과 향수

이 작품은 한마디로 말하면 '기다림'에 관한 '기억'의 이야기다. 그리고 그 기다림의 열망은 아이러니하게도 '죽음'으로 완성된다. 죽음 앞에서 우리 모두는 겸손해진다. 아니, 그렇게 될 수밖에 없다. 추억이란 무엇인가. 러시아의 전원시인 미하일 푸슈킨은 지나간 삶 그것은 모두 아름답다고 고백했지만, 파우스트 박사의 마지막 외침처럼 아름다운 것은 바로 지금 이 순간뿐 아닌가. 그런데도 행복하고 즐겁던 시절의 기억을 더듬으며 그것에서 위안을 얻는 인간의 나약함은 그 나약함 자체가 스스로 극복해야 할 한계인 동시에 인간이 인간으로서 존재할 수밖에 없는 삶의 실존적 동기이자 목적일 것이다.

그런 의미에서 기억이란 단순히 어떤 순간을 멈추게 하려는 의지의 형식이 아니라 멈춰 선 현재, 과거로 돌아가기를 거부하며 끊임없이 현재로 귀환하는 의지의 형식일 터이다. 그 기억 속에서 지울 수 없는 상처로 생생하게 살아 숨 쉬는 트라우마, 곧 정신적 외상의 경험이 무의식의 영역에 고통스럽게 남아 있는 과거가 누구에게나 있는 것처럼.

슬픔이 종래에는 혼자 감당하고 견뎌 나가야만 하는 인간의 존재 이유이듯, 기억이 불러내는 처연하고 신산한 아픔도 인간 스스로 감당할 책임과 의무가 있는 것인지도 모른다. 아니, 그것은 역설적으로 말하자면 인간한테만 부여된 정당한 권리일 것이다. 왜냐하면 인간의 삶은 그런 불행한 영혼들이 빚어내는 고통스러운 사랑의 축제이기 때문이다.

씻김굿, 죽음보다 더 깊은 또는 죽음을 넘어 부활하는 삶

한 걸음 더 나아가 보이지 않는, 그러나 인간의 내면에 깃들어 있는 영혼의 세계와 교감하고 소통하는 것이야말로 바로 우리가 '예술'이라고 호명하는, 신의 영역에 해당하는 장르의 고유한 본질이 아닐 것인가. 예술가가 고독한 것은 끊임없이 자신의 내면을 들여다보려고 하기 때문이리라. 그렇기에 연애소설을 읽는 노인은 주술사이자 마법사고 무당이다.

만주어로 '아는 사람'이라는 뜻의 '샤먼'은 시베리아인이 병자를 고치고 저세상과 소통하는 능력을 지녔다고 믿는 인물이다. 샤먼은 병을 고치는 치유하는 자이자 공동의 제사를 주관하는 사제이며 죽은 자의 영혼을 저세상으로 인도하는 구실을 한다. 무당으로서 예술가는 보이지 않는 세계의 신비를 밝혀주기도 하지만 동시에 인간과 세계가 처한 질병을 영적으로 치유하기도 한다. 주술사로서 예술가는 곧 치유하는 자이기 때문이다.

노인은 암살쾡이를 죽임으로써 자신의 사랑을 치유하고 완성한다. 노인의 생에서 영원보다 긴 그 찰나는 죽음보다 더 깊은 삶의 의지로 돌연 빛난다. 그래서 프란츠 카프카는 일기에서 '인생이란 모든 것이 끝난 바로 그 순간 다시 새로운 힘이 솟는 그 어떤 것'이라고 명명했던가. 이 잠언의 깨달음을 발견할 수 있는 자야말로 소박하고 지혜로운 생의 통찰을 갖춘 노인처럼 진정 인생의 싸움터에서 당당히 승리하고 돌아오는 자가 아닐 것인가.

하여, 눈물과 빗물로 두 눈이 뒤범벅된 채 아내의 분신이자 현현인 암살쾡이를 제 손으로 죽인 뒤 그 사체를 강가로 끌고 가는 노인의 행위는 아름답고도 비통한 한바탕의 씻김굿에 다름 아닐 것이다. 강물은 노인의 손으로 부활한 이 세상 모든 고통과 상처를 껴안고 문명이라는 더럽고 비열한 이름이 결코 닿을 수 없는 머나먼 땅, 원시적 생명력이 충일한 대자연의 품으로 흘러간다. 그의 뼈와 살로 된 또 하나의 '그'를 이끌고 영혼의 순례를 떠나는 것이리라. 삶이 하나의 여행이듯, 길은 수많은 여행자들의 굳건한 발자국으로 형성된 대지 위의 생생한 흔적이자 자취인 것이기에.

함께하는 날들 속으로

이제, 객석에 불이 꺼지면 배우들은 무대 위에서 자신의 삶을 살듯 타인의 것인 노인과 그의 아내, 읍장과 치과의사, 인디오와 수

색대와 누시뇨의 삶을 연기한다. 타인의 삶을 자신의 몸으로 받아들이며 그들은 진실해진다. 일상생활 속에서 배우들은 오히려 연기를 하고 있으며 어쩌면 그들의 진정한 삶은 무대 위에서만 오롯하게 드러나는 것이리라. 그리하여 배우들은 혼신의 힘을 다해 극장이라는 텅 빈 공간을 자신의 격렬한 숨결로 채워나간다. 막이 오르고 연극이 시작되면 바로 그곳에서 이 세상은 다시 태어나는 것이다.

또 하나의 세계가 열리는 이 지상의 가장 낮은 곳, 그 가난하고 누추한 곳을 향해, 얼굴에 분칠을 한 광대 아닌 광대들은 자신의 맨 얼굴과 악수하러 오늘도 길을 나서는 것이리라. 비록 지금 지구 한쪽에서 수백 명의 사상자를 내고 있는 보복 전쟁이 진행 중이라도, 그 전쟁의 야만적인 살인을 뛰어넘어 꿈과 희망과 자유와 평화와 행복 그리고 궁극적으로 가슴 시리도록 눈부신 사랑의 환희, 그 오래된 열망의 기원을 찾아서.

삶의 진실을 찍어가는 따라지들의 연가

박근형, 〈삽 아니면 도끼〉

일시 2002년 6월 9일~23일
장소 서울 대학로 열린 극장
연출 박근형
주관 극단 골목길

〈삽 아니면 도끼〉는 이상한 연극이다. 연극 속에서 우리가 흔히 생각하는 사람과 사람 사이의 관계, 이를테면 부모 자식의 관계와 피해자와 가해자의 관계는 역전돼 있다. 부모의 말에 자식은 늘 순종해야 한다는 고정관념을 극중의 아들(윤제문 분)은 뒤집어버린다. 아들은 출소 시간에 맞춰 마중 오지 못한 아버지(조덕제 분)와 어머니(박준면 분)를 나무라면서 걸핏하면 면박을 주고, 자신이 잘못된 길을 걷게 된 것마저 부모 탓으로 돌려버린다. 놀라운 것은, 참으로 뻔뻔스럽고 철면피 같은 이 아들에게 부모가 화를 내기는커녕 비위를 맞춰주느라 쩔쩔맨다는 사실이다. 부모 자식 사이의 수직적인 상하 관계가 전도된 것이다.

아들을 따라온 맨발(엄효섭 분)이 엄연히 아내가 있으면서 동생(고수희 분)을 속이고 관계를 맺은 사실이 드러나 동생이 맨발에게 배신감을 토로하는 장면도 아이러니하기는 마찬가지다. 오빠

221

는 당연히 변호해야 할 자신의 여동생을 오히려 어른에게 버릇없이 대든다는 이유로 꾸짖는다. 그런가 하면 아버지와 어머니는 맨발이 영화감독이 아니라는 것을 처음부터 눈치채고도 끝까지 감독으로 인정해 융숭한 대접을 아끼지 않는다.

이것은 통념에 비춰볼 때 일반 사회에서 사람 취급을 받지 못하고 손가락질 당하기 쉬운 소외된 인간 유형에 해당하는 백수건달이나 전과자에 대한 작가의 기본적인 예의에서 비롯된 배려라고 파악할 수 있다. 달리 말하면, 자본주의 사회에서 인간의 순정한 효용 가치를 함부로 평가하고 규정짓는 이미 박제된 요소들, 가령 돈이나 명예, 권력 등의 비루한 교환가치를 떠나 오로지 '인간 위에 인간 없고 인간 밑에 인간 없다'는 수평적 관점에서 한 사람을 바라봐야 한다는 연출가의 의지가 작품에 투영된 결과이기도 하다.

그러나 뭐니 뭐니 해도 이 극에서 가장 충격적인 장면은 아내(천정하 분)가 가족들을 포함해 스님(하성광 분)과 레지(박윤경 분)가 모두 모인 자리에서, 남편과 헤어진 뒤 아이(이대관 분)와 겪은 슬픈 과거사를 남의 일 얘기하듯 파안대소하면서 털어놓는 부분이다. 눈물을 흘리면서 하소연해도 다 풀리지 않을 기막힌 사연들 또는 타인에게는 드러내고 싶지 않을 법한 개인적인 치부와 참담한 가족사를 스스럼없이 고백하는 무대 위의 배우는 웃고 있고, 그 고통스러운 이야기를 듣고 있는 배우들도 웃고 있다.

인간이 극한 상황에 몰리면 모든 것을 잊고 자유롭게 춤을 추게 된다는 철학적 화두가 삶에 대한 체념으로 무르익는 순간, 그것은 단순한 체념을 초월해 또 다른 생을 향한 따스한 연민과 긍정적인 기대로 옮아간다. 예기치 않은 상황의 역전적 배치와 파격적인 반전으로 메마른 일상에 가려져 있던 삶의 소박한 진실이나 미묘한 깨달음을 이렇게 큰 울림으로 전해준 경우는 흔치 않다. 그것은 그만큼 드물기 때문에 귀한 것이라 할 수 있다.

결국 "한 시대가 넘어가고 있다. 우리는 그것을 못 느끼고 있지만 우리도 모르게 과거를 깨우치며 살고 있다. 웃을 때를 생각해보라. 실수와 촌스러움에 관해 이제 부끄러워하지 않는다. 그냥 즐겁다. 우리의 미래는 불투명하다. 그러나 어찌됐든 시작해보자"는 아들의 일장연설과 함께 동네 사람들은 최소한의 연장인 삽이나 도끼에 붙들어 맨 카메라로 영화를 찍기 시작한다.

이 사람들은 몇몇 스태프와 연기 경험이 없는 배우로 영화를 찍는다. 그 볼품없는 영화가 관객들에게 보여주는 것은 많이 배우지도 못했고 뚜렷한 사회적 배경도 없지만 남에게 해를 끼치지 않으면서 착하게 살아가려는 서민들의 만화경 속 세상이다. 서울이라는 지리적 공간으로 묘사되는 그 시리고 아픈 아름다운 세상에는 지나간 시간을 향한 애착과 미련, 안타까운 추억과 아쉬움, 그리고 생채기 난 부위를 부드럽게 어루만지는 작은 위로가 공존하고 있다.

그렇다면 건강한 땀을 흘리며 일하는 기쁨을 맛보아야 할 즐거운 노동이 노역을 넘어 감당하기 힘든 치욕으로 바뀌는 지옥의 아수라처럼 점점 미쳐가는 이 세상에서, 삽 아니면 도끼로 찍을 수 있는 것은 과연 영화뿐일 것인가. 책은 마음속에 꽁꽁 얼어붙은 바다를 깨는 도끼여야 한다는 카프카의 말이 상기시키듯, 이 물음의 해답은 관객들의 가슴에서 잔잔한 호수의 파문이 일으키는 동심원의 미세한 떨림처럼 끊임없이 숨 쉬고 있다고 해도 무방하리라.

삶의 어두운 그늘, 아픔의 실체를 마치 놀이를 하듯 유쾌하게 무대 위에 구현해내는 젊은 연극인 박근형은 분명 한국 연극이 가야 할 새로운 길을 제시하고 있다. 직접 쓴 희곡을 무대 위에 올린다는 점에서 박근형은 극작과 연출을 겸하는 선배 연극인 오태석과 이윤택을 떠올리게 한다. 그러나 그가 가고 있는 길은 오태석이나 이윤택이 걸은 길과는 사뭇 다른 그만이 선택한 길이다. 오태석은 한국적인 제의로 요약되는 축제의 장, 엄숙한 잔치가 벌어지는 텃밭에서 한국인의 동적인 말과 움직임인 신명을 끌어냈고, 이윤택은 전통 연희에서 발견되는 대중적인 오락성을 무대 위에 형상화했지만, 박근형의 길은 다르다.

가난한 연극을 주창한 폴란드의 연출가 예지 그로토프스키와 마찬가지로 박근형이 극장이라는 장소에 세우려고 하는 꿈의 무대는 가난한 세계다. 일본 작가 미우치 스즈에의 〈유리가면〉에 등장하는 극단 일각수처럼 무대에 화려한 의상이나 특별한 세트, 장치가 나오지 않는다. 오히려 너무나 허술하고 빈약한 무대다. 대신 그곳에는 배우들이 온몸으로 만들어내는 웃음과 눈물이 있고 노래와 춤이 있으며 폭발할 듯한 젊음이 녹아 있다.

박근형의 연극은 재미있고 정직하다. 진지함이 가득한 농담이 바다 속을 유영하는 물고기처럼 자유롭게 흐르지만, 그 농담은 결코 과장됨이 없다. 단원 전체가 하나가 돼 내뿜는 날것 그대로의 꾸밈없는 열기는 시종일관 관객들의 시선을 붙잡고 놓아주지 않는다. 박근형의 작품을 처음 보는 관객들은 놀라운 집중력으로 무대 위 배우들의 작은 움직임 하나하나에 몰입한다. 연극을 향한 풍요로운 열정만으로 박근형은 새로운 흐름을 만들어내고 있다.

박근형의 연극은 가난하고 소박하지만, 누구나 다 아는 대극장에서 엄청난 돈을 들여 공연하는, 그러나 속을 들여다보면 허무하기 짝이 없는 텅 빈 작품에 견주면 관객들을 향해 훨씬 더 열려 있는 살아 있는 연극이다. 그리고 소극장에서 일상의 문제를 잔잔하게 풀어놓을 때 자칫 빠지기 쉬운 신파조의 값싼 감상주의에 함몰되지 않는다. 대학로에서 공연되는 무수한 연극 속에서 박근형 표 연극이 돋보이는 까닭은 지금까지와 사뭇 다른 표현으로 익숙하지 않은 연극을 하기 때문이다. 홍상수의 영화를 떠올리게 하는 그 새로움의 정체는 낯익은 일상의 전복에서 온다. 그런 새로움은 세계를 바라보는 시각과 가치관의 참신함에서 나온다.

새로움이 늘 좋은 것은 아니다. 그러나 그 새로움이 인간과 사물의 관계에 관한 기존의 진부한 사유에 틈을 내고 자신의 내면을 응시하고 반성할 수 있는 성찰의 장을 관객들에게 펼쳐놓을 때, 그것은 싱싱한 생명력으로 충만한 영감을 얻게 된다. 영감이라는 이름으로 무장한 박근형의 작품은 매번 날카로운 이성의 옷을 입게 되지만 감성의 마음에 느낌표를 찍는 행위를 잊지 않는다.

박근형이 그 누구도 선택하지 않은 그 길을 고집스럽게 갈 때, 그림자처럼 외로움이 붙어 다니겠지만, 그런 고독은 인생의 참모습을 엿본 예술가들에게 천형처럼 부여된 행복한 지병이다. 박근형은 천재에게 발견되는 재능이라는 것이 평범한 한 인간의 삶에 관한 결핍에서 비롯된다는 진리 아닌 진리를 깨우쳐주기도 한다.

그러하기에 단언하건대, 지금 이 시각, 대학로에서 박근형과 작업을 하고 있는 스태프들과 배우들은 행복하다. 왜냐하면 한국 연극이 지금껏 가보지 못한 신천지를 개척하고 있기 때문이다.

저 먼 곳에서 메아리치는 예지의 목소리가 들리는가

베르나르 마리 콜테스, 〈로베르토 쥬코〉

일시 2003년 9월 12일~14일
장소 국립극장 달오름
연출 기국서
주관 극단 76

밤의 문을 열고

영원한 폭풍의 날개를 달고

황금빛으로 빛나는 별들의 모양을 손바닥에 그리며

하늘의 신비를 어깨에 드리운 채

느닷없이 예언자들이 방문한다면

작은 소리들로 가득 찬

인류의 귀여

너는 들을 것인가?

선지자들의 목소리가 살해된 아이들의 뼈로 만든 피리를 분다면

순교자들의 외침으로 불 탄 바람을 토해낸다면

죽어가는 노인들의 한숨으로

다리를 놓는다면

사랑하는 이의 심장을 찾는 연인들처럼

담지자들이 인류의 밤에 일어선다면

인류의 밤이여

너는 그들에게 내줄 심장을 가지고 있을 것인가?

— 넬리 작스, 〈느닷없이 예언자들이 방문한다면〉 부분

누가 진짜 미치광이 살인자인가

고운 것은 더럽다. 그러나 더러운 것은 곱다.

— 셰익스피어, 〈맥베스〉 중에서

울지 말아요, 당신은 막 울려는 여자의 얼굴을 하고 있군요. 난 그
런 모습을 증오해요.

— 로베르토 쥬코의 대사 중에서

여기 '로베르토 쥬코'라는 이름을 가진 한 사내가 있다. 쥬코는
살인자다. 어머니의 말을 빌리자면 '제 아비를 죽여서 꽁초를 버
리듯 창문 밖으로 내던진 놈'이고 '길거리의 개들조차도 인간으로
보지 않는 똥파리만도 못한 미친 놈'이다. 한 사회의 윤리적인 기
준으로 판단하건대 한마디로 도덕적인 금치산 선고를 받은 '더러

운' 패륜아다. "너를 낳은 것이 나란 말이냐? 나한테서 네가 나왔단 말이냐? 내가 널 여기서 낳지 않았다면, 네가 태어나서 요람에 눕혀지는 걸 내 눈으로 보지 않았다면, 난 내 앞에 서 있는 사람이 내 아들이라고 믿지 못할 거다." 그리하여 자신을 찾아온 탈옥한 아들을 향해 내뱉는 어머니의 탄식은 "갓난아기였을 때 진작 쓰레기통에 갖다 버렸어야 했다"는 후회로 이어진다.

"절벽 밑으로 떨어져 찌그러진 차는 아무도 고치려 하지 않는 법이다. 탈선한 기차는 아무도 철로 위에 되돌려놓으려 하지 않는 법이야. 버려진 채 잊힐 뿐이지. 난 널 잊어버리겠다, 로베르토, 난 벌써 널 잊었다"는 대사에서도 짐작할 수 있듯 어머니한테마저 기억하고 싶지 않은 소거의 대상으로 전락해버린 그는 구제불능의 문제아에 다름 아니다.

그런데 "24년 동안 얌전하던 이 아이가 왜 갑자기 미쳤을까?" 타인의 눈에 비친 쥬코는 자신의 부모를 죽이고 형사를 죽이고 인질로 잡은 아이까지 살해한 명백한 범죄자다. 그러나 정작 쥬코는 지하철에서 만난 늙은 신사에게 자신을 '부드럽고 평화로운 사람', '평범하고 분별 있는 젊은이', '학교 다닐 때도 눈에 잘 띄지 않은 얌전하고 조용한 모범생'으로 소개한다. '조용히 사는 제일 좋은 방법은 유리처럼 투명해지는 것'이라고 말하고 스스로 '투명 인간이 되는 꿈'을 꾸고 있다고도 한다.

쥬코가 볼 때 오히려 그가 생각하는 진짜 살인자들은 세상에 드러난 영웅들이다. "영웅들이란 범죄자들이죠. 피로 범벅이 된 옷을 입지 않은 범죄자들이란 없고, 세상에서 남들에게 늘 주목받는 유일한 건 바로 피죠. 피란 세상에서 제일 눈에 잘 띄는 겁니다." 노인에게 건네는 쥬코의 말은 그래서 의미심장하다. 그것은 '실험실의 철창 안에 갇혀 있는 모르모트'와 같은 영웅들은 늘 '타인을 죽이고 싶은 욕구'를 그들의 '얼굴과 행동거지에 드러내고' 있다고 암시한다.

이제 정상인과 범죄자를 명확하게 구분하기가 힘들어진다. 누가 진짜 살인자고 누가 정상인인가. 이 세상이 하나의 거대한 감옥이자 정신병원에 다름 아니라면, 예컨대 정신병동을 탈출한 광인의 눈에 비친 세상 사람들은 모두 비정상이다. 경찰들의 대화처럼 '살인자란 결코 살인자처럼 보이지 않는 법'이라고나 할까.

그들의 불행은 무엇에서 기원하는가

혼숙과 난교의 아픈 밤을 보낸 미성년의 신발들 같은……
— 이성복, 〈아, 입이 없는 것들〉 중에서

내 인생에서 할 일은 없어. 난 다른 사람들이 하는 일을 하지 않아.
— 로베르토 쥬코의 대사 중에서

범죄자가 정상인이고 정상인이 범죄자로 뒤바뀐 이 세상에서 자신의 이름을 잊어버릴까 두려워하며 그림자처럼 익명으로 떠도는 쥬코는 불행하다. 스스로 불행하다고 여기는 그는 '지금처럼 불행하지 않게 쓰레기통을 뒤지는 거리의 개로 다시 태어나고 싶다'고 입버릇처럼 중얼거린다. 쥬코는 '조용하고 평온하고 여자들도 있다'는 이유로 '세상에서 자신이 제일 좋아하는 장소'로 빨래방을 지목했지만, 그런 심리의 이면에는 그곳에서 자신의 몸과 마음을 깨끗하게 세탁하고 거듭나고 싶다는 재생과 부활의 욕구가 감춰져 있다. 그러니까 어쨌든 모든 것은 불행에서 출발한다.

쥬코가 만나는 사람들은 거의 예외 없이 불행의 늪에서 헤어나오지 못하는 이들이다. 아예 이름조차 없는 여자아이는 '불행을 쫓아내기 위해 노래 부르지만' 쥬코에게 순결을 내주고, 이름을 말하지 않겠다는 약속도 지키지 못한 채 경찰에게 쥬코를 밀고하며 나중에는 오빠의 손에 창녀촌에 팔리는 신세가 되는 '내 불행을 못 잊는' 소녀다. 아무한테도 사랑받지 못하고 늘 혼자였기에 미리 앞질러 울어버리는 습관이 몸에 밴 여자아이의 언니는 '불행이란 아무 때나 나타나 순식간에 모든 것을 변화시켜버린다'고 믿으며 자신의 부모와 남동생과 집을 혐오한다.

이 언니의 유일한 집착과 관심의 대상은 여동생이라, 여자아이의 불행은 곧 언니의 불행으로 전이된다. 여동생의 순결을 감시하고 지키려던 여자아이의 오빠도 그것이 불가능하게 됐다는 것을 직감하자 '불행을 견딜 수 없다'고 토로하며 누나에게 그 불행을 나눠달라고 부탁하지만, 결국 포주에게 사랑하는 동생을 넘기면서 울고 만다. 자신에게 들이닥친 불행에 굴복한 것이다.

여자아이의 아버지는 가난 때문에 불행하고 여자아이의 어머니는 술에 찌든 남편의 구타 때문에 불행하다. 지하철에서 만난 늙은 신사는 길을 잃고 어느 순간 낯설어진 세상 때문에 난감해하고, 공원에서 만난 우아한 부인은 자신을 백치처럼 취급하는 남편과 아들과 가정부 때문에 괴로워한다. 심지어 쥬코에게 살해되는 형사조차 죽기 직전 어디서 오는지 모를 마음속의 슬픔과 불안 때문에 우울해한다.

스스로 불행하다고 생각하는 사람은 불행하다. 내일 무엇을 해야 할지 모르는 사람은 불행하다. 그들은 모두 불행하지만 그 불행의 씨앗인 원인을 정확하게 포착하지 못한다. 공포의 대상은 눈에 보이지만 불안의 대상은 눈에 보이지 않기 때문이다. 단지 어떤 전조나 징후만 막연하게 감지될 뿐이다. 그리고 그 정체를 알 수 없는 기미는 중독성이 강한 바이러스처럼 서서히 번져간다. 즉, 원인이 밝혀지지 않은 불행이 전염병처럼 온 세상을 뒤덮고 마는 것이다. 달리 말하면, 자기 정체성을 상실한 채 이 세상에서 숨을 쉬고 있다는 것 자체가 불행이라고 할 수 있을까.

'인생에서 가치 있는 것은 사랑뿐'이라고 주장하는 여자아이의 언니가 가진 믿음처럼, 그런 불행에서 그들을 구원해줄 수 있는 것은 사랑일 것이다. 그러나 안타깝게도 쥬코의 자각대로라면 '남자는 여자가 필요하고, 여자는 남자를 필요'로 할 뿐, 이 세상에 진정한 '사랑이란 없다.'

이미 말해진 것들과 아직 오지 않은 것들

아, 그리하여 삶의 시계는 방금 멎고 나는 더 이상 이 세계에 있지 않다.

— 랭보, 〈지옥에서 보낸 한 철〉 중에서

어쨌든 일 년이나 백년이나 마찬가지야. 빠르든 늦든, 언젠가는 모두 죽어야 하니까.

— 로베르토 쥬코의 대사 중에서

여기 비루한 세상의 슬픔을 미리 보아버린 불행한 시인이 있다. 세상의 온갖 냄새나는 오욕과 더러움에 몸을 섞다 간 시인이 있다. 시인이란 무릇 무한한 시간과 공간을 꿰뚫어볼 수 있어야 하고, 모든 제약과 통제를 무너뜨린 영원한 신의 목소리를 대변하는 견자見者이다. 그 말은 이 세상에서 '시인'이라는 존재야말로 진정으로 우주와 교감하는 유일한 인간, 진실로 사람다운 사람이라는 뜻이리라.

그러나 쥬코는 시인의 운명을 타고났지만 천상에서 쫓겨나 버림받은 새 신천옹처럼 지상에서 자기모멸과 비하의 막막한 늪을 건너가고 있는 살인자 아닌 살인자에 불과하다. 자궁에 대한 저주와 구토를 삼킨 채 무기력과 불감증에 빠진 이 사회를 저주하는 낙오자일 뿐이다.

지상에서 자신의 존재를 인정받지 못한 시인은 이제 광인이 된다. 정신병자의 외침처럼, 갓 태어난 아기의 옹알이처럼, 의미를 파악하기 힘든 죽은 영혼의 몸짓처럼, 썩어가는 다리의 향취를 맡고 웃음 짓는 기이한 미치광이의 모습. 결국 광인이란 미친 공기를 호흡하지만 미치지 않으려고 극단적인 자기암시를 해야 하는, 저절로 그럴 수밖에 없는 대책 없는 자들이 아닌가.

늘 그렇듯 아름다운 것은 언제나 미치게 아름답고 자학의 쾌감은 진정한 삶을 향한 갈구에서 비롯된다. '나는 살고 싶지 않다'는 비명 속에는 그 얼마나 지독한 삶을 향한 열망과 애착이 녹아 있으며 내 몸이 아픈데도 아프지 않다고 말할 수밖에 없는 아픔은 또한 그 얼마나 큰 아픔일 것인가. 그렇기에 자신의 팔이 잘려나가는 아픔조차 느낄 새가 없는 정신적 혼돈을 겪고 있는 쥬코는 도저한 시인일 수밖에 없다.

"난 매일 오가는 투명한 길 뒤에 음침한 터널과 미지의 방향들이 숨어 있다는 걸 몰랐어." 늙은 신사의 자조 섞인 독백처럼 깨달음은 늘 뒤늦게, 어느 순간, 느닷없이, 불쑥 '나'를 찾아온다. 노신사를 변모시키고 이전과 다른 자신을 발견하게 만드는 그런 두려움과 혼란은, 그러나 쥬코에게 이르면 무의미해진다. 쥬코는 자신의 의지와 무관하게 움직이고 행동하기 때문이다. 아니, 어쩌면 아예 의지가 없는지도 모른다.

쥬코에게 존재하는 것은 의지가 아니라 욕망이나 충동이다. 그 욕망이나 충동은 지극히 원시적이지만 펄펄 살아 뛰는 날것의 싱싱함을 그대로 간직하고 있다. 맨몸, 맨살에서 터져 나오는 잡티가 섞이지 않은 순수한 아름다움. 불순물이 가라앉지 않은 자연 그 자체의 미는 숭고하고 장엄하다. 아름다움의 극치를 지향하는 이는 역설적이지만 그렇기에 미치지 않을 도리가 없다. 미의 절정은 광기로 치달을 수밖에 없기 때문이다.

하여, '미로 같은 통로와 계단들의 교차로'에서 '닫힌 철책'을 부여잡고 '하얀 전등들이 반짝이는 세상의 이상한 불빛' 아래 내던져진 채 자신의 존재를 비웃고 조롱하는 쥬코는 미쳤다. 미쳐도 아주 단단히 미친 것이다. 그러나 그 미침은 황혼을 뒤덮는 어둠에 맞서 다시 붉은 붓을 들고 세상이라는 거대한 감옥을 향해 거침없이 내두르는 황홀한 착란일 것이다.

"떠나야 해요, 기필코 떠나야 해요. 잡히고 싶지 않아요. 감옥에 가고 싶지 않아요." 쥬코는 부르짖지만 그 바람은 허망하게 스러지고 그는 다시 체포된다. 세상의 지옥인 감옥 안에 갇히지만 그곳에서도 끊임없이 탈주를 꿈꾼다. 원자폭탄의 파열처럼 강렬한 빛에 휩싸여 설령 두 눈이 멀지라도 이 세상에서 멀리 도주해 '바람의 근원인 태양의 성기'를 향해 몸을 움직여 끝까지 가보는 것, 그것이 쥬코 같은 이방인에게 주어진 불행하지만 행복한 소명이자 그 시대에서 철저하게 소외돼 격리된 이들이 필연적으로 걸어가야 할 아웃사이더의 길이다. 쥬코의 탈주는 비록 실패로 끝나지만 그 실패는 언젠가는 오고야 말 새벽을 향해, 그 여명의 찬란한 붉음을 향해 한 걸음 한 걸음 더디고 느리게 전진하는 고독한 선지자의 담담한 육성을 증거하고 있다.

이미 말해진 것들은 늙고 병들었다. 그러나 아직 오지 않은 것들은 젊고 건강하다. 완성되지 않은 것들을 향한 목마른 기다림. 언제나 그랬듯 먼 나라에서 도착한 시간은 길고 아득하며 그 시간을 견디는 사랑은 짧고 지독하다. 침묵과 어둠의 환각 속에서 때로는 관능적이고 가끔은 치열했지만 대부분 우울하고도 괴롭던 치명적인 나날을 건너 온 젊은 그들, 그들은 그렇게 아름다운 죽음으로 새 세상을 건설한다.

손자는 괴롭고 할머니는 외롭지요?

박상륭, 〈남도〉

일시 2004년 7월 2일~14일
장소 서울 연극실험실 혜화동 일번지
연출 박정석
주관 극단 바람풀

〈남도〉를 보려고 이 더운 여름날 극장에 나와주신 관객 여러분, 고맙습니다.

우선 제 소개를 간략하게 하지요. 저는 희곡 쓰는 일을 직업으로 삼고 있으며, 연출가와 협력해 작품을 무대 위에 잘 올릴 수 있도록 텍스트를 분석하고 해석하는 일을 맡은 드라마투르거 Dramaturg로 이번 연극에 참여하고 있습니다. 이제 여러분은 저와 함께 대략 한 시간 반 동안 결코 만만치 않은 '남도' 답사 길에 오르실 텐데요. 그렇지만 여러분이 이 작품을 최대한 쉽게 이해하실 수 있도록 친절하게 길을 안내해드릴 생각입니다.

이 작품의 원작은 박상륭 작가의 소설입니다. 박상륭 선생은 일반 독자들에게 조금 생소하고 낯선 작가일 수도 있겠네요. 그러나 문단에서는 동서고금의 신화와 종교, 철학을 아우르는 심오하고도 방대한 사유체계와 우주적인 상상력 그리고 독보적인 문

237

체로 확고한 자기 세계를 구축한 분으로 알려져 있어요. 한국 문학에서 좀처럼 찾아보기 힘든 형이상학과 관념적인 소설 세계를 극한까지 밀어붙여 일가를 이루신 분이지요.

무슨 말인지 잘 모르겠으니 쉽게 풀어서 설명해보라고요? 그러니까 다시 말해서 일상에서 접하기 힘든 아주 어려운 생각을 글로 표현한 분이라는 거지요. 음, 〈유리〉라는 영화를 기억하세요? 네, 맞습니다. 그 영화도 박상륭 선생의 장편소설 〈죽음의 한 연구〉를 각색해서 만든 작품입니다.

몇몇 눈 밝은 비평가와 독자를 제외하고는 문학평론가들조차 대부분 혀를 내두르며 고개를 설레설레 젓게 만든 박상륭 선생의 작품을 최근 영화뿐만 아니라 연극 무대에서 자주 만날 수 있는 것은 그러하기에 참 아이러니하지요. 그러나 어찌 보면 너무나 당연한 일인지도 모르겠어요. 캐나다에 거주하던 작가의 귀국과 맞물려 얼마 전부터 문단에서도 '박상륭 문학제'를 비롯해서 작가의 작품을 재해석하고 새롭게 평가하는 일련의 연구 작업이 활발하게 진행되고 있는 걸 보면, 좋은 작품은 아무리 난해하더라도 시간의 주기를 훌쩍 뛰어넘어 언젠가는 빛을 보기 마련인가 봅니다.

대학로에서 일찍이 연출가 이윤택 선생이 무대에 올려 화제가 된 〈불의 가면 — 권력의 형식〉을 시작으로 〈뙤약볕〉, 〈남도〉, 〈평심〉 같은 작품들이 공연된 바 있습니다. 그중에서 김광보 연출의 〈뙤약볕〉과 박정석 연출의 〈남도〉는 초연 때 원작자가 자신의 작품을 제대로 이해하고 무대에 올린 드문 경우라는 찬사를 보낼 정도로 굉장히 선명하고 강렬한 인상을 관객들에게 심어준 것으로 기억합니다.

《토지》의 작가 박경리 선생이 소설을 쓰려는 사람들은 꼭 이 작품을 읽어봐야 한다고 적극 추천하신 박상륭의 〈남도〉 연작은 작가가 구사하는 언어 미학의 진수인 토속적인 전라도 사투리로 빚은 유장한 가락과 시적 몽환의 극치를 맛볼 수 있는 아주 짧은 단편들로 구성돼 있습니다. 그 가운데 이번에 다시 공연되는 〈남도〉는 〈남도2〉를 모태로 탄생한 연극입니다.

지금까지 소개된 작가 정보로 미루어 짐작해보건대, 이 소설도 난해하기 이를 데 없는 작품이겠구나, 하고 미리 겁내실 필요는 없습니다. 왜냐하면 소설의 줄거리는 동양 연극의 전통이 그렇듯 의외로 단순하고 명쾌하니까요. 몇 년 전 엄청난 인기를 불러모으며 극장가를 휩쓴 이정향 감독의 〈집으로...〉처럼 할머니와 손자 사이에서 벌어지는 가족 이야기이기 때문이지요.

물론 이정향 감독의 영화가 평범하고 소박하기 이를 데 없다면 〈남도〉는 훨씬 더 원초적이고 어떤 면에서는 속되고 상스러울 수도 있으며 나아가서는 아주 잔혹한 느낌으로 다가올지도 모르겠네요. 접근하는 방법은 다르지만 두 작품 모두 궁극적으로는 이 땅에서 가족 구성원으로 살아가는 사람이라면 누구나 한번쯤 겪어봤을 법한 인간 본연의 애증 관계, 거기서 파생되는 상처와 아픔, 그리움과 기다림이 교차된 희로애락의 정서에 관해 말하고 있습니다.

무대는 깊은 산속 외딴 집, 재 너머 저쪽의 바깥세상을 그리워하는 손자와, 딸이 버리고 간 그 손자가 자신을 버리고 떠나갈까 노심초사하는 할머니가 두 몸이 한 몸인 듯 살아가고 있습니다. 시간과 공간, 그리고 상황 설정이 한국을 대표하는 희곡 작가인 함세덕의 〈동승〉이나 최인훈의 〈봄이 오면 산에 들에〉와 비슷한 점이 눈에 띄지요. 봄, 여름, 가을, 겨울, 그리고 봄. 시간은 그렇게 속절없이 흘러가고 한 살 두 살 나이를 먹은 손자는 자신을 품에서 한시도 떼놓지 않으려 하는 할머니의 집착이 무섭고 두려워 그 곁을 벗어나 미지의 세계를 향해 자유롭게 훨훨 날아가고 싶어하지요. 그럴수록 할머니는 손자가 도망가지 못하도록 머리채를 잡고 잠이 들기도 하고 새끼줄로 목을 묶어 일터에 내보내기도 하고 가끔 다 자란 손자의 성기를 쓰다듬어 성적인 쾌락까지 제공합니다.

그게 어디 정상적인 할머니와 손자 관계냐고 되물으실지 모르겠지만 그러나 어쩌겠어요. 할머니를 버려두고 떠나려는 손자의 갈망을 사춘기 소년의 철모르는 행동이라고 나무라기 힘들듯, 깊고 깊은 산속에 홀로 남겨진다는 두려움 때문에 손자를 구속하고 얽매는 할머니의 애달픈 마음을 도덕적인 잣대를 들이대 함부로 비난할 수는 없겠지요.

어느 무더운 여름밤, 할머니와 함께 산에 올라간 손자는 여우들이 교미하는 것을 보고 다시 바깥을 그리워하게 됩니다. 손자의 변화를 눈치챈 할머니는 그 순간 발작을 일으키고 앓기 시작합니다. 손자를 향해 네가 나를 두고 도망가면 천벌을 받아 두 눈이 멀게 될 거라는 입에 담지 못할 저주를 퍼붓기도 하지요.

사랑도 지나치면 병이 되는 걸까요. 사랑도 여러 종류가 있지만, 문명사회의 기준을 엄격히 적용해 손자를 향한 할머니의 미련할 정도의 집착을 사랑이 아니라고 그 누가 감히 말할 수 있겠습니까. 또 사랑은 상대방을 구속하는 것이 아니라 자유롭게 풀어주는 것이라는 이상적인 논리로 할머니의 병적인 사랑을 폄훼하고 깎아내릴 수 있겠습니까.

그러나 호기심과 답답함을 참지 못한 손자는 이런 할머니의 간절한 바람을 저버리고 결국 산속으로 도망을 치고, 그 와중에 길을 잃고 헤매다 한쪽 눈이 뽑히는 무서운 체험을 하게 됩니다. 세상을 다 살아버린 듯한 할머니의 예언이 그대로 들어맞았다고 봐야겠지요.

할머니는 집으로 돌아온 손자가 다시 도망치지 못하게 새끼줄로 자신의 몸과 손자의 몸을 이어 묶습니다. 그리고 시간은 흘러 가을이 지나고 찬바람이 쌩쌩 부는 추운 겨울 한 날, 할머니는 손자에게 그동안 가슴 저 깊은 곳에 묻어둔 자신의 인생 내력과 손자의 어머니에 관한 이야기를 들려줍니다. 그 이야기를 듣고 손자가 어머니가 있는 갯가로 가야겠다고 하자 할머니는 손자에게 술을 먹여 취하게 한 뒤 어여쁜 색시 옷으로 갈아입고 손자를 유혹합니다. 백발이 성성한 늙은 할머니가 요염한 교태가 흐르는 젊은 여자로 변하는 순간이지요.

술에 취해 성욕에 사로잡힌 손자와 몸싸움을 벌이다 할머니는 실수로 손자의 한쪽 눈을 다치게 하지요. 눈을 치료하던 할머니는 무슨 생각에서인지 손자의 온전한 눈마저 뽑아버립니다. 영화 〈서편제〉의 한 대목을 연상시키는 이 부분은 가히 엽기적이라고 할 만큼 관객을 경악과 전율로 몰아넣습니다. 어느 정도 이해하면서 연극을 관람하던 분들도 이 장면에서는 혀를 끌끌 차면서 불편한 심기를 내비치게 될지도 모르겠습니다.

그러나 놀라지 마십시오. 더 충격적인 장면은 그 다음에 벌어지니까요. 이제 두 눈 모두 완전히 멀어버린 손자는 오히려 할머니가 자신을 버리고 떠날까 두려워하며 할머니와 성관계를 맺습니다. 관계의 역전이라고 해야 할까요, 아니면 상황의 반전이라고 봐야 할까요. 일단 할머니와 손자의 가족 관계가 남자와 여자의 관계로 바뀌게 되는 것이지요. 할머니도 그렇고 손자도 그렇고 다들 인륜을 어긴 몹쓸 사람들이라 손가락질 받을 수도 있습니다.

하지만 곰곰이 생각해보면 가족이라는 관계는 문명사회가 인위적으로 맺어준 하나의 제도나 장치에 불과한 건 아닐는지요. 금기나 터부를 자유롭게 해방시킨 부모 자식 사이는 남성과 여성이라는 암컷과 수컷의 관계 그 이상도 이하도 아니지요. 인간은 사유하는 존재라거나 인간은 만물의 영장이라는 명제는 이제 끼어들 여지가 없어지지요. 더 직접적으로 말해서 인간은 짐승과 하등다를 바 없다는 놀라운 진실이 드러나는 것이지요. 그런 진리를 자연스럽게 부각시켜준 영화가 90년대 중반 한국에서 개봉된 일본의 거장 이마무라 쇼헤이의 〈나라야마부시코〉입니다.

가족이란 대체 무엇일까요. 어머니와 아들, 아버지와 딸, 손자와 할머니는 무엇입니까. 하늘과 땅, 산과 바다, 이성과 욕망 그리고 남자와 여자는 무엇인지요. 이것을 다 품고 있는 모든 생명의 근원이란 또 무엇인가요.

할머니와 손자는 인적이 끊긴 한겨울의 오두막집에서 인류 최초의 원시적인 인간으로 거듭나게 되지요. 할머니의 병은 점점 깊어갑니다. 손자는 할머니가 일러준 늙으면 죽어야 하고 모든 생명은 죽어서 다시 살아난다는 대자연의 순환 사상을 몸으로 받아들여 성교 도중에 할머니를 목 졸라 죽이게 됩니다. 여기까지 이르면 눈가가 붉어지면서 눈시울이 뜨거워지는데요.

대지모신인 어머니의 뱃속에서 한 몸이었다가 두 몸으로 갈라져 나온 인간은 다시 한 몸으로 돌아가기를 원하지요. 손자는 할머니의 몸속으로 들어가고 싶어하고 할머니는 손자를 받아들이면서 서서히 죽어갑니다. 그 순간 남자인 손자와 여자인 할머니는 모든 만물에 불성이 깃들어 있다는 범신론적인 우주 신앙에 바탕을 둔 하나의 인격을 갖춘 자연으로 다시 태어나지요.

이 세상에 이것보다 더 황홀하고 애틋한 열락이 또 어디에 있겠습니까. 고통스럽지만 고통스럽지 않고 슬프지만 슬프지 않습니다. 서양의 어느 유명한 철학자의 말을 빌려 표현하자면 단지 깨끗하고 고운 것만이 아름다운 게 아니고 더럽고 추한 것도 아름다울 수가 있지요. 저절로 고개가 숙여지는 속된 상스러움도 이 세상에는 얼마든지 존재할 수 있는 것이니까요.

모든 늙은(낡은) 것은 죽습니다. 늙거나 낡은 것들은 젊고 새로운 것들에게 밀려나기도 하고 죽임을 당하기도 하지요. 생로병사와 통과의례로 요약되는 이런 자연 법칙은 어쩌면 인간 세상의 역사와 문화 사회 전반에 그대로 적용되는 보편적인 원리인지도 모르겠어요. 그러나 늙고 병든 것이 새로 태어나는 것에 순순히 자리를 물려주지는 않습니다. 끊임없는 대립과 갈등에서 비롯되는 긴장 관계가 형성되고 살아남으려는 조용하고도 치열한 싸움이 내부에서 진행되기 마련입니다. 그러니까 우리가 스스로 그렇게 돼간다고 믿는 자연도 그 속을 들여다보면 우연히 흘러가는 게 아님을 이 작품은 증명하고 있습니다. 상황 전개가 기괴하고 혼돈에 가까운 카니발의 속성을 띠는 것도 다 그래서 그렇겠지요. 파괴적인 열정, 그리고 그것과 대비되는 생성의 충만함으로 가득 찬 초연이 관객들에게 조금 어렵게 느껴졌다면, 그것은 아마도 원작의 짙은 남도 사투리를 그대로 무대 위에 살리고자 한 연출가의 뚝심과 의지 때문이었을 테지요.

실제로 원작에는 소굼(소금), 여시(여우), 쎄(혀), 말짱(전부), 독새(독사), 질손(길손), 삥(병), 펄(팔), 제복(제법), 갱기고(감기고), 심(힘), 미렉(미륵), 외리(오리), 창시(창자), 거쿱(거품), 이쉬(잇어), 근섬(근심), 마내(마누라), 바대(바다), 인섬(인심), 암재(암자), 민묵(면목), 실겅(시렁), 시월(세월), 부석(부엌), 차꼬(자꾸) 같이 조금만 주의를 기울이면 그 뜻을 유추할 수 있는 비교적 귀에 익숙한 사투리도 많이 나오지만, 돌가지꽃(도라지), 고단 새(그 사이), 움시나(울면서), 진태(눈비가 섞인 진눈깨비), 저실(겨울), 고자배기(죽은 나무 밑동), 백택없이(까닭 없이), 솔부작(잔솔), 되떼(도리어), 팔밭(화전), 집까댁이(누추한 집), 포란(푸른), 글매(글쎄), 끈 트럭(낫으로 찍어낸 나무의 송곳 같은 끝), 깟딱꾸다간(까딱 잘못하다간) 같이 일상에서 좀처럼 접하기 어려운 낯설면서도 진하고 원색적인 토종 방언들이 넘실대고 있습니다. 가히 방언의 축제라고나 할까요.

사투리는 단순한 지역 언어가 아니라 생생하게 살아 있는 민중의 언어이자 민족 문학의 보고라 할 수 있는 무형의 풍요로운 자산이지요. 그러하기에 한국을 대표하는 연극인인 오태석 선생도 최근 그동안 써온 희곡 작품들을 각 지방의 방언으로 바꾸어 무대 위에 올리는 작업을 왕성하게 벌이고 있는 거겠지요.

그러니까 관객 여러분도 말이 귀에 익숙하지 않다고 그냥 흘려버릴 게 아니라 적극적인 자세로 연극에 개입해서 공연과 몸을 섞고 함께 뒹굴었으면 합니다. 어쩌면 한 편의 좋은 연극 공연은 배우와 관객이 같이 만들어나가면서 탄생하는 것일 수도 있으니까요. 또 박수를 치고 깔깔대면서 즐겁게 볼 수 있는 작품도 있어야 하듯 이 공연처럼 불편함을 참아가며 인내심을 가지고 진지하게 지켜봐야 할 작품도 있습니다. 그런 과정을 거쳐 작가와 연출가와 배우와 관객은 같이 성장하고 발전해나가는 거겠지요. 어쨌든 드문 것은 귀한 법이니까요.

끝으로 끈기 있게 이 작품을 처음부터 끝까지 관람해주신 관객 여러분께 다시 한 번 감사하다는 말씀을 전합니다. 저와 떠난 짧은 남도 여행이 어떠셨는지 궁금하네요. '열정이 곧 재능'이라는 말이 있듯, 공연에 모자라는 부분이 있다면 여러분의 애정 어린 관심이 그 부족한 점까지 채워 이 작품을 완성시켰으리라 믿어 의심치 않습니다. 그리고 다음에는 더 나은 작품으로 여러분을 찾아뵙겠다고 감히 약속드려야겠네요.

댁으로 돌아가는 발걸음이 평안하시길 바랍니다. 고맙습니다.

제 그림자를 향해 오열하는 젊은 예술가들의 초상

체호프, 〈갈매기〉

일시 2004년 4월 14일~5월 2일
장소 서울 예술의전당 토월극장
연출 그리고리 지차트콥스키
주관 예술의전당

문제는 형식이 낡고 새롭다는 데 있는 게 아니라

어떤 형식에도 구애받지 않아야 한다는 거야.

왜냐하면 글이란 마음속에서 자유롭게 우러나오는 거니까.

— 트레플레프의 극중 대사에서

수연에게.

정말 뜻밖이었다. 날짜를 보니 연말에 부친 것 같은데 해가 바뀌고 한참이 지나서야 그 엽서를 받아보게 된 놀라움을 어떻게 설명해야 할까. 게다가 한동안 연락이 끊어진 옛 친구가 몇 년 만에 불쑥 소식을 전해왔다고 생각해봐. 집 주소는 어떻게 알았는지 궁금하네. 그러고보니 참 많은 시간이 흘렀구나. 네가 아무 말도 남기지 않고 훌쩍 그곳으로 떠난 지도. 돌이켜보면 너무 까마득한 날들이다. 엽서 끝에 적어준 시를 훑어보니 넌 여전히 삶에 관해 비관적이구나, 그런 짐작이 들어서 한편으로는 걱정스럽기도 했어.

오랫동안 적조한 탓일까. 무슨 말부터 꺼내는 게 자연스러울지 도무지 갈피를 못 잡겠어. 어쨌든 참 반갑다. 마치 오래전에 집을 나간 친동기를 다시 찾은 느낌이라고나 할까. 우선은 그냥 편하게 내가 사는 얘기부터 들려줘야겠네. 참, 내가 몸담고 있는 연극계 소식을 먼저 좀 전해줄까? 아마 너도 좋아할 걸. 네가 아끼는 작가 체호프에 관한 얘기니까.

작년 한 해 한국 연극계에서 빼놓을 수 없는 사건 중의 하나가 체호프 사망 백주년을 기념해 대표 희곡들이 크고 작은 공연으로 제작돼 일반 관객들에게 다가간 일일 거야. 러시아에서 연극을 공부하고 돌아온 연출가 전훈이 지난해 봄부터 체호프의 4대 장막인 〈벚꽃동산〉, 〈바냐 아저씨〉, 〈갈매기〉, 〈세자매〉를 계절별로 차례차례 무대 위에 올린 게 출발이었어. 한 해를 마무리하는 12월에는 극단 백수광부에서 〈굿모닝? 체호프〉라는 제목으로 체호프의 작품을 해체해서 재구성한 일종의 상황 실험극을 선보이기도 했지. 그런가 하면 〈세자매〉의 시공간을 1930년대 경성으로 옮겨놓은 〈세자매 — 잃어버린 시간〉이라는 작품도 발표됐다.

그러나 뭐니 뭐니 해도 가장 큰 화제가 된 공연은 러시아 본 고장의 연극인 그리고리 지차트콥스키의 연출로 예술의전당 토월극장에서 막을 올린 〈갈매기〉였어. 이 공연은 문화예술인들을 장려하려고 2004년 처음으로 마련된 올해의 예술 축제 연극 분야 최우수 작품으로 선정돼 새해 들어 문예진흥원 예술극장 재개관 기념으로 다시 무대에 올랐단다.

지차트콥스키의 〈갈매기〉에서 나를 사로잡은 것은 고혹적이라고밖에 달리 표현할 길 없는 길고 깊숙한 무대였어. 호수 위에 반사된 나뭇잎의 음영과 미세한 흔들림까지 섬세하게 잡아낸 시적이고 상징적이면서도 눈앞이 확 트이는 시각적인 무대는 그야말로 압권이었으니까. 셰익스피어의 〈한여름 밤의 꿈〉 대사를 동작과 리듬으로 구분해서 극적인 음악과 춤으로 표현한 막스 라인하르트의 새로운 연출 양식이 그랬을까. 아니면 그 옛날 환상적 사실주의를 표방한 바흐탄고프의 무대가 그랬을까. 마치 한 편의 황홀한 꿈을 꾸고 있는 듯한 마술 같은 무대로 배우들의 연기가 오히려 빛을 잃고 초라해 보일 정도였다니까.

리처드 바크의 〈갈매기〉에 나오는 조나단 리빙스턴 시걸처럼, 크고 화려한 비상을 꿈꾸다가 결국 꿈도 사랑도 잃어버리고 현실의 덫에 빠져 삼류 배우로 전락한 여주인공 니나의 고달프고 쓸쓸한 운명과 비슷하게 무대도 긴 여운을 남겼다고 해야겠지. 작품 속에서 자주 엇갈리는 인물들의 내면적인 아픔과 고통이 빚어낸 안타까운 사랑의 행로는 아름다운 자연을 연상시키는 객관적이면서도 서정적인 음악과 음향의 도움에 힘입어 가슴에 애잔한 파문을 일으키더구나.

널리 알려져 있듯 체호프의 희곡은 플롯의 비중을 최소한으로 줄인 탓에 발단과 결말이 분명하지 않고 사건도 크지 않으며 갈등도 겉으로 잘 드러나지 않잖아. 그래서 어떤 이들은 끔찍할 정도로 모호하고 지루해서 무슨 얘기를 하는 건지 모르겠다며 평가 절하하기도 하고, 심지어 체호프가 써놓은 '희극'의 의미를 확대 해석해서 아주 우스꽝스러운 코미디로 만들어놓기도 하지.

하지만 나는 조금 다른 시각을 가지고 있어. 한국 연출가들이 체호프의 희곡을 무대 위에 제대로 올리지 못하는 까닭은 체호프라는 인간의 품성이나 기질, 세계관을 잘 소화하지 못하기 때문이라는 생각이 드는 거야. 연출가가 극작가의 희곡을 공연으로 형상화하려면, 텍스트를 분석해서 새롭게 창조하는 일도 중요하지만 먼저 그 사람을 담아낼 수 있어야 한다고 봐. 나는 여전히 '글은 곧 사람'이라고 온전히 믿고 있으니까.

러시아 문학을 전공한 한 친구가 최근 체호프의 희곡 세계를 정리해서 '부재와 소멸의 윤리학'이라는 제목을 단 긴 논문을 발표했어. 너도 읽어보면 참 좋을 텐데. 논문에서 말하는 것처럼 체호프의 작품에는 늘 예술에 관한 논쟁으로 소일하는 사람들과 추억에 젖어 과거를 회상하면서 더 밝은 미래를 꿈꾸지만 자신이 처해 있는 상황과 일 때문에 끊임없이 불화할 수밖에 없는 우울한 지식인, 이뤄질 수 없는 사랑 때문에 고민하고 갈등하는 마음이 여리고 소심한 인물이 등장하잖아.

그러고 보면 "우리 인생의 원천은 사랑과 일과 지식이다. 인생은 또한 그 세 가지에 지배될 수밖에 없다"고 한 오스트리아의 정신분석학자 빌헬름 라이히의 주장은 바로 체호프의 희곡에 나오는 인물을 두고 한 말 같기도 해. 현대인의 복잡다단한 일상과 그속에 흐르고 있는 사랑을 특유의 능청맞은 시각으로 예리하게 포착해낸 우디 앨런의 독설을 빌리자면 사랑은 해도 고통스럽고 하지 않아도 고통스럽지. 그렇다면 결국 인간은 어떤 식으로든 모두 사랑을 하면서 살아갈 수밖에 없는 존재가 아닐까.

〈그리스인 조르바〉의 저자인 그리스의 국민 작가 니코스 카잔차키스는 생전에 "우리는 심연에서 와서 심연으로 간다. 이 두 심연 사이를 인생이라 부른다"는 유명한 말을 남겼고 영화감독 모흐센 마흐말바프는 한 폭의 수려한 유화 같은 작품 〈가베〉에서 "인생(사랑)은 빛깔과 같은 것. 남자와 여자도 빛깔과 같은 것"이라고 말했지. 마찬가지로 아마도 체호프는 이 세상에서 가장 아름다운 이야기는 사람들의 삶에서 우러나오는 거라고 믿은 것 같아. 왜냐하면 삶 자체가 곧 아름다운 이야기이기 때문이지. 눈이 시리도록 아름답지만 그만큼 슬프고 비극적인 이야기 말이야. 한 치 앞을 내다보지 못하는 인간의 서글픈 운명처럼 말이지.

너도 아마 기억할 거야. 〈벚꽃동산〉에 나오는 여든일곱 살 먹은 늙은 하인 피르스가 모두 떠난 뒤 텅 빈 집에 홀로 앉아 독백처럼 웅얼거리는 말을. "가버렸어. 모두 가버렸어." 인생의 고독과 허무함을 압축적으로 요약한 이 대사는 〈세자매〉에서 막내인 이리나가 쓸쓸한 어조로 입버릇처럼 되뇌고 있으며 벨기에 태생의 작가 마테를링크의 〈틈입자〉에서도 반복되고 있지.

그런 의미에서 "지금 우리가 행복할 수 있는 것은 어디에서인가 아무 말 없이 자신의 무거운 짐을 짊어지고 있는 사람들이 존재하기 때문입니다. 불행한 이들의 침묵이 없었다면 지상에 행복 같은 것은 없었을 겁니다"라고 단언한 체호프야말로 인생의 참의미를 직시한 진실한 예술가라는 생각이 드는구나.

공연을 보고 집으로 와 먼지 쌓인 책장에서 다시 〈갈매기〉를 꺼내 읽고 있다. 언제였지? 삼청동에 있던 전통 찻집 '기억할 만한 지나침'이었나? 생각난다. 니나가 자신의 옛사랑 트레플레프를 찾아와 미친 여자처럼 중얼거린 마지막 대목. 그 부분을 또박또박 소리 내 다시 읽어본다.

"우리가 글을 쓰든 무대에서 연기를 하든, 중요한 건 그토록 동경하던 명성이나 영광이 아니라 실은 인내력이라는 것을 이젠 알겠어요. 그래요. 이제야 겨우 깨달은 겁니다. 자신에게 지워진 십자가는 자기 스스로 져야 한다는 것을. 그렇게 생각하면 그다지 괴로울 것도 없고 인생이라는 것 자체도 두렵지만은 않아요."

니나의 뒤늦은 각성처럼 삶이란 어쩌면 자신에게 주어진 길을 묵묵히 걸어가는 게 전부인지도 모르겠다는 이야기를 두서없이 주고받으며 한숨을 내쉬던 그 늦은 겨울 저녁의 스산한 풍경들. 가로수 불빛 아래로 쏟아지던 철 지난 유행가 한 줄. 까맣게 잊은 줄 알았는데 눈앞에 선하다.

오늘은 하늘이 잔뜩 찌푸린 게 그때처럼 꼭 눈이라도 쏟아질 듯한 품이야. 처음 글을 쓰려 하던 그 시절처럼 첫눈을 기다리는 설렘과 가슴 떨림으로 수줍고 부끄러운 내일 아침을 맞을 수 있을까? 네가 가 있는 그곳은 어때? 거기서도 너를 향해 희미하게 웃고 있는 내가 보여?

우리는 날아간다, 저 광활한 우주 속으로

배강달, 〈우주비행사〉

일시 2005년 5월 6일~7일
장소 경기도 부천 복사골 문화센터 아트홀
연출 조현산
주관 극단 예술무대 산

우리는 지금 여기 있습니다.

— 칼 세이건

율이에게.

너는 아마 이 아저씨를 정확하게 기억하지 못할 거야. 엄마 손 잡고 놀이방에서 나온 너를 본 지도 벌써 일 년이 훨씬 지났네. 아저씨는 엄마 친구고 율이의 엄마 아빠처럼 연극 일을 한단다. 엄마랑 아빠는 배우고 아저씨는 배우들이 무대에서 공연할 수 있는 글인 희곡을 써주는 작가라는 게 다르다면 다르지. 율이에게는 아직 연극이나 배우, 희곡이라는 말 자체가 낯설겠구나. 괜찮아. 이다음에 학교 들어가서 한글을 배우면 자연스럽게 다 알게 될 테니까 말이야. 지금 율이에게 쓰는 이 편지도 그때쯤이면 읽을 수 있을 테고.

오늘 우리 귀여운 어린 왕자에게 아저씨가 몇 주 전에 본 연극 한 편에 관해 이야기를 들려주려고 해. 재미있는 동화책이나 만화책보다 훨씬 더 좋은 아동극이었어. 아동극, 그러니까 어린이 연극은 율이처럼 나이 어린 꼬마들이 엄마, 아빠랑 손잡고 와서 보는 연극을 말해. 그날도 율이만 한 아이들이 부모님 따라 많이 보러 왔더구나. 그래서 이 아저씨가 율이 생각이 더 난 걸까? 연극의 제목은 〈우주비행사〉. 어때? 제목만 들어도 한 번 보고 싶은 마음이 들지 않니?

이 연극은 세계 최초의 우주비행사인 유리 가가린의 이야기에서 시작해서 어린 시절, 무중력 상태에서 훈련을 받는 모습, 로켓을 타고 우주 공간을 헤엄쳐 다니는 장면까지 생생하게 그려내고 있단다. 율이도 조금만 더 크면 아마 밤하늘의 별을 쳐다보면서 꿈을 꾸거나 은하수를 가로질러 여행하는 공상을 하게 될 테지. 우리가 살고 있는 지구별뿐만 아니라 이 드넓은 우주에는 지구 같은 별들이 수없이 많다는 사실도 알게 될 거고. 물론 그때쯤이면 〈E. T〉나 〈은하철도 999〉 같은 영화나 만화도 스스로 찾아서 보게 되겠지. 아저씨도 그 나이 때는 그랬으니까 말이야.

그런데 아저씨가 공연을 보면서 정말 율이에게 보여주고 싶던 장면은 우주비행사가 어린 시절 아버지와 산행을 하는 모습이었어. 곧 알게 되겠지만 이 세상 모든 만물을 키워내는 원천은 물과 바람, 햇빛, 공기 같은 거란다. 사람들은 그걸 '자연'이라는 말로 바꿔 불러. 좀 어려운 말이긴 하지만, 그러니까 우주는 자연의 연장선에 있는 거야. 사람들은 산과 들 그리고 숲 속을 거닐며 누구나 한 번쯤 머나먼 우주 저편의 세계를 그려보게 돼. 길가에 구르는 돌멩이나 작은 풀벌레 하나에서도 생명의 소중함을 발견하게 되고. 물론 우리를 둘러싸고 있는 이 우주에는 생명체가 살 수 없는 죽은 별도 많지만 말이야.

음, 아주 오래전에 태평양이라는 바다 건너 미국이라는 나라에 살던 칼 세이건이라는 천문학자 얘기 좀 해줄까? 천문학자는 쉽게 말하면 별을 연구하는 사람인데, 이 세이건 할아버지가 쓴 책 중에 《코스모스》나 《창백한 푸른 점》 같은 게 있어. 거기에 어떤 구절이 나오는가 하면, 이 지구가 탄생하기 훨씬 전에 무수한 별들이 있었고 인간이 태어나기 전에는 무수한 생명들이 이 별의 주인이었다는 거야. 그리고 이 지구별의 크기는 우주 전체의 넓이에 견주면 작은 점 하나에 불과하다는 거지. 아저씨가 좋아하는 시를 쓰는 누나 한 사람은 이 책을 읽고 나서 "사랑을 하러 나는 날마다 이 별로 온다"는 기가 막힌 말을 남기기도 했고. 율이도 어느 정도 자라 소년이 됐을 때 이 책을 읽으면 틀림없이 깊은 감명을 받을 거야.

율이가 어서 무럭무럭 자라서 엄마 아빠 손잡고 나들이도 가

고 〈우주비행사〉만큼이나 아름다운 〈커다란 책 속 이야기가 고슬
고슬〉이나 〈춘하추동 오늘이〉, 〈백설공주를 사랑한 난장이〉 같은
공연도 많이 많이 보러 다니는 날이 왔으면 좋겠다. 그러면 아저
씨가 율이에게 이 지구 위에 있는 여러 가지 동물, 식물이랑 태양
계랑 무궁무진하게 흥미진진한 이야기보따리를 한 아름 안겨줄
텐데. 그리고 사람과 사람이 서로 사랑을 하면서 사는 게 어떤 건
지도 가르쳐주고 말이야. 사람과 사람뿐만 아니라 이 지구 위에
숨을 쉬고 있는 모든 목숨 붙은 것들이 어떤 식으로 조화롭게 서
로 삶을 꾸려가는지도 보여주고.

그날이 올 때까지 이 아저씨는 열심히 글을 쓰고 또 일하면서
지낼 거야. 율이는 더도 말고 덜도 말고 밝고 맑고 씩씩하게만 자
라주는 거다. 이 아저씨와 약속하자.

결혼, 사랑의 완성 또는 자유의 구속

고골, 〈결혼〉

일시 2006년 11월 21일~26일
장소 경기도 문화의전당 소공연장
연출 발레리 포킨
주관 경기도립극단

지혜 씨.

여전히 건강하게 잘 지내나요?

느닷없다고 여길지 모르겠지만 그날 새벽 오랫동안 통화를 하다가 우연히 연극에 관한 이야기가 나왔기 때문에, 이 글은 친구처럼 가까워진 당신에게 보내는 편지 형식으로 써봐야겠다는 생각이 들었습니다.

지혜 씨의 희곡을 무대 위에 올리는 문제로 의견을 주고받다가 잠깐 속내를 비쳤지만 요즘 저는 제 이름 앞에 붙는 '극작가'라는 호칭 때문에 고민 중입니다. 그동안 연극에 관계된 많은 사람들이 별 이견 없이 '극작가'라는 이름을 써왔지만, 저는 나름대로 생각한 바가 있어 '희곡 작가'라는 이름을 더 선호했습니다. '시인'이나 '소설가'와 마찬가지로 '희곡 작가'라는 이름에는 희곡도 문학 장르의 하나라는 굳건한 믿음이 들어 있다고 믿었기에 가능한 일이었지요. 그런데 이제 그 믿음을 포기할까 해요. 그리고 연극 현장에서 벌어지는 일에 관한 글, 이를테면 희곡과 산문, 비평을 포함한 모든 종류의 글을 온몸으로 써보겠다는 뜻에서 앞으로 '희곡 작가' 대신 '극작가'라는 이름을 쓰기로 했습니다. 거기에는 희곡 창작에 매진하면서도 필요에 따라 연출도 하고 비평도 겸하면서 가끔 무대 위에 배우로 서기도 하겠다는 의지가 담겨 있기도 합니다. 말 그대로 '극'에 관한 전방위적 체험을 두루두루 거치는 '작가'가 되기로 결심한 것이지요.

오늘 당신에게 보내는 편지는 그런 특별한 자각 위에서 새로 태어나는 기분으로 시작해볼까 합니다.

텅 빈 무대 — 공연 전과 공연 뒤의 연극 공간

세계적인 연출가로 알려진 발레리 포킨의 고골은 어떨까. 글을 쓰려고 올 가을 잠시 머물고 있는 원주에서 버스를 타고 수원으로 올라오면서 내내 궁금하던 점이 바로 그것이었어요.

시연회가 시작하는 시간보다 일찍 극장에 도착했기 때문에 저는 운 좋게도 가장 먼저 배우가 없는 텅 빈 무대를 접할 수 있었습니다. 텅 빈 무대. 이상하게도 저는 공연 시작 전과 공연이 끝난 뒤의 무대를 더 좋아하게 됐나 봅니다. 왜 그럴까요. 인간의 거친 호흡과 숨결이 아직 닿지 않은 그 무대에서 한 세상이 탄생하기 전의 비의와 왠지 모를 쓸쓸함, 신비 어린 적막감을 슬며시 엿보았기 때문일까요.

이번 작품의 무대 디자인은 모스크바 메이어홀드 센터의 세트 디자인 총감독인 알렉산드르 보롭스키가 맡았다고 해요. 그의 무대는 단순하지만 연극을 다 보고 나면 공연의 효과를 극대화할 수 있는 최적의 기능적인 요소를 갖추고 있다는 점을 깨닫게 됩니다. 장면에 따라 시시각각 바뀌는 이동식 세트에 관객의 오감을 자극하는 환상적인 눈까지 내리게 했으니까요.

막이 오르다

연극이 시작됐습니다. 우리에게는 〈코〉나 〈외투〉 같은 기가 막힌 단편소설로 익숙한 고골은 러시아에서 풍자문학의 대가로 유명합니다. 사실주의 문학의 선구자 가운데 한 사람으로도 손꼽히지요. 대표적인 희곡이 〈검찰관〉과 제가 관람하게 된 〈결혼〉입니다. 레프 도진, 유리 류비모프와 함께 러시아 연극의 3대 연출가로 일컬어지는 발레리 포킨은 고골뿐만 아니라 카프카나 체호프의 명해석자로도 잘 알려져 있습니다.

희곡의 내용은 아주 간단합니다. 한마디로 말하면 결혼을 둘러싼 일종의 해프닝이라고 볼 수 있는데요. '결혼'이라는 제도로 신분 상승을 꿈꾸는 상인의 딸 아가피야와 지참금을 챙길 목적으로 아가피야에게 청혼하는 네 명의 남자가 나옵니다.

이 희곡이 시대를 초월해 고전으로 생명력을 지니고 있는 까닭은 현대 문명사회가 안고 있는 결혼이라는 관습적 제도의 근원적인 불합리성 때문일 테지요. 결혼을 궁극적으로 매개하는 '사랑'이라는 고갱이가 빠지는 대신 그 자리를 '지위'나 '혼수', '외모' 같은 부차적인 것들이 채우고 있다는 뜻이겠지요. 이를테면 주객이 전도됐다고 할까요. '남녀가 서로 사랑을 하고 그 결실이 결혼으로 이어진다'는 고전적인 명제는 이제 지난 세기의 낡은 박물관에 가서나 찾아볼 수 있는 희귀한 농담거리로 전락해버린 셈입니다. 그런 측면에서 본다면 주인공인 포드카료신이 예식을 앞두고 영혼의 구속을 피해 창밖으로 도망치는 돌발적인 행동을 하는 것 또한 충분히 이해할 수 있습니다.

러시아와 폴란드에서 인민 예술가 칭호를 받은 이순을 앞둔 연출가 발레리 포킨은 날카로운 유머와 위트로 무장한 한 세기 전의 작가 고골의 이 소극笑劇을 어떤 식으로 해석했을까, 저는 그게 궁금했지요. 그런데 놀랍게도 연출가는 작가의 세태 풍자적인 골계미를 롤러스케이트를 신은 배우를 통해 확장시켰습니다. 스케이트를 타고 무대를 가로지르는 인물들이란 무엇일까. 단순히

정적인 무대 위에 활력과 생동감을 불어넣으려는 장치에 불과한 걸까. 그렇게만 본다면 러시아를 대표하는 거장 연출가의 능력을 무시하는 처사겠지요.

제게는 그 장치가 결혼 제도의 허위와 가식, 위태로움을 상징하는 간접적 수단으로 다가왔습니다. 그래서 결혼을 둘러싸고 벌이는 희극적인 인물들의 한바탕 소동이 '떠들썩한 장난'이 아니라 '조용한 유희'로 느껴졌을까요. 〈검은 눈동자〉나 〈칼린카〉 같은 러시아 민요와 로망스에 기초한 미니멀리즘 계열의 음악을 깔끔하게 쓴 연출가의 일관된 시선은 연기자들의 절제된 행동 양식에 머물러 있었습니다. 거기서 베르그송식의 예측할 수 없는 웃음이 솟아났다면 그것은 연출가가 배우들에게 끌어내려고 한 원작이 품고 있는 만화적인 상상력 때문이었을 테지요. 아니나 다를까, 연극을 보는 내내 객석에서 작은 웃음소리가 끊이지 않고 흘러나왔습니다.

한국의 배우들이 말도 통하지 않는 러시아 연출가의 의도를 무대 위에서 얼마나 정확하게 반영했는지는 알 수 없지만, 성실하게 노력한 흔적은 찾아보기 어렵지 않았습니다. 다만 원전이 품고 있는 주제만 남겨놓은 채 나머지 내용들을 파격적으로 생략해 전위적이고 실험적인 시적 정신을 살리고자 한 연출가의 요구를 조금만 더 과감하게 수용했다면 하는 아쉬움은 있었습니다. 그랬다면 "결혼은 인간 본연의 의무"라고 역설하는 희곡의 대사가 관객들에게 반어적으로 호소하는 파장이 더 컸을 거라고 봅니다.

그러나 7등 문관 파드카료신(이찬우 분)이 보여준 차분하고 안정적인 연기와 상인의 딸 아가피야(조은하 분)의 발랄하고 매력적인 연기는 묘한 대비를 이루면서 극의 흐름에 어느 순간 팽팽한 긴장감을 불어넣었습니다. 중매쟁이 표클라(박현숙 분)와 아가피야의 고모 아리나(김미옥 분)의 순발력 있는 감각적 연기는 극의 구조를 흥미롭게 만들기에 충분했고 또 다른 세 명의 구혼자인 회계 검사관 계란말이(류동철 분), 퇴역 해군 제바킨(김종칠 분), 퇴역 보병 아누치킨(강상규 분)도 각 인물 캐릭터의 개성을 무리 없이 소화하고 있었지요. 감초 역할인 하인 스테판(서창호 분)과 하녀 두냐쉬카(운상정 분), 시장 상인 스타리코프(심완준 분)는 자칫 늘어질 수 있는 극의 요소 요소에 싱싱한 활력을 주는 임무를 매끄럽게 수행했습니다. 그중 단연 압권인 배역은 파드카료신의 친구 코츠카료프(안혁모 분)로, 고골의 희극적 페르소나에 가장 가까운 성격을 구축하는 완성도를 보여줬습니다.

극장을 빠져나오며

발레리 포킨이 예술 감독을 맡고 있는 알렉산드린스키 국립극장의 정식 명칭은 푸슈킨 기념 국립아카데미드라마극장이라지요.

상트페테르부르크 네프스키 거리에 자리잡고 있는 이 오래된 극장은 1756년 최초의 황실 극장으로 출발해 지금까지 러시아 극장의 살아 있는 역사를 보여주고 있다고 합니다. 이 극장은 투르게네프를 비롯해 러시아 국민극의 아버지로 불리는 오스트롭스키와 그리바도예프의 〈지혜의 슬픔〉 같은 뛰어난 고전극들이 고정 레퍼토리로 정해져 수시로 관객들과 만난다고 해요. 외국에 자랑스럽게 소개할 만한 전통과 역사를 갖춘 유서 깊은 극장이 드문 우리 연극의 막막한 현실을 생각하면 참으로 부러운 일입니다.

극장의 역사, 극단의 역사는 곧 그 나라의 연극사겠지요. 올 가을 서울국제공연예술제에 초청된 러시아와 동유럽의 극단들은 이것을 분명하게 입증하고 있습니다. 한국을 대표하는 국민 배우 중 한 분인 전무송 예술 감독이 취임한 뒤 세계명작시리즈 첫 작품으로 선택한 〈결혼〉은 세계 최고의 레퍼토리 극단을 지향하겠다는 경기도립극단의 의욕을 보여준 수작이었습니다. 그 진실이 충만한 의지와 연극을 향한 열정이 큰 결실을 맺기를 바라는 마음 간절합니다.

오늘 지혜 씨에게 드리는 편지는 이만 줄이겠습니다. 곧 다시 연락드리겠습니다. 그때 만나서 연극에 관해 더 깊은 얘기를 나누도록 하지요. 늘 건강하세요.

희망과 위안의 빛을 찾아서
— 다들 행복하세요?

그리운 선생님께.

12월에 접어들면서 글을 쓰려고 머물고 있는 토지문화관에 사람 수가 줄어들고 있습니다. 문명의 번잡함이 싫어서 고향의 품으로 돌아오듯 이곳에 찾아든 작가들이 하나둘씩 다시 화려한 도시의 일상으로 복귀하고 있는 것이지요. 나뭇잎의 색깔이 점차 엷어지기 시작하면서 저는 '외롭고 쓸쓸하다'는 말을 입버릇처럼 자주 중얼거리게 됐어요. 많이 가진 사람들보다 무언가 잃어버린 이들에게 눈길이 머물게 된 것은 언제부터일까요.

이곳에 내려와서 한 사람을 줄곧, 오래오래, 많이 생각하고 있습니다. 그 사람에 관한 생각이 제 생활의 일부가 돼버렸습니다. 그 사람의 존재는 '떠남'과 '돌아온다는 것'에 관한 사색을 불러일으킵니다. 떠나도 그냥 떠나는 게 아니라 홀로 떠나는 것, 그리고 멀리, 아주 멀리 가는 것에 관한 생각 말입니다. 그 생각의 끝에 그리움이 있습니다. '그립다'라고 말하는 순간 그 그리움의 고갱이가 흩어질까 두려워 제대로 표현하지도 못하는 그리움 말이지요.

선생님에게만 고백하자면 그동안 좀 아팠습니다. '몸'도 아프고 '마음'도 아팠습니다. 예전에는 몸이 아프니까 마음이 아픈 건지, 마음의 어느 한구석이 균형을 잡지 못하고 무너져 내리니까 몸도 아픔의 환후에 젖어드는 건지 분간하기 어려웠지요. 그래서 그랬을까요. 말 그대로 몸의 기운을 제대로 주체하지 못한 마음의 살이 단풍잎 물들 듯 온몸에 번졌나 봅니다. 아픔의 증세는 인간의 몸 중에서 유독 얼굴에 잘 드러나는 것도 신기합니다. 사람들이 아픔의 증세를 가장 먼저 읽어내는 곳이 바로 얼굴이니까요.

아픈 몸을 이끌고 자주 간 곳은 토지문화관 옆에 있는 무덤이었습니다. 잠시 서울에 올라가 있을 때도 이곳의 아름다운 풍광과 더불어 가장 먼저 그 무덤들이 생각났지요. 기울어가는 가을볕을 안은 무덤 언저리가 환하고 따뜻했습니다. 언제인가 무덤을 좋아하는 버릇이 생겼습니다. 무덤 주위를 서성거리는 일 또는 무덤가에 앉아서 들고 온 책을 보거나 팔베개를 하고 누워 흘러가는 구름을 바라보는 일이 참 좋았습니다. 이름 모를 풀꽃들에 눈길을 주고 가만히 쓰다듬거나 흙의 감촉을 온몸으로 맛보는 것, 그럴 때는 무덤이 하나의 멋진 놀이터가 된 듯했습니다.

산중에는 달력이 없기 때문에 '꽃 피면 봄날이요 꽃이 지면 가을'이라는 말이 있습니다. 그 말처럼 이곳에서 반나절은 고요한 침묵 속에, 다시 반나절은 책을 읽으면서 담백하게 하루를 보내고 싶던 거겠지요. 세상에는 괴로운 처지에 있지 않은 사람이 한 사람도 없는 걸까요. 벼슬아치는 벼슬아치대로 괴로움이 있고 신선은 신선 나름의 괴로움이, 부처가 되면 부처의 괴로움이 있겠지요. 그렇기에 더더욱 주제넘게도 늙음 속에 깃든 삶의 지혜, 어리석어 보이는 순박함, 가난해서 오히려 맑은 청빈, 차가울망정 깨끗한 일상, 소박해서 더 아름다운 삶, 그런 속에서 잔잔히 빛나는 삶을 꿈꾸었나 봅니다.

선생님. 인간을 행복하게 만드는 것 중의 하나는 음식일 텐데요. 이곳 주변에는 입소문이 난 맛있는 밥집이 여러 군데 있습니다. 곰탕과 쌈밥이 맛깔스러운 '할매곰탕', 메밀국수와 감자전으로 이름난 '개건너식당', 묵으로 만든 밥이 기가 막힌 '흥업묵밥', 칼국수와 청국장이 일품인 '기와집'처럼 가게 이름까지 정겨운 그 밥집들은 서민들이 지치고 고달픈 삶을 잠시 부려놓고 숨을 돌리면서 쉬었다 가는 편안한 휴식처 구실을 합니다. '밥이 보약'이라는 말이 실감난다고 할까요.

또 다른 행복을 찾아 길을 떠난 가까운 사람들의 이야기도 있습니다. 시를 쓰는 후배 하나는 이 겨울을 잘 견디고 무사히 건너가기 위해 시베리아 횡단열차를 타고 혹한의 러시아를 여행할 계획을 세웠고, 동료 배우는 동거해온 사랑하는 사람과 만인 앞에서 한 편의 멋진 연극 같은 결혼식을 올려 주위의 부러움과 시샘을 한몸에 받았습니다. 모두 자신의 삶이 아주 불행해지는 것을 막고 조금은 행복해지려고 애쓰고 있는 거겠지요.

그런가 하면 성탄 연휴에 소설을 쓰시는 선생님 두 분은 눈 쌓인 오대산 월정사를 거쳐 진고개를 넘어 소금강을 끼고 동해의 작고 아늑한 남애항까지 짧은 여행을 다녀오셨답니다. 월정사 겨울 숲의 전나무와 주문진 앞바다의 맑고 고운 물빛을 입에 침이 마르도록 말씀하셨습니다. 바닷가 횟집에서 먹은 복어회가 선물로 준 천연의 잊을 수 없는 맛까지 곁들여서요. 그 분들의 얼굴에서 행복의 빛이 흘러내렸습니다.

그렇지만 이상하게도 제게 세밑의 풍경은 날이 갈수록 어둡고 스산하게 다가옵니다. 나이를 먹어가는 탓이겠지요. 거리에서 울려퍼지는 크리스마스 캐럴이 더는 흥겹게 느껴지지 않고, 자선의 손길을 기다리는 구세군 냄비가 오히려 무색하게 여겨지니까요. 그래서 그랬는지 올 성탄절은 서울이 아니라 아무도 없는 적막한 이곳 집필실에서 조용히 보내고 싶었습니다. 외출을 삼가고 소박하고 검소하게 한 자루의 촛불을 켜놓고 제 안에 있는 수많은 '나'와 대면하고 싶었습니다. 한 번 흘러가면 다시 돌아오지 않는, 누구에게나 공평하게 부여된 진정한 시간의 의미와 그 귀한 시간을 함부로 죽이지 않고 오히려 더 풍요롭게 살게 하는 생활의 지혜를 실천해보고 싶었을까요.

방문을 열고 베란다로 나가 밤하늘의 쏟아질 듯한 별빛을 바라보며 꿈꾸는 소년처럼 몽상에 젖어보는 것도 즐거웠습니다. 그런 때면 대학 시절 좋아한 여행스케치의 〈별이 진다네〉나 정혜선의 〈나의 하늘〉 같은 노래가 생각나기도 했습니다. 희망과 위안을 주는 일상의 작은 정겨움들이 한없이 그리운 때지요. 겨울은 영혼이 빈 앙상한 사람들이 그 빈 몸과 마음을 따뜻하게 덮혀줄 그리운 대상을 찾아 헤매는 계절이라고 누군가 그랬듯이요.

지금 돌이켜보면 토지에서 만난 사람과 책, 먹을거리, 길, 마을, 살아 있는 목숨붙이와 자연의 풍경이 모두 한 인간의 영혼을 살지게 하는 데 도움을 주었습니다. 토지문화관에서 열리는 송년의 밤을 끝으로 이곳에 모인 예술인들은 다시 각자의 길로 흩어지겠지만 그렇게 홀로 고독하게 묵묵히 어디론가 걸어가고 있는 사람들의 뒷모습이 더는 안쓰럽게 다가오지 않는 새해가 오면 좋겠어요. 새해의 하루하루가 첫눈 같은 새로움으로 반짝반짝 빛나는 기쁘고 축복받은 날의 연속이기를 기원해보는 거지요.

첫눈이 오는 날 하늘을 바라보며 어느 시인이 허공에 썼다는 시구처럼 온 누리가 환하게 입자와 파동을 지닌 아름다운 빛의 숨결로 어룽지며 물결치면 좋겠습니다. "하얀 깃털이 나풀거린다. 닭들의 고요한 환희가 쏟아진다. 새들이 까맣게 날아오르고 한순간 세상은 숨을 멈췄다."

작가는 자기 자신을 기억해야 한다

산문집 뒤에 산문을 쓰는 사람은 대단히 용기가 있거나, 아니면 매우 영리하지 못한 사람이다. 나는 오래전부터 머리가 좋지 않은 사람 축에 들어가 있으므로, 이 무모를 무릅쓴다. 한데 여느 산문집이 아니고 후배, 그것도 연극하는 후배의 산문집 뒤에 이런 토를 다는 일은, 세상에 이런 사람이 적지 않다는 사실을 새삼 증명한다. 바로 이런 사람이다. 머리가 좋지 않아서 용기가 막대한 사람.

창근은 내 대학 후배다. 내가 졸업하고 나서 입학했으니, 캠퍼스에서 얼굴 마주친 적이 없다(누군지 모르지만 둘 중 한 사람에게는 퍽이나 다행한 일이었다). 창근이 대학을 졸업하고 시나 소설, 문학평론을 마다하고 연극판에 들어가 있을 때도 나는 그를 만나지 못했다. 한두 번 이름을 들었나. 희곡 쓰고, 연극 연출도 하는 '종이로 만든 것 같은'(종이호랑이의 종이와는 무관하다) 후배가 하나 있다고.

대학 시절 연극부에서 죽쳤고, 졸업하고 기자 생활을 하면서 몇 년 동안 연극 담당을 한 터라, 언젠가 그 후배와 맞닥뜨리면 술자리가 제법 길어지겠구나, 라는 생각을 3초 정도 한 것 같다. 하지만 우리 둘이 술잔을 사이에 두고 앉기까지는 너무 많은 시간이 흘러야 했다. 3년쯤 전이던가? 무슨 무슨 라디오 프로듀서라는 자가 내 이름을 확인하며, 언제 시간이 나면 인터뷰를 하자는 것이었다. 그때 전화를 걸어온 무슨 무슨 라디오 피디가 바로 창근이었다.

선후배들에게 무심하기라는 분야가 기네스북에 있다면, 나는 벌써 기록에 올랐을 것이다. 내가 이 오탁악세를 견디는 비결은 바로 무지막지한 무심함이었다. 대학 건물 1층 로비에서 창근을 만났다. 그때까지 내 앞에 있는 최창근이 그 최창근인 줄 까맣게 모르고 있었다(아, 그때 우리의 창근은 속이 얼마나 쓰렸을까. 세상에 뭐 이런 선배가 다 있담?). 제법 더운 날씨였다. 서로 악수를 했던가? 얼굴보다 구레나룻이 먼저 눈에 들어왔다. 남자 얼굴치고는 작은 편이었고 게다가 세로로 길쭉했는데, 그 얼굴의 절반을 검은 수염이 덮고 있었다. 거기에 긴팔 남방. 나보다 더 게으른 작자로구만, 이라고 발음하지는 않았다.

우리는 통성명을 하고 로비 구석에 있는 나무 의자에 나란히 앉았다. 그런데 몇 초 사이에 이 친구의 버릇을 캐치할 수 있었다(경력 20년이 넘는 기자 출신이므로). 말을 할 때 턱을 쭉 내미는 거였다. 그리고 자주 웃었는데, 웃음소리가 마스크나 체구에 견줘 상당히 컸다. 당연히 대단히 건방져 보였는데, 그래도 넘어갈 수 있던 이유는 구레나룻에 어울리지 않게 음색이며 억양이 남성스럽지 않아서였다.

무슨 무슨 라디오의 이 '복고풍' 프로듀서는 가방에서 작은 기기 하나를 꺼내더니 "편안하게 말씀하세요. 나중에 제가 편집할 테니 자연스럽게 말씀하시면 돼요"라며, 시에 관해, 문학에 관해 몇 마디 질문을 했다. 그게 MP3이던 모양인데, 나는 심드렁하게 시는 어쩌구, 문학은 어쩌구 저쩌구 답을 한 것 같다. 그렇게, 아주 어색하고 궁색하게 무슨 무슨 라디오 피디와 인터뷰를 마치고 나서, 그제서야 그게 무슨 라디오냐고 다시 물었다. 문예진흥원(현 한국문화예술위원회)에서 제작하는 문학 전문 인터넷 라디오라고 했다. 라디오도 한물간 매체인데, 그것도 인터넷으로 방송을 한다고? '그거 참'이라는 소리는, 그냥 삼켜버렸다.

그러고 나서 바로 헤어지는 장면이었다. 이를테면 '언제 만나서 술이나 한잔합시다' 따위의 도대체 실속 없는, 대한민국 성인들이 가장 부담 없이, 그래서 자주 사용하는 그 인사말을 던지고 돌아서면 그만이었다. 그때 우리의 창근이 나의 최저 수준의 기억력과 최대 수준의 무심함을 다시 확인하려고 했다. "저, 국문과 후밴데요……." 최저 수준의 기억력에 파바박, 스파크가 일었다. 나는 순식간에 표정과 말투, 자세를 바로 했다. "아, 연극하는 후배요……." 하지만 그날 우리는 이야기를 나누지 못했다. 내가 곧 다음 약속 장소로 가야 했다. 우리의 첫 상봉은 이렇게 무참했다.

최저 수준의 기억력과 최고 수준의 무심함은 적어도 내게는 편리했다. 창근과 헤어지고 아마 한 시간도 지나지 않아서, 나의 기억 세포는 최창근을 분실했을 것이다. 하지만 첫 만남 이후 잊을 만하면 창근이 연락해오거나, 창근에 관한 소식이 들렸다. 나중에 들으니 그때 인터넷 라디오에서 나를 인터뷰할 때, 내가 너무 어려워서 몇 사람에게 다리를 놓아달라고 했다는 것이다. 그 소리를 듣고 부아가 날 지경이었다. 아니, 이토록 소심하고 나약한 나를 어려워하다니. 이 친구, 이거 안 되겠다 싶었다. 한 번 만나서 술 한잔 기울여야 할 것 같았다.

2006년 5월 초순이었다. 시 쓰는 후배 차를 얻어 타고 강원도 홍천의 어느 그리 높지 않은 고개를 넘어가고 있는데 휴대전화가 울렸다. "네? 인터넷 문학 라디오 방송 진행을 맡아 달라구요?" 나는 대뜸 거부 의사를 밝혔다. 그런데 1분도 안 지나서 나는 "언제부터 시작하는데요?"라고 물어야 했다. 우리의 최창근 프로듀서와 새로 참여하게 된 미모의 여성 작가(시인 겸 희곡 작가)가 '이 문재가 아니면 방송을 안 하겠다'고 했다는 것이다.

그리하여 나는 2006년 6월 초부터 매주 금요일 오후, 합정역 6번 출구로 나가서 SK 옥탑 광고판이 붙은 5층 건물의 4층에 있는 스튜디오로 향했다. 채 두 평이 되지 않는 그 녹음실 안에서 나는 최 피디의 큐 사인에 따라 입을 열고 닫았다. 그리고 만나보니 네 달 전 백담사 만해마을 창작실에서 본 적 있는 바로 그 미모의 여성, 이윤설 작가의 원고를 토씨 하나 바꾸지 않고 읽으려고 애썼다. 나는 어눌함을 트레이드마크로 만들려다 자주 엔지를 냈다.

합정동으로 향하던 매주 금요일 오후, 인터넷 라디오 '문장의 소리' 녹음을 하면서 나는 행복했다(행복이란 단어 참 오랜만에 써본다). 가능하면 프로그램의 구성이나 초대 작가 선정 등에 간섭하지 않으려고 애썼다. 모르면 가만히 있는 것이 상책이었다. 나는 중견 작가나 개성이 남다른 작가들이 오는 날, 방송이 끝나고 뒤풀이 자리에서 '술 상무'를 자처하면 그만이었다. 대부분 오랜만에 얼굴을 보는 시인과 작가들이라 밤늦은 술자리가 나쁘지 않았다. 연극, 미술, 영화, 사진 쪽 젊은 예술가들도 출연해 그 장르의 뉴스도 들을 수 있었다.

우리의 최창근 피디는 음악, 그것도 월드 뮤직의 대가였다. 어디서 그런 음악을 선곡해 오는지, 인터넷 라디오 청취자들보다 내가 더 좋아했다. 부끄러운 고백이지만, 최 피디가 아니었다면 나는 메르세데스 소사 같은 세계적인 가수나 〈모스크바 교외의 저녁〉과 러시아 가요, 보사노바 같은 남미 음악을 죽을 때까지 몰랐을 것이다. 내가 아는 월드 뮤직은 포르투갈이나 그리스 노래

몇 곡(〈기차는 8시에 떠나네〉 같은)이 전부였다. 하지만 우리의 최 피디는 내 앞에서 아는 척을 하지 않았다.

그해 12월까지 우리는 매주 만났다. 술이 기분 나쁘지 않게 취한 날 밤에는 홍대 앞에서 일산에 있는 내 작업실로 달려갔다. 그 좁은 오피스텔에서 밤을 새우곤 했는데, 우리의 최 피디는 조용히 술잔을 비우다가도 틈만 나면 책장으로 가 책을 빼들곤 했다. 책 벌레였다. 그해 12월 말 여차 저차한 이유로 방송이 잠깐 중단될 때까지, 나는 최 피디와 더불어 흔쾌했다. 몇 차례 갈등이 어찌 없었으랴. 하지만 나와 최 피디 사이의 허물은 아니었다. 어쨌든 내가 보기에는 분통이 터질 일인데도 최 피디는 거의 내색을 하지 않았다. 제 안으로 삭이는 것 같았다. 그럴 때, 또 다른 나의 모습을 보는 것 같아 안쓰러웠다.

방송이 끝나자, 나는 어느새 무심한 선배로 돌아가 있었다. '버젓한 비정규직'으로 살아가려니 여간 분주한 것이 아니었다. 보따리를 들고 몇 군데 강의를 나가야 했고, 여기저기서 들어오는 원고 청탁을 마다할 형편이 아니었다. 개처럼 벌었지만, 정승은 흉내조차 내기 힘들었다. 그사이 창근에게 안부 메일을 몇 통 받았다. 그리고 삼월 어느 날, 두툼한 원고가 배달됐다. 창근의 산문집 원고였다. 내가 날짜를 밝히지 못하는 까닭은, 산문집 원고를 받아놓고 한구석에 밀쳐놓고 있었기 때문이다. 일주일이 멀다 하고 꺼야 할 급한 불이 잇따랐다. 오늘내일 하다가 한 달이 가고 두 달이 넘어갔다. 하지만 창근은 통화를 하거나 이메일을 주고받을 때 발문의 'ㅂ' 자도 꺼내지 않았다. 처음에는 내심 고마웠다. 그래도 후배라고 선배 심중을 헤아리네. 그런데 여름이 오는데도 일체 원고 독촉이 없자, 내가 버거워지기 시작했다. '이 후배 이거 보통내기가 아니네!' 내가 진 것이다. 어서 써야 했다.

그 무렵 나는 제법 긴 논문을 하나 써야 했다. 예정된 제출 날짜는 지났는데, 능력이 떨어지는 비정규직은 한 철 쯤을 내지 못했다. '미래는 늘 유예된다'는 서양 철학자의 자서전 (창근의 산문에 한 번 등장한다) 제목에 떡하니 기대고 있었다. 논문은 늘 미래였다. 그런데 더는 미룰 수가 없었다. 여름이 데드라인이었다. 나는 원주 토지문화관에 '원서'를 냈다. '7, 8월 두 달 동안 창작실에 입주하고자 하오니 부디 허락해주십시오.' 하늘이 도왔는지, 며칠 있다가 가능하다는 연락이 왔다. 7월 2일, 나는 가방을 싸들고 원주로 달려갔다. 아니, 달려왔다.

달려와서, 토지문화관 별채인 귀래관 104호에 짐을 풀었다. 짐을 풀면서, 창근의 산문집 원고를 눈에 잘 띄는 곳에 놓았다. 제일 먼저 수행해야 할 과업이므로. 존경하는 친구 고종석이 내게 붙인 별명이 '발문가'다. 나는 그동안 시집은 물론 소설, 산문집 등 제법 많은 책의 '후반 작업'에 관여해왔다. 다시 말해, 나름대로 발문 쓰는 비법을 터득하고 있었다. 그런데 이번에는 통하지 않았다. 물론 창근의 산문집 원고는 단숨에 읽혔다. 성장 과정부터 즐겨 다닌 서울 거리에 관한 글, 아비뇽 연극제 참관기, 독서 체험, 스승 열전, 연극 비평에 이르기까지 다채로웠다. 단숨에 읽었지만, 발문의 첫 문장이 떠오르지 않았다. 첫 문장이 떠오르지 않으면 단 두 행짜리 시도 못 쓰는 고질병이 있는 내게, 이 사태는 심각했다. 논문 자료를 읽으면서도 발문 첫 문장과 제목을 궁리했다. 이것은 시 쓰기는 물론 20년 넘게 기사를 쓰는 동안 몸에 밴 고약한 버릇이었다. 그렇게 7월 한 달이 지나갔다.

오늘 아침, 창근의 산문집 원고를 다시 들췄다. 밑줄 친 부분, 포스트잇을 붙여놓은 페이지를 찾아 읽다가, 거의 다시 읽게 됐다. 표시해 놓은 문장, 문단들이 너무 많았기 때문이다. 전에 읽을 때 가슴 찡하던 대목들이 깊숙이 스며들었다. 가령 어린 시절부터 유독 죽음을 많이 목격했다는 구절이나, 외할머니와 태백에 살 때 바닷가 마을에 사는 어머니를 만나러 가려고 기차를 자주 탔다는 부분, 할머니가 '총각, 많이 먹어야겠어'라며 수수떡을 건네주는 장면 말이다. 학창 시절, 비 오는 날이면 동작동 국립묘지를 찾아갔다는 데서는 잠시 숨을 멈췄다. 대학교 2학년 때, 내가 꼭 그랬기 때문이다. 황학동 만물시장도 내가 그 나이 때 자주 어슬렁거리던 마음의 고향 같은 곳이다. 처음 읽을 때는 나와 다른 구석이 먼저 눈에 들어왔는데, 두 번째 읽으니 비슷한 처지가 의외로 많왔다. 스승들 중에도 겹치는 분들이 제법 있었다(물론 스승을 향한 존경의 염은 창근에 견줄 바 못되지만).

우리의 방송 작가 이윤설 씨와 창근이 함께 있는 자리에서, 나는 대학에서 연극부를 하던 시절의 기억과 대학생 신분으로 잠깐 얼쩡거린 기성 극단 체험을 바탕으로 큰소리를 쳐대곤 했다. 단지 학교 선배라는 이유로, 문단에 조금 일찍 나왔다는 이유로 설쳐댄 것이다. 이윤설 씨는 간혹 저항했지만, 창근은 목젖이 흔들릴 정도로 껄껄 웃으며 넘어가곤 했다. 창근의 원고를 보면서 나는 얼굴이 화끈거렸다. 창근이 웃은 이유를 알 수 있었다. 창근이 읽은 작품들, 세계의 명작들, 영향을 받은 거장들 앞에서 나는 한없이 작아졌다. 창근의 고민과 사유는 나보다 훨씬 크고 정확했으며, 전망은 나를 앞서가고 있었다. 나는 루이 주베, 콜린 히긴스, 유제니오 바르바, 아리안 므뉴스킨 등이 등장하는 원고에서 오래 서성거렸다. 나의 시와 삶이 너무 느슨해져 있었다.

어줍지 않은 발문이 너무 길어지고 있다(창근이 어서 끝내라고 사인을 보내는 것 같다). 나는 창근이 '희곡 작가'에서 '극작가'로 거듭나겠다고 한 대목에서 박수를 쳤다. 박수를 치면서 속으로 이렇게 중얼거렸다. '극작가'에서 '작가'로 또 거듭나라고. 시인을 포함하는 작가, 문자 언어와 무대 언어를 아우르는 작가. 그리하여 평범하고 사소한 일상에서 생태론과 아나키즘(자율주의!)의 미래를 건져 올리는 작가가 됐으면 한다. 그것이 최저의 기억력과 최고의 무심함 탓에 최창근이라는 '문학성 짙은 희곡 작가'를 몰라본 못난 선배, 아니 눈 밝지 못한 시인의 부탁이다.

창근의 산문집은 토지문화관에서 띄운 편지로 끝난다. 이 또한 무슨 인연인지, 나도 이 편지 같은 발문을 창근이 지난겨울 머문 토지문화관에서 마무리하고 있다. '작가는 자기 자신을 기억해야 한다.' 창근이 산문집에 인용한 모리스 블랑쇼의 한 구절이 가슴을 친다. 블랑쇼가 강조한 작가의 기억은 작가의 자기 성찰인지도 모른다. 창근, 우리는 끝끝내 기억해야 한다. 우리 자신을, 그리고 우리 자신 안에 이렇게 들어와 있는 이 시대를, 이 문명을 응시해야 한다.

원주 토지문화관에서

'코믹우울몽상가' ♣

♣ '코믹우울몽상가'는 창근이 내게 붙여준 별명이다. 나는 이 별명이 싫지 않다. 코믹은 유머고, 우울은 이 시대와 문명에 대한 나의 표정이며, 몽상은 바슐라르가 말한 시 창작의 한 원형이라고 생각하면서 혼자 씨익 웃곤 했다. 그런데 이번 산문집을 보니, 코믹우울몽상가는 창근 자신의 초상이기도 했다. 별명을 같이 쓰게 됐으니, 이 또한 희미한 인연이 아니다. 코믹하다가 우울해진다. 아니, 몽상이 피어오른다.